红房子

刘东伟 著

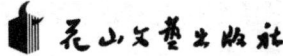
花山文艺出版社

图书在版编目（CIP）数据

红房子 / 刘东伟著. —石家庄：花山文艺出版社，2018.10（2020.3 重印）
ISBN 978-7-5511-4252-6
Ⅰ.①红… Ⅱ.①刘… Ⅲ.①长篇小说－中国－当代 Ⅳ.①I247.5
中国版本图书馆 CIP 数据核字（2018）第 207179 号

书　　名：	红房子
著　　者：	刘东伟
责任编辑：	林艳辉
责任校对：	李　伟
封面设计：	杨梦清
美术编辑：	胡彤亮
版式设计：	刘昌凤
出版发行：	花山文艺出版社（邮政编码：050061）
	（河北省石家庄市友谊北大街 330 号）
销售热线：	0311-88643221/29/31/32/26
传　　真：	0311-88643225
印　　刷：	三河市元兴印务有限公司
经　　销：	新华书店
开　　本：	880×1230　1/32
印　　张：	8.125
字　　数：	210 千字
版　　次：	2019 年 1 月第 1 版
	2020 年 3 月第 2 次印刷
书　　号：	ISBN 978-7-5511-4252-6
定　　价：	49.80 元

（版权所有　翻印必究·印装有误　负责调换）

前 言

写《红房子》之前，一直在寻找一条路。一条通往少儿心灵深处的路。

路和人一样，是有灵魂的。比如回家的路，即便闭着眼，也会走到门口。

人和人的心灵之间，也有一条路。而这段路距离最近的莫过于母子。很多人说，母子连心。

但有这样一个孩子，没有人能够走进他的内心，包括他的母亲。

他就是本文的主人翁，留守男孩乐乐。

母亲一直在寻找一条路。路对于其他人，就像温顺的手电筒。你什么时候需要它，它都会默默地带你到想去的地方。

路不会说话，但它懂得每个人的内心。它知道母亲需要什么，但它和母亲一样，无法接近乐乐，两年来一直这样。

两年前，母亲陪着乐乐。那时候，尽管家里到处堆满了牢骚和烦躁，但母亲和乐乐之间毫无距离。早上，母亲把乐乐交给路，傍晚，路又把乐乐还给母亲。虽然乐乐单调地生活于家和学校之间，但他的心是热的，连看向母亲的眼神都是暖的。

直到有一天，母亲和父亲一起外出打工了。
乐乐的心开始凉了，眼神开始冷了。

母亲和父亲把乐乐交给了奶奶，踏上了离家的路。
那一天，乐乐没哭。
母亲走了，每天乐乐踏着家门口的路去学校。
踏在路面上行走，他清晰地感觉出，脚下的路在渐渐冰凉，他感到了路的孤独。

世上的路有很多条。
但没有一条路可以走向他的内心。
这是个孤独的孩子。
这是个怪异的孩子。
在他的眼前，时常会浮现出一片绿色的海洋，那就是家乡的枣林。
在绿色的林海里有一所房子。
一所红色的房子。
那，就是他的梦想。

目录
contents

第一章	礼物	001	
第二章	爷俩	035	
第三章	视频	054	
第四章	方香	073	
第五章	纸鹤	091	
第六章	唢呐	107	
第七章	心事	120	

第八章	志向	138
第九章	成长	151
第十章	逃学	167
第十一章	拐杖	182
第十二章	燕子	191
第十三章	白雪	205
第十四章	麦子	231
第十五章	姑父	242

第一章 礼物

大胖被车撞进了医院后的那天晚上，苏篷子和陈圆圆回到了八里庄。

八里庄离乐陵城里的直线距离正好八里，位于朱集镇的南大门，因为去镇上的公路穿村而过，因此车辆非常多。

大胖不是苏篷子的孩子。他们只是在塘沽打工时，从电视上看到了这样一条新闻，说八里庄的大胖在放学的路上被车撞了。于是，一个凄惨的画面出现在这对打工夫妻的眼前：

寒风呼啸的天气里，一个胖乎乎的孩子孤独地走在回家的路上。头顶上，一枚树叶脱离了母体，在风中飘荡着。它就像被遗弃的孩子，孤独地游动着。一阵风吹来，单薄的树叶，摇曳在半空。

风裹着树叶，在空中摇摇晃晃着，忽而贴近凄凉的公路，忽而冲向办公。公路凄凉，树叶凄凉，人也凄凉。

另一个画面出现了：

在几里地外八里庄的某个门口，一个挂着拐杖的老人正朝村头眺望着，他试图走下台阶，只是还没走几步就摔倒在门前。镜头切换到了公路上，一辆货车在公路上撒着欢地奔驰着，路边的电动车、摩托车纷纷闪躲，一辆摩托车在摔倒的同时，也把大胖带进了道沟里……

苏篷子两口子眼前就像扯起了一面血幕，两人异口同声地说："回家。"

凄凉刺目的画面，让他们想起了儿子乐乐。

乐乐是个可爱的孩子，从小就爱笑。据说，他出生的时候，就带着一副弥勒佛似的笑脸，这或许就是"乐乐"名字的来历吧。

前些年，苏篷子还没有出去打工时，家里有一片枣林。每到秋季，当小枣熟了的时候，苏篷子和妻子陈圆圆，就会带着乐乐去树下打枣，爷爷苏爱国和奶奶都会来。苏篷子和陈圆圆负责打枣，爷爷奶奶则在树下捡枣。

乐乐呢，就像一只小猴子，一会儿在地上铺好的帆布上滚动，一会儿又从树上冒出头来。当爷爷奶奶和爸爸妈妈看到他时，常常会快乐地笑着。乐乐也会快乐地笑着，于是，一家五口快乐的笑声就在枣林中荡漾着，让整个秋天都充满了快乐。

但是，自从苏篷子外出打工后，一家人一起打枣、捡枣的场面就少了。而且，后来，苏爱国患了脑血栓，不能干这种体力活了。再后来，虽然苏爱国的身体好了些，但陈圆圆又和苏篷子一起外出打工了，一家五口很难再聚在枣树下了。

从那时候起，乐乐就很少笑了。他常常坐在村南的河边，望着对面的枣林，一坐就是半天。乐乐的变化，苏篷子和陈圆圆不说不知道，只是他们为了外面的工作，也不能经常回来，只能把儿子托付给他的爷爷奶奶。

这一次，当他们看到大胖的消息后，哪里还沉得住气，驾着刚买的小车，回到了八里庄。一路上，方向盘紧张得像被冻僵的胳膊，一阵阵地不听指挥。陈圆圆坐在后车座上，她同样紧张地望着外面。以往陈圆圆总是嫌苏篷子开车速度快，但这一天，她一直觉得车速太慢。

从北京方向到乐陵，高速的出口有三个。一个出口在城西，八里庄在城东，所以，苏篷子从来不走西边的路。

城南，有两个出口，一个在杨安镇的北部。杨安镇有着全国有名的调料市场，而且刚刚兴建了调味料博物馆，所以，平常，苏篷子两口子习惯了从这里下来。或许，是想嗅一下家乡的味道吧。

每每一下高速，苏篷子就会把车窗落下来，然后深吸一口气。当那独特的味道进入鼻端时，苏篷子的心也踏实了许多。对于一个在外打工的青年来说，家就是港湾。

而这一次，苏篷子走错了路。或许是焦急的原因，又或者是晚上赶路的原因，总之，苏篷子的车一直朝南开了下去，居然到了郑店镇。虽然郑店也属于乐陵，但毕竟离县城越来越远了。

幸好，乐陵南还有一个出口。从这里下来，如果是白天，你可以看到城南一片新兴的科技园。而这里，千百年来，一直是一片盐碱地。

这就是铁营，曾经留下铮铮战鼓和浓浓硝烟的铁营大洼，曾经的不毛之地，如今却成了芳草萋萋的绿洲，翠鸟在芦苇荡里盘旋，红鱼在碧玉池中游玩，这简直就是人间天堂。

当他们裹着一身寒风扑进门后，发现儿子乐乐并不在家里。

苏爱国正坐在沙发上抽烟。吧嗒吧嗒的声音，一声紧接着一声，把整个屋子里弄得乌烟瘴气的，爱国媳妇躺在床上，脸有些发白，就像刚刚从舞台上下来的演员，还没卸去粉妆。

苏篷子问了一声："爹，你们咋样？"

苏爱国说："老样。"

陈圆圆原本想去找儿子的，见苏篷子进了公婆的屋子，也进来了。

烟雾弥漫的屋子，让她感觉有些虚幻。她问："爹，乐乐呢？"

苏爱国说："这孩子，明知道你们今儿回来，还往外疯。"

陈圆圆是在村南的河边上找到儿子的。她还没出村，就远远地看到河边坐着一个男孩，孤独地待在那里，就像一片被遗弃的树叶，刚刚落在河边。

乐乐望着对面的一片枣林，眼前仿佛出现了一座红房子。他沉浸在一种想象之中，这是他的习惯。

乐陵地处黄河下游华北平原，是金丝枣的原产地之一。其栽培历史始于商周，距今已有三千多年了。

乐陵小枣有很高的药用价值。当地有句民谚："一日吃仨枣，终年不见老。"从中医理论讲，常吃乐陵小枣可以"补五脏，益气安神，养颜防衰"。对于枣的功效，在医学家张仲景《伤寒论》的113例经方中，就有63例用了枣。贾思勰在《齐民要术》中写道："青州有乐氏枣，丰肌细核，膏多肥美，为天下第一。"

乐陵小枣具有丰富的营养价值和药用价值，能够滋补身体和辅助治疗脾胃虚弱、消化不良、肺虚咳嗽、贫血等病症。

据统计，乐陵金丝小枣每百克鲜枣果肉含维生素C 500毫克左右，其含量是蜜橘的十几倍，比苹果高几十倍，被称为"活维生素丸"。还含有较多的蛋白质、脂肪、铁、钙、磷、维生素A，以及十几种人体所需要的氨基酸等。

因此，乐陵获得了"中国金丝小枣之乡""百里枣乡"的荣誉称号，成为"国家级金丝小枣标准化生产示范区"。

在乐陵县城的东北有一株枣树，号称"老寿星"，传说隋末将领罗成曾在树下拴马歇息。诗人吴泰庞曾写道："六月荷花连水碧，千家小枣射红云。"诗句十分形象地描述了当时乐陵枣树栽培的盛况和金秋季节成熟的枣树挂满枝头的丰收景象。

才十岁的乐乐，自从爸妈外出打工后，他似乎突然改变了以往活泼的性格。之前的他，让他闲下来一刻都很难，但是现在的他，能够望着枣林，默默地坐上一天。对于乐乐来说，枣林就是一个奇幻的童话世界，能够带给他美好的向往。只要他凝视着枣林，就能够看到一座红房子，一座大大的红色的房子。

静静的河面上铺着一层冰，此时，陈圆圆的心里也像结了一层冰。她的心头凉凉的，又突然一酸，几年前，苏篷子在外打工，她陪着儿子在家里，没感觉到什么，但自从和苏篷子一起出去，她老是觉得心里空荡荡的，就像一个人走在无边的原野，亲人和村庄都在远方，摸一把，空空的，毫无着落的感觉。

有时候，她站在塘沽的某个路口，朝家乡的方向望。

苏篷子问她："咋了？"

她不说话。

苏篷子就说："想儿子了吧？"

苏篷子从她脸颊上淌落的两行眼泪看出来了。其实，苏篷子也想。只是他早几年出来，已经习惯了。

"俺心里空落落的。"她说出了自己的感受。

"放心吧，有爹看着呢。"苏篷子毕竟是个男人，心大量宽。当然，他不得不用这样的话语安慰妻子。

在外打工，陈圆圆最怕的就是季节和天气变换，冷风从窗户吹进出租房，掀动了桌子上的日历牌，陈圆圆的心也随着揪了起来。那本日历牌她天天都要翻上几次，手指一凉，她知道冬天快要到了。

儿子的棉衣还能穿吗？

牵挂就像清晨的路一样，越来越长，从塘沽一直延伸到几百里外的八里庄，直到苏篷子两口子踏上了这条路，才总算有了尽头。

乐乐一早就听说父母要回来了，不知为什么，他并没有太多兴奋的感觉。

十岁的乐乐似乎已经长大了,他坐在岸边，望着河里那层薄薄的冰，心里也像堵着一层凉凉的东西，让他开心不起来。

他记得五六岁的时候，每次过生日，娘都会给他做荷包蛋，尽管后来，他吃腻了这样的饭食，但还是期待这一天的到来。

这一天是腊月十六，过了这天，他数着手指头就把父亲盼回来了。

乐乐期盼父亲回来，是盼着父亲每次带回来的生日礼物。虽然每次礼物都会比生日晚到几天，但对乐乐来说，总是最美好的期待。

或许可以说,从腊月十六到春节,快乐一直陪伴着乐乐。但这两年,乐乐发现自己对父亲的礼物已经不那么热衷了。尽管每次回来,父亲总会像以前那样,给他买几件礼物。有时候,他也不知道自己到底怎么了。他总是会想起七岁那年的一天。

那天在学校里,平时不怎么说话的大胖,上下嘴皮子就像装了弹簧,不住地说着。一会儿是变形金刚,一会儿又成了机器猫,把同学们都听红了眼。

乐乐嘴巴一撇,说:"从电视上听来的吧。"

大胖就说:"不信放学俺让你看看。"

放学了,大胖来了。大胖是摇晃着膀子来的,那天他的肩膀上扛着一个盒子,崭新崭新的。大胖在学校里还从没摇晃过膀子,那一次,他不但把膀子晃得像坐轿的,眼睛也瞥到了天上。大胖眼睛小,眯起来本来就看不到路,头再往上仰着,就更危险了。幸亏那段路对他来说,太熟悉不过了,闭着眼也能走到目的地。奶奶看到了,就不住地说:"小心点,这孩子,咋不会走路了呢。"

一进屋,大胖就把盒子放在了茶几上,对乐乐说:"认识吗?这叫变形金刚。"

其实乐乐已经从盒子上的图像看出来了,两眼早就亮了。

乐乐的眼睛本来就很大,很亮。那一次,他原本晶亮的大眼睛,扩张到了极限。从他两个乌亮的瞳仁里,大胖还在摇晃呢。

大胖原本是个很稳重的孩子,一坐下就懒得动弹,但那天,他连坐也没坐,一直在乐乐的面前晃悠,眼睛似睁非睁着。

乐乐的眼睛里充满了不相信的神色,他一边摸着变形金刚,一边喃喃地说着:"不可能,不可能啊。"

忽然,他伸手在自己的手臂上咬了一下。

大胖问:"咋了?"

乐乐说:"俺不是在做梦吧?"

大胖说："俺都不觉得做梦，你做啥梦？"

乐乐说："俺就是有些不相信，让俺好好地摸摸。"

"行了，不能再让你摸了。"大胖一把抓过变形金刚，就在乐乐两眼的神采还没恢复正常时，便走了。用他的话说就是，"这东西"别说摸了，除了他，别人连看都不能看。

乐乐不但决定要摸，还要摸个够。那晚，他一碗地瓜粥没喝完，就跑到大胖家去了。

他去的时候，大胖正在玩弄变形金刚。乐乐一上去就把变形金刚抓在手中。乐乐给大胖来了个措手不及，他知道，如果不用这种方式，大胖很可能不会让给他。他猜测不错。变形金刚才到手里，大胖就拼命地往回夺。

两个人一个拉，一个拽，可把变形金刚给委屈了，很快身子就扭曲了。

变形金刚变形了，保持着一副痛苦的姿势，连嘴巴也好像歪着。大胖的脸也变了形，发疯一样抱住乐乐就咬。

在这之前，两个小伙伴也曾闹过别扭，打架是经常的事，但每一次都是乐乐欺负大胖，把大胖的身上捏得青一块紫一块的，但那天，他没有还手，一直在咬牙忍受了。

乐乐回到家后，苏爱国两口子都吓了一跳，看到小孙子的胳膊上血淋淋的，就问："谁家的狗咬的？"

"不是狗。"

"还不承认，这不是狗咬的吗？"

乐乐说："是大胖。"

苏爱国一听就急了，说："可不得了，大胖家的狗天天乱跑，要是有狂犬病咋办？"

说着，苏爱国就拉着小孙子往外跑。

苏爱国以为是大胖家的狗把乐乐咬了。事实上，大胖家的狗对乐乐就像自己的主人一样亲，每次乐乐去，它都亲昵地用舌头舔他的胳膊，哪里会忍心咬。

爱国媳妇担心，就从后面追出来，说："老头子，你这驴脾气的可得收着点，别跟人家孩子急。"

苏爱国说："俺哪有时间去跟人家急啊，去医院要紧。"

苏爱国是个驴脾气的人，从年轻到上了年纪，这脾气不但没改，还越来越冒头了，动不动就吼，有时候，都能把爱国媳妇吼得莫名其妙。爱国媳妇就问："又是谁招惹到你了？"

苏爱国不说话，闷着头，一会儿忽地站起来，来到大门口，又吼上了。

有一段日子，爱国媳妇和苏爱国过够了，虽然这把年纪了，不可能离婚，可她逢人就说："俺在苏家待不下去了。"

爱国媳妇是北边林家村人，娘家和八里庄隔了几里地，赶上一阵南风，早上说的话到不了中午，林家就有人知道了。

爱国媳妇娘家还有个兄弟，比苏爱国小几岁，听到这话就来了，指着苏爱国不住地数落。爱国媳妇害怕了，担心男人和娘家兄弟吵起来。谁知道，娘家兄弟唾沫星子飞满了屋，苏爱国一点儿都不生气，不但不生气，还笑了，笑完，苏爱国说："小舅子，别看你骂了半天，我一句也不还口，可一还口，就回本了，你说说，你来这不是找骂的嘛。"

娘家兄弟明知道他在"小舅子"的称呼上找回了便宜，可干生气没办法，谁让他本身就是苏爱国的小舅子呢。

"小舅子"在鲁西北，是骂人的话，不过，姐夫称呼内弟，倒也正常。

苏爱国知道，人家数落自己，也是为了自己好。他是驴脾气，但不是傻瓜。所以，他才能笑出来。

小舅子走后，苏爱国就对老伴说："别动不动就把娘家人搬出来，有矛盾内部解决，都老夫老妻了，吵个架能让它传出去吗？"

爱国媳妇说:"谁和你吵架了?是你自己没完没了,俺不过就是唠叨了几句,娘家兄弟耳朵长,是听到风声自己来的,再说了,他不来俺还怪着呢。"

苏爱国脖子一扭:"烦了俺去林家数落他。"

爱国媳妇的娘家兄弟日子不怎么样,这几年,苏篷子在外打工赚了些钱,娘家兄弟眼红了,每年苏篷子回来,他都会亲自上门,觍着脸地要钱。

人家是张嘴借,他是张嘴要,钱到手后就不说还了,这么近的亲戚,苏篷子张不开嘴要。他只能装出对这事不在乎的样子,甚至不让苏爱国知道。要是让他知道,依他的脾气,指不定要闹出什么事来呢。

陈圆圆嫁到苏家十二年了,她很清楚公公的性格,所以,回来后自己去找乐乐了,没让公公去。在家的时候,陈圆圆端详过苏爱国的脸色,一说起乐乐,他那张脸就像紫茄子一样,显然很生气。

陈圆圆知道,乐乐已经是十来岁的孩子了,就像刚会飞的小鸟,一出了窝,哪还顾忌别人的心思。这个岁数的孩子,正是天不怕地不怕的时候,小脑袋里装了些新鲜的东西,除了老师,从不把家人放在眼里,何况在乐乐的眼里,爷爷就是个文盲,讨论什么话题都不在一个频道上。

有时候,苏爱国也会说:"你爷爷当年也算识文断字的人。"

乐乐就说:"少来了,谁不知道那时候的人啊,上个高小就不错了,现在呢,俺们都要上大学,还有更高的。"说这话时,乐乐的手从地上比到了天上。苏爱国没得比,也只有这时候,他的执拗劲出不来。

当然,陈圆圆顾忌公公,是因为他的身体。

苏爱国身体原本不好,再说,村南这段路也不算近,一来一回,苏爱国要在路上休息三四次。每次休息,都有可能在苏爱国的体内积蓄出一股气流,这股气流达到一定的时候,就会产生热能。

陈圆圆绝不能允许这样的情况出现，否则，苏爱国的热能会在一瞬间爆发，她担心苏爱国把乐乐给"煮"了。

陈圆圆在家时，苏爱国"沸腾"过一次，他活活地把一只老母鸡扔进了热锅里。那次，陈圆圆没惹他，爱国媳妇也没惹他，甚至连一向跟他不对头的三姑也没惹他。

那天早上，陈圆圆还没有起床，就听到一阵雷鸣似的吼声。一开始，她还以为变天了呢，想起外面铺上还晾着枣，就赶紧爬了起来，结果一看，天好好的。

苏爱国拄着拐杖在院子里站着，瞅着那些活蹦乱跳的鸡，脸色不好看。

陈圆圆上前问："爹，咋了？"

苏爱国说："没咋，烦。"

陈圆圆又问："谁招你了？"

苏爱国说："没人。"

那几天的确没人招惹他，后来陈圆圆才看出来了，是那群鸡惹出来的祸。

那一阵苏爱国因为喝酒着了风，得了脑血栓，刚从医院出来，身体还没完全恢复，所以拄着拐杖。

陈圆圆心里直想笑，却笑不出来，因为公公当时赌气的样子，就像个不懂事的孩子。

他一只手扶着院子里的枣树，一只手将拐杖举起来，朝周围的鸡不住地点。他一边点，一边骂："你们这帮畜生，老子腿不好使了，你们倒欢了，还在俺眼前直转悠……"从苏爱国的话语中，陈圆圆听出来了，他是看着那些鸡别扭。

就在陈圆圆暗笑的时候，苏爱国的拐杖突然对准了一只老母鸡。老母鸡走到哪里，他的拐杖对准到哪里。

苏爱国嘴里骂道:"让你一早就在窗台上叫唤,看俺不扒光你的毛。"

陈圆圆忍不住说:"爹,早上在窗台叫唤的不是它。"

陈圆圆虽然没有鸡叫就起的习惯,可是她也知道,叫五更的是只大公鸡。

直到那只上了年岁的母鸡被苏爱国煮了,陈圆圆才明白苏爱国为什么拿它当替罪羊。第一,那只公鸡太年轻了,而且兢兢业业地工作,家里离不了它;第二,大公鸡跑得快,苏爱国就是想拿它出气也不可能。为了避免自己身体条件上的不足,苏爱国就朝老母鸡下手了。

苏爱国挂着拐杖在院子里来回地走了三圈,总算把那只老母鸡堵在了墙角上。在陈圆圆的帮助下,老母鸡落入苏爱国的手中。

苏爱国扔下拐杖,身子倚靠在门上,抓了一把鸡毛下来,然后又抓了一把,不住地骂:"畜生,跑啊,你就是孙猴子,也休想跑出俺的手掌心。"说完,苏爱国就把老母鸡扔进锅里,即使陈圆圆和婆婆不住地劝,老母鸡还是没逃脱被煮的命运,气得爱国媳妇点着老伴儿的额头骂:"老不死的,你自己腿脚不好,就嫉妒人家啊。"

苏爱国嫉妒人可不是一天两天了,陈圆圆自打进了苏家的门,就感觉公公的心胸和别人不一样,他腿脚好的时候,每天都围着八里庄转几遍,不把鞋底子印得满街上都是不回家。

那时候,苏爱国最嫉妒的人是苏红旗。苏红旗是八里庄唯一吃国家饭的。

苏爱国每次看到苏红旗,总会习惯地端详他的手,仿佛他的手里端着什么东西。有一次,爱国媳妇正巧看到,就问:"瞅啥?"

苏爱国说:"手。"

"没什么啊?"

"啥没有?"

"手里啊。"

"谁说手里,俺说他那只手。"

爱国媳妇的目光落在苏红旗的手上,但很快就移开了,说:"差不多。"

苏爱国问:"什么差不多?"

爱国媳妇说:"手啊。"

苏爱国脖子一歪,说:"你懂个屁!"

这话从苏爱国的嘴里生硬地滚了出来,就像一块石头,差点把爱国媳妇砸急了。爱国媳妇说:"真是个倔驴。"

说完,爱国媳妇回头就走了。她了解老伴儿的性子,这时候要是跟他急,是自找苦吃。

苏爱国扔出一句狠话后,就觉得自己这话不和老伴儿说清楚,自己心里堵得慌,于是,他随后追了上来,跟在老伴儿的屁股后面,不住嘴地说:"你说你这人,一赌气就走,咋不听人家说呢。"

他走在左边,她就把脖子扭向右边,等他转到右边,她就把脖子转向左边。

苏爱国脾气急,一会儿就平缓了,就跟媳妇解释:"苏红旗可是吃国家饭的,你咋一点儿也不高看人家呢。"

爱国媳妇说:"谁说俺不高看他了?咱八里庄的大名人,除了你苏爱国,就是苏红旗了。"

苏爱国连连摆手:"俺可比不上。"

爱国媳妇白了老伴儿一眼,说:"你不是挺能的吗?"

苏爱国说:"你这人,骂人不带吐骨头的,俺咋能跟人家比,人家手里捧着铁饭碗呢,俺手里有吗?"

这话一出,爱国媳妇就明白了,怪不得苏爱国老是爱盯着人家的手,敢情不是那双手保养得细白细白的,而是上面捧着一只铁饭碗。

虽然,那只碗看不到,摸不到,却能让人真实地感觉到它的存在。

那时候，苏红旗在县国营砖窑厂工作，后来还混到了小科长的地步，每个月都有工资拿。

一般的村民，过秋忙得脚不离地不说，还灰头土脸的，满头麦芒子，满脸泥土，就像泥猴一样，打远里走进，如果不说话，亲兄弟也不见得认得出来。

苏红旗却西装革履的，倒背着手在地头上转悠，就像下来视察的干部。

八里庄的人教育孩子，常常拿苏红旗来当目标，说："长大了能像苏红旗这样就不错了。"

苏篷子上了初中，有一次老师问他："你长大了要做什么？"

苏篷子马上说："俺要当苏红旗第二。"

老师就问："谁是苏红旗？"

老师是中学的老师，并不认识苏红旗。

苏篷子马上指着班上几个同村的学生说："他，他，还有他，他们都知道。"

苏爱国崇拜苏红旗，是因为苏红旗手中端着一只无形的铁饭碗。不过这只铁饭碗也没能让苏红旗光荣一辈子。

虽然苏红旗退休后，工资还是那么有保障，但是这些年村民们对上班族不怎么看重了，到了苏篷子等一些青壮年在外打工出息了，苏红旗的地位就明显地降了下来。

以前苏爱国见了苏红旗，总是隔老远就打招呼。后来，这样的顺序就颠倒了过来。

每次苏爱国在路上碰到苏红旗，都等着苏红旗和他打招呼。有时候，苏红旗耷拉着脑袋走到近前，没看到苏爱国，或者说没注意。苏爱国就咳嗽一声，提醒他身边还有个人。

苏红旗抬头看到他，就说："爱国哥，早啊。"

苏爱国就点头嗯上一嗯，算是回应。

有时爱国媳妇见了，就低声说他："你咋一点儿礼貌都没有？人家红旗在跟你说话呢？"

苏爱国说："你懂个屁。"

爱国媳妇一开始不懂，后来还是懂了，就常常点着他的额头说："你啊，就装吧，看你装到啥时候。"

苏爱国说："俺有啥装的？儿子出息了，是俺的功劳，还不是俺培养得好……"

他一句话没说完，爱国媳妇就摆手说："得，儿子是俺生的。"

当然，爱国媳妇得选对了时候，如果选不对，就会把苏爱国的脾气点燃。

苏爱国的性格，陈圆圆没结婚前就了解过，爱国媳妇也和她说过。陈圆圆表示不在乎。

爱国媳妇说："你公公这个人，脾气急，凡事你多担着点。"

爱国媳妇是怕媳妇娶进门，没多久就被苏爱国给气跑了。

陈圆圆就笑笑，说："没事。"

陈圆圆也是八里庄人，她对苏家早就了解了。苏爱国的性格和他的"出身"有关。新中国成立前，八里庄有一大半的地都是苏家的，那时候，苏有财可是村里的大名人，新中国成立后，苏家的地一大半被收了上去，苏家只留下了"地主"的虚名。正是这个虚名，让苏爱国憋了一肚子的气。他很想再次让苏家成为八里庄的大户。但是，从年轻一直到现在，苏爱国都没怎么成器。这也是他坏脾气养成的主要原因。

陈圆圆原本不想跟着苏篷子外出打工，她不放心儿子，但是前些年，因为在家，她被苏篷子逼得都跳过河。

陈圆圆是八里庄的村花，要个头有个头，要模样有模样，这样的女人嫁给苏篷子，村里有几个男人，尤其打光棍的那几个，就心里不平衡。苏篷子外出打工后，这几个男人经常到陈圆圆的家门口溜达，地里的活都不顾了。

陈圆圆对得起苏篷子，从来不敢和这些人多说一句话，就更别说交往了。但这些人也有些脑子，尤其是其中一个叫方向党的男人，心思一动就给陈圆圆造了一谣。

民间有句俗话：好事不出门，坏事传千里。

村里人没事就爱凑在一起，东家长西家短的，专门挖一些男女关系的料子，然后就像烹饪一样，加点佐料再传出去，也不管它咸淡。

人能打电话，谣言就能顺着电话走。

人能坐车，谣言就能跟着车走。

很快，谣言就到了塘沽，钻进了苏篷子的耳朵里。于是乎，误会就来到了苏篷子和陈圆圆之间，让这对两地分居的夫妻有了隔阂，而且就像沟渠一样，距离越来越宽。

这也是陈圆圆决定离开儿子去塘沽的原因。

陈圆圆看出来了，夫妻不在一起，就会多出许多误会，又觉得乐乐懂事了，再怎么说也是苏爱国的孙子，他不会对孩子怎样的，所以就丢下孩子去了塘沽。

陈圆圆在家里，常常给乐乐讲故事，尤其是她外婆家的故事。

陈圆圆的外婆家就是铁营镇的，她小的时候常住在这里。所以，对于铁营镇，她算得上情有独钟。每每在车上和苏篷子说起家乡来，苏篷子的话题会围绕着朱集镇来说话，而陈圆圆的话题往往都在铁营镇上。

铁营镇，最早只是个古朴的村子，就像一个寡言少语的山东大汉，静静地蹲在十万亩盐碱地里。

而这片盐碱地，因为后来铁营村的名声影响，被称为铁营大洼、铁营洼，乃至今天的铁营。

又因这片盐碱地被夹在马颊河和德惠新河之间，地势极洼，所以，历史记载中，铁营洼还有一个名字，夹堤圈洼。

几千年来，铁营洼静静地卧在马颊河南岸，依靠着古朴沧桑的大堤，默默地望着历史的车轮从身上碾过，却一声不吭。也因此，使得曾经在这里发生过的悲壮事件，平静地排列在史书中，难以被后人关注。事实上，每一次的悲壮事件，都足以震古烁今。

要说铁营洼，还得从铁营村说起。而要说铁营村，就不得不提及一个历史人物：铁娘子。

但关于铁娘子其人，可以考究的记载极少，翻看铁家族谱，只有简单的描述：永乐年间铁营发生了一场较大战事，出了位女将领铁氏。永乐是明成祖朱棣的年号。其实，铁营发生那场战事，朱棣还没有当上皇帝，因此，战事应该发生在永乐年间之前。

据说明太祖朱元璋当了皇帝之后，一心想着巩固自己的龙椅。当时，朱元璋坐在龙椅上，总觉得周围有不少眼睛盯着。

疑心就像一条小虫，在他的血液中爬着，让他浑身不舒服。

为了确保皇位，朱元璋削减开国功臣的权势，把自己的儿子分封为王，接管了各地军政要务。

但这样一来，各地皇子的势力就会不断做大，尤其燕王朱棣，因驻守北平要塞，不断扩充武力，对南京形成了威胁。

太祖活着时还没啥大事，去世后问题就来了。太孙朱允炆继位建文帝，大臣齐泰和黄子澄共参国政，向建文帝进言，觉得藩王势大，影响皇威，应该像当年太祖削弱功臣的权势一样，削弱其权势。

两位辅佐大臣的话对皇权的稳定有益，建文帝自然应允，于是先后削弱了周、齐、湘、代、岷"五王"权势。当时，燕王朱棣因对建文帝的威慑力大，建文帝一时没敢对他出手，不过削藩一举也孤立了燕王。

燕王可不是个吃屈的主，他当然明白建文帝的手段，每天在北平看着地图憋气，总觉得冥冥之中，像是有一双巨手掐向自己的脖子，让他喘不过气来。

人舒心的时候会笑，烦闷的时候会发脾气。那段日子，北平王府里没少传出摔打声。就在燕王屡屡发脾气的时候，一个人的进言打动了他的心。

这个人叫姚广孝，法号道衍，确切地说，这是个和尚。

姚广孝十几岁就在苏州的妙智庵出家了，空门心静，使得他有大把的时候来学习佛法经书，除了佛法，这个和尚还研究道学、儒书，甚至兵家阵理。其实从这点看去，姚广孝就不是一个纯粹的出家人。

正因为才学过人，满腹经纶，后来被朱元璋赏识，让他随侍朱棣，从此，姚广孝就成了燕王的谋士。

"五王"被削权后，姚广孝就看出建文帝的意图了，于是向朱棣进言："王爷可听说'五王'被削权之事？"

"这么大的事，本王怎会不知？"

"那王爷可知万岁意图？"

"明眼人都知。"

两个人一阵对视，彼此从眼神中看出了心中所思。

姚广孝低声说："王爷，万岁矛头所指，其实只有燕王一人，如不趁早动手，怕步'五王'后尘。"

朱棣说："新君登基，百姓拥戴，又耐他何？"

朱棣的话很简单，他不是不知道建文帝的意思，而是没有胜券，担心贸然举事不得民心。

随后，姚广孝的一句话给了朱棣绝大的信心："臣只知天道。"

姚广孝当时的回复言简意赅，打开了朱棣的脑洞。

于是，朱棣举起"清君侧"的大旗，果断出兵，这一年是1399年7月。朱棣大军先是以迅雷不及掩耳之势，攻占了居庸关、密云、永平等地，把北平外围的芒刺拔掉，然后大军南下。由于朱元璋在世时，很多老臣遭受压制，建文帝手中可用的能人微乎其微，只好派老将耿炳文迎战。老将在河北一带失利后，建文帝又派了曹国公李景隆为帅。李景隆在当年九月来到德州一带，吹响了集结号，五十万大军和燕王展开了厮杀。

这场拉锯战，坚持了将近一年。朱棣虽然多次战败李景隆，但并没有伤及李景隆的筋骨，也使得朱棣南下的战略受阻，北平骚动。

就在这时候，一个女人出现了。她就是铁氏，后来号称铁娘子。

说起铁娘子和朱棣的邂逅，还是在北平郊外。那天，前方战事形成胶着状态，朱棣对于姚广孝的军事策略深信不疑，但他耗不起时日。就在烦闷之际，他听到有人发出一声嗤笑："燕王手下将士多胆小鼠辈，焉能成事。"

发出这句话感慨的就是铁娘子，当时正在郊外练枪。

如果换了一般的王爷，早就把这个口吐狂言的女子斩了，但朱棣不会。他就像茫茫黑夜中发现了一颗明星，不但没有责怪，相反上前，询问破敌之策。

铁家本来是一个大家族，但因为元末朱元璋和朝廷的战事，家门破败不堪，所剩后人寥寥。因此，铁娘子从小就有一个理想，那就是天下太平。

铁娘子告诉朱棣，只需一支人马，轻骑而行，绕到李景隆的侧后，便可乱其军心，乱其阵势。

李景隆数十万兵马，驻扎开来，阵营相连，要想混进去谈何容易，但铁娘子的胆略是朱棣所赏识的，他马上许诺，并亲赠杏黄战旗，答应随铁娘子军马出行。

铁娘子和朱棣带着三万将士，乔装星夜来到今乐陵城南处，安营扎寨。位置就在今铁营洼。

十万亩洼地易于将士藏身，且因为这里的土质历来盐碱，李景隆的后勤部队也不会到这里取水源。有利的地形使得铁娘子的兵马悄然靠近了李景隆，如同奇兵天降，夜间戎装厮杀，日间卸装隐藏，如同乡间百姓，让李景隆防不胜防。

铁娘子善于用兵，为免受到李景隆部队的围困，她将三万将士分为五营四哨，互为照应，牵一发而动全身。后五营四哨简称铁营。

不久，李景隆终于发现了这十万亩盐碱地的神秘之处，大军围困而来。如果换了常人，早就劝朱棣撤兵，但铁娘子不是常人，她希望朱棣敢于以身涉险，在这十万亩盐碱地带搭起点将台，并派人知会其他兵马，里应外合，大败李景隆。

姚广孝虽然一直坐镇北平，但不放心，也曾连夜赶来，和朱棣研究了一盘战棋。

这盘棋，与其说是朱棣和姚广孝所下，倒不如说是铁娘子的思路。

棋局走势正如她设想的那样，李景隆大军一到盐碱地，便遭到了燕王兵马的里应外合。一场大战，不但让李景隆身败名裂，也使得建文帝元气大伤，在这之后，燕王大军向临清、济宁、顺德、大名等地开进，屡战屡胜，最后直取南京，燕王把建文帝赶下台，自己登基当了皇帝。

当年，铁娘子虽然大破李景隆的部队，但是，双方将士死伤惨重，周边百姓也累及无数，本来寸草不生的盐碱地上，到处是坟冢废墟。看到这番景象，铁娘子很是后悔，知道战争给当地的百姓带来了灾难，于是留下一批伤残人马，就地安置，建制成村，而这座村子百姓都是铁姓，而这座村子就叫铁家营，后来渐渐叫成了铁营。

这就是铁营村的由来。而这十万亩盐碱地，就被称为铁营洼。

早在朱元璋未成事之前，山东、河北、河南这一带就是战事纷纷。当时，元朝的都城在大都，也就是现在的北京。为了推翻元朝，山东、河北、河南这一带，自然成了两军交锋的主战场。

战争给百姓带来的灾难是巨大的，使得这一带遍地疮痍，几乎成为无人之地。据记载，当时乐陵县一带，仅剩 400 余户。而这片平原地带，又是农作物最丰富的地方。朱元璋当了皇帝后，为了恢复农业生产，让各地的人口均衡，颁发了移民政策，按"四家之口留一、六家之口留二、八家之口留三"的比例迁移，最典型的就是山西大槐树移民。

说起铁营镇的来历，陈圆圆无限感慨，说乐陵有很多人是从山西大槐树过来的，还说她外婆的祖宗也是从那边过来的。说到这时，陈圆圆对山西就有些向往了，甚至还提出要去山西游玩一圈。

苏篷子就笑着说她："现在刚打工赚了点钱，就想消费了。"

陈圆圆说："人家只是随便说说，也没想去啊，再说，去了谁认识咱？"

苏篷子知道她的性子，多愁善感，对亲人和家乡有着浓浓的情结。正因为这种情结，陈圆圆好长时间放不下乐乐。每天晚上，一说起乐乐来就吧嗒吧嗒地掉眼泪。苏篷子就说："你要是想乐乐，就回去吧，家里也不差你挣的这点钱。"

陈圆圆说："不行，我得替他看住他爸。"

陈圆圆的话很直接，说白了是不放心苏篷子一个人在外地打工。

苏篷子就开她的玩笑："干脆我们不打工了，去铁营洼包块地，看管枣树得了。"

乐陵地处黄河下游华北平原，是金丝枣的原产地之一。其栽培历史，始于商周，距今已有三千多年了。

苏篷子的话是针对陈圆圆说的，也算投其所好吧。其实，朱集镇有的是枣树。这几年，外出打工的青年多了，管理枣树的人就少了。谁要想踏踏实实地在老家包一片枣树，其实是很容易的。陈圆圆也知道苏篷子说的不是心里话,但是她喜欢听。因为,毕竟铁营是她从小长大的地方。

白骨露于野,千里无鸡鸣。曾经是铁营大洼的真实写照。后来,这片伤痕累累的土地,一直在战事灾难和自然灾难的折磨中隐忍着,使得十万亩洼地寸草不生,抓一把泥土都是咸涩的。以至于这里无论种植什么,都难以收获。不过到了今天,奇迹出现了。让人无法想象的是,这片千百年来寸草不生的盐碱地,居然变成了绿洲!

朱集镇的枣树除了在当地之外,移植到哪里,小枣的营养都会大打折扣。乐陵金丝小枣名冠天下,也是亏了朱集镇的枣树,小枣熟透后,从中间掰开,冲着阳光看去,你会看到一条条的金丝。为此,外地有很多客商想移植这种枣树,奇怪的是,枣树到了外地,结出的枣儿,最多是银丝的。

不过,往铁营镇移植的枣树就邪了门了,和朱集镇的差不多,营养也很丰富,连当地的一些专家也无法解释。陈圆圆的解释是,她的外婆是铁营人,她妈妈是铁营人,而她从小在铁营长大,也算半个铁营人,可以说,她和苏篷子的结合,是铁营镇和朱集镇的结合,铁营镇的枣树能长出金丝小枣,也就不稀奇了。

说起陈圆圆的外婆铁小曼,也算出身大户人家,而外公铁牛就普通了许多。而外公和外婆的故事,也是陈圆圆所愿意津津乐道的。

苏篷子和陈圆圆一起出去打工,村里就没有风言风语了。村里那几个垂涎陈圆圆的人,也没了机会。不过陈圆圆离开家后,没有一天不想儿子。所以这一次一回到家,她就去了村南的河边。可是她没想到,儿子会对自己这么冷淡。陈圆圆的心有些凉。她叫了两声,儿子却扭过了头,假装没看到她。

苏爱国是个倔驴脾气,苏篷子也是,到了儿子这一代,陈圆圆就担心他的性格随上两辈，没想到，他还真的随了。

其实在乐乐四五岁的时候，就把倔驴脾气显示出来了。儿子脾气的增长，当娘的最清楚。

相亲的时候，苏篷子和陈圆圆并没有对上眼。陈圆圆嫌苏篷子流里流气的，这辈子怕是没什么出息。苏篷子嫌陈圆圆弱不禁风的，担心她是个病秧子。但是，后来媒人说起了两家的姻缘，两人就聊上了。陈圆圆打开了话匣子，说起了她的外公和外婆。苏篷子也说起了他的爷爷和奶奶。

两个人越说越投机，居然都点了头。

成亲的那天晚上，两人还议论这件事呢。陈圆圆说："如果当时外公娶了你奶奶，会咋样？"

苏篷子说："也许就没有咱们了。"

陈圆圆说："我觉得他们没有在一起，有些可惜。"

苏篷子笑了："别为人家可惜，如果他们在一起了，咱们就可惜了。"

两个人成亲后，一直很恩爱，而且生下了乐乐这个可爱的儿子。

有了乐乐后，一家人过着幸福无比的生活。老少三代，一家五口。爷爷、奶奶、爸爸、妈妈、儿子，这样的组合是人人都羡慕的。

乐乐从小就很懂事，嘴巴也非常甜，常常一张嘴，就让苏爱国两口子笑上半天。

对苏爱国来说，乐乐就是个活宝。有苏篷子的时候，他们老两口儿似乎还没感觉到人生的乐趣，或许是人上了年纪就喜欢孩子吧。

倔强的苏爱国，在苏篷子从小到大这段历程中，没少往儿子的脸上扇巴掌。但是乐乐基本上治愈了他倔驴的脾气，把他动不动就像吃了枪药一样的嗓门也给压下去了。

在乐乐面前，苏爱国一点儿脾气都没有了。他甚至会在孙子面前扮乖巧的样子。

那段时间，爷爷、奶奶、爸爸、妈妈，四个人都把爱给了乐乐。乐乐是幸福的。

后来，爸爸外出打工了。虽然少了一点儿父爱，但是，乐乐感觉不到什么，因为妈妈还在，爷爷、奶奶还在。

只是，再后来，妈妈也出去打工了。

妈妈走后，乐乐的心才觉得像突然少了点什么。他开始感觉到连阳光都不暖了。

他常常跑到村头的公路上张望，期盼着妈妈会和爸爸一起回来。因为妈妈走的时候和他说过："乖，乐乐，妈妈很快就回来的。"

陈圆圆不敢实话实说，怕乐乐哭。她撒了个善意的谎，谁知道乐乐记得很清楚。他一直在等着妈妈的回来，一天过去了，十天过去了，三四十天过去了，甚至一百天过去了……

乐乐的心凉了，整个人也僵硬了。

这时候，幸而还有爷爷奶奶的照顾，有他们的陪伴。有爷爷的枕边故事。

爷爷为了让乐乐开心，常常带着他去村后的枣林里。在那里，的确留下了乐乐一串串的笑声。有时候，他甚至觉得树上的枣儿就是自己的笑声结成的。

但是后来，爷爷病了，不能带他出去玩了。乐乐的心瞬间像被谁掏空了一样。

对他来说，那段时间，整个情感的支撑，就在爷爷的身上。爷爷病了，乐乐变了。

他从活泼可爱，变成了寡言少语，从欢乐爱笑，变成了偏激孤处。

长到十岁，他还没自己穿过衣服。之前一直是妈妈，或者爷爷照顾他。但是，从爷爷得病的那天起，他突然长大了。

他拒绝妈妈或奶奶为自己穿衣服。每当有人想照顾他时，他会大声地喊，直到喊得嗓子都哑了。

或者一个人蹲在角落里哭，谁都不理。

之前的乐乐，喜欢吃冰淇淋，如果妈妈违背了他的意愿，他就会哭个不停，甚至躺在地上打滚。他喜欢玩具，尤其是奥特曼。他已经拥有了几个奥特曼，但是，他还嫌这不够。当爸爸带他逛超市的时候，他便吵闹着要买。爸爸不同意，他就赌气地说，从今以后我再不叫你爸爸了。可见，他对于玩具是如何的喜爱。

妈妈在临走前，给乐乐买了好多玩具。妈妈问他喜欢什么，他不说。妈妈就给乐乐买了他曾经最爱吃的冰淇淋。但是，他不吃，甚至看也不看一眼。妈妈如果再问，他就眼圈通红。

苏篷子脾气大，有些遗传苏爱国的倔劲。苏篷子冲着乐乐说："你个臭小子，懂不懂道理？爸妈出去打工，不也是为了你？"

他抬头望着爸妈，眼里泪汪汪的。陈圆圆揽过他，说："孩子，听奶奶的话，爸妈要是不出去打工，谁给你买好玩具，谁供你上学，长大了谁给你买房子娶媳妇？"

对于妈妈说的这些，乐乐不懂。他只知道，如果爸妈都出去了，家里就只剩下他和奶奶，还有患病的爷爷了。

苏篷子和陈圆圆临走的那天晚上，炖了一锅排骨，他们想哄哄儿子，让他开心，然后第二天一早就悄悄地走了。

但是，乐乐望着碗里的排骨，一口也没吃。他吃不下，因为他知道，爸妈就要出门了。

排骨炖好后，苏篷子盛了一大碗，对乐乐说："只要你叫一声爸，我就给你吃。"他不叫，苏篷子气得把排骨喂了狗。陈圆圆看到这一幕，就对苏篷子说："你怎么能这样呢？孩子多可怜啊，孩子不喜欢叫就算了，你逼他干什么。"苏篷子有些后悔，但又有些固执，说："咱们出去打工挣钱，多不容易，处处看人脸色，回到家里，还要看这小畜生的脸色。"

爸妈出去打工后，乐乐常常在公路上坐着。

有时候，村里人看到他，知道他没吃饭，就给他拿来包子。乐乐却倔强地不吃，把包子直接扔给了附近的狗。

有一次，乐乐在外玩了半天，回来后陈圆圆问他想吃什么，乐乐说："俺想吃肉包子。"

那时候，苏篷子已经在外打工几年了，只是收入还很一般，一年到头赚到手的钱，都随日子走了，家里并不富裕。不过，一顿包子还吃不穷。陈圆圆蹬着车子去了崔家。崔家离八里庄只有二里路，处在通往朱集、乐陵和庆云的三岔口上，虽然也是个村子，但因为位置好，成立了集市，平时街上卖什么的也有。

陈圆圆到了崔家，问了肉价，有些心疼，犹豫了一阵，只买了三两肉。陈圆圆刚到家，乐乐就跑了过去，问她："娘，买肉了吗？"

陈圆圆说："买了。"

乐乐又问："多少？"

陈圆圆说："在车把上拴着呢。"

乐乐从车把上拿下猪肉，用手掂了掂，说："咋这么点？"

"不少了，半斤呢。"陈圆圆不敢说只有三两。

她以为自己说出半斤肉来，乐乐即便不开心，也不会太生气。没想到乐乐胳膊一甩，就把肉扔到院墙外面去了。

乐乐大叫："就这么点，够塞牙缝的吗？"

陈圆圆急了，赶紧跑了出去。她原本想把猪肉捡回来，外面包了塑料袋，即使掉在地上也没大碍，但是她快，有个家伙比她更快。

那就是陈圆圆家养的一条小狗。

那条小狗每天都会跟在乐乐的屁股后面转悠，不只捡他脚底下掉的食物，还会抢他手中的。

有时候，乐乐也会逗它，故意把手中的食物远远地抛出去，让狗去叼。

狗和乐乐之间似乎达到了某种默契,乐乐手中的肉刚出手,小狗就兴奋地跑了出去。

陈圆圆回来后,小狗就盯上了车把上的肉。狗鼻子灵敏,眼珠子更尖,不过它不敢靠近,似乎知道要想从大人手中得到肉食,难度非常大,因此,它开始不住地朝乐乐瞟。果然,乐乐把肉抓在了手里,然后扔出了院墙。

对狗来说,这简直是一次速度的挑战。乐乐的手刚刚扬起来,他的脖子也伸了起来,等看到塑料袋子裹着肉飞向半空,马上做出了反应。

尽管陈圆圆的反应够快,还是没快过狗。狗和她几乎是同时朝门洞里奔的。狗在前面,陈圆圆在后面。陈圆圆喝着:"小黄,站住。"

狗的名字叫小黄,原本挺乖巧的,只是那天小黄没有听陈圆圆的吆喝。它一边跑还一边朝后瞥呢,看到陈圆圆在后面追上来,嘴里汪汪地叫着,更有精神了,似乎要和陈圆圆比一下,是四条腿快,还是两条腿快。

陈圆圆少了两条腿,没办法和小黄比。等她拐出门口时,小黄已经把肉叼在了嘴里。陈圆圆试图把小黄手中的肉夺过来,但是,等她朝前走了几步,小黄明白到了她的意图,叼着肉朝远处跑去。

那天,陈圆圆甩开胳膊,给了乐乐一巴掌。这是她第一次打儿子。本来,她不想对儿子下狠手的。不知为什么,儿子的表现让她想起了公公,想起了男人。陈圆圆不想让苏家再多一头"驴",所以,要用心地制止他,把他要变成"小倔驴"的苗头给灭了。

有时候,人的性格就像扔在水里的皮球一样,你怎么摁都摁不住。不摁还好,一摁就噌噌地往上弹。

挨了母亲一巴掌,乐乐没哭。他觉得自己很委屈,明明说好了要包肉包子,娘却只买了一点回来。这还罢了,居然在自己的脸蛋子上印了一巴掌。换了其他的孩子,兴许就以泪洗面了,要不然就会在地上打滚。

乐乐虽然是小倔驴脾气,但绝不在地上驴打滚,而是冲进屋子里,接连摔了三个大碗,摔完还不解气,又摔了一个暖瓶,以此来表示自己的抗争情绪。

如果他只是摔了几个碗,陈圆圆说不定就气上加气,再在他另一边的脸蛋子上印上一巴掌。但是,乐乐最后把暖瓶摔了。他的举动把陈圆圆吓了一跳。暖瓶是盛热水的,一不小心就会烫在身上。陈圆圆赶紧放软了声音,劝着乐乐。

那天要不是爱国媳妇出来,乐乐还指不定闹出什么大乱子来呢。爱国媳妇疼爱孙子,把他揽在怀里,也不管他做得对不对,就不住地说:"瞧俺孙子的脸,他娘,你怎么对自己儿子下手这么狠啊？"

陈圆圆不说话了。她知道,要是说儿子的不是,儿子说不定还要闹腾。

正是因为那次儿子的表现,陈圆圆之后再也不敢招惹他。有一年寒假,乐乐作业也不做,每天都去找大胖玩,甚至还去河边。陈圆圆担心他掉进冰里去,就把他拉了回来。到了家里,陈圆圆把乐乐关在柴房屋里。乐乐一赌气,居然把镰刀拿在手中。陈圆圆吓坏了,只好把他放出来,但把大门关了。乐乐出不去,一天可以,两天可以,到了第三天,就忍受不住了,提起暖瓶往外走。陈圆圆问:"干啥去？"

乐乐说:"出去。"

陈圆圆说:"不许出去。"

乐乐不说话了,还往前走,而且晃了晃手中的暖瓶。

陈圆圆那张脸一下子像纸一样白,赶紧说:"娘去给你开门。"

陈圆圆掏出钥匙,把大门开了,乐乐这才把暖瓶递给她,临走还送给她一句话:"暖瓶里没水。"

尽管儿子耍了她,她还是一直担心。

陈圆圆和苏篷子出去前,一直犹豫着。不出去,眼看着夫妻关系越来越冷淡。那一阵,陈圆圆听说苏篷子在外面有了相好的,觉得自己必须看住他。出去吧,又不放心儿子,把一头小倔驴舍给一头老倔驴,她哪能放心。后来,还是苏爱国送给她一颗定心丸。苏爱国说:"乐乐他娘,你也不想想,俺再驴,也分跟谁啊,乐乐是俺孙子,俺疼还疼不过来呢,咋能跟他耍。"

这话陈圆圆信一半。她相信苏爱国说的是真心话,可是她担心公公上了驴脾气就什么也不顾了。就在陈圆圆难下决心的时候,爱国媳妇说:"走吧,家里有俺呢,再怎么说,俺跟这头老倔驴过了大半辈子,对他的性格早就了解了。"

陈圆圆觉得有婆婆这句话,家里就没啥担心的了。

出去一年,陈圆圆往家里打了上百次电话。前些日子,电话不是苏爱国接,就是爱国媳妇接。后来有一次,陈圆圆刚把电话打过去,对方就接了,只是一直不说话。她急了,以为家里出了啥事,就问:"咋不说话?是不是乐乐……"

她这话没说完,电话那头有反应了:"咋了,盼着你儿子出事啊?"

声音是乐乐的。陈圆圆当时是又好气又好笑,忙说:"咋不说话?"

乐乐说:"三天一次电话,你烦不烦啊,放心吧,没事,家里有俺呢。"

这话就像大人说的一样,有安慰陈圆圆的意思。

其实,陈圆圆最不放心的还是他。

过年回来,陈圆圆就问乐乐:"为啥不让娘多打电话?"

乐乐说:"省下电话费给俺买礼物不成吗?"

陈圆圆就拿出给儿子准备好的礼物,说:"给,在这呢。"

这一次回来,陈圆圆仍然给儿子带来礼物,而且还是生日礼物。

陈圆圆来到儿子面前，说："乐乐，想娘了吗？"

乐乐似乎看陌生人一样，慢慢地转过头，望着她，半晌才说："有点想。"

尽管在家的时候，儿子经常让陈圆圆生气，但是等她出门后才觉得，有时候天天生气也是一种幸福。

陈圆圆揽过儿子，想体会一下许久没有过的幸福。但是怀抱着儿子，总像是抱着一块石头。她低头看去，发现儿子耷拉着手，目光望着河水。

水虽然结着冰，但并不厚。

儿子突然说："娘，你这两年为啥不担心俺掉在河里了？"

乐乐从刚学会跑开始，就在家里闷不住，一岁之前，是陈圆圆抱着他外出，一岁多后，是乐乐摇摇晃晃地拉着她的手往外跑。

到了乐乐那两条腿在街道上来回地疯跑后，陈圆圆开始担心。

乐乐三四岁之前，她还能控制那两条不听话的腿，到了乐乐三四岁之后，陈圆圆能力就有限了。乐乐那两条活蹦乱跳的腿，开始像他爷爷一样，围着村子转，有时候也会转到更远地方去。陈圆圆开始担心，因为村南就有一条河。

从那时候起，陈圆圆经常在乐乐的耳边嘱托，让他没事别往村南跑，别去河边。乐乐有时问："冬天行吗？"

陈圆圆说："冬天也不行。"

乐乐说："河面上有冰啊，咋不行？俺听爷爷说，他小的时候常在冰面上玩。"

陈圆圆说："那时候天冷，冰厚。"

到了乐乐上了小学，陈圆圆嘱咐少了。因为她听说学校的老师也经常谈起这个话题。

现在，儿子居然提起了冰的事。而且，儿子的话让陈圆圆心里不舒服，就像一记闷棍，砸在她的心头。

陈圆圆缓了半晌才说："娘不是不担心，是没办法。"

"咋没办法？"儿子问。

陈圆圆张张嘴，却没说出来。

有些话她怎能跟儿子说，他还小。

前些年，陈圆圆留守在家，一边照顾儿子，一边照顾公婆，又忙里又忙外的，每天都要累得腰酸腿疼，说起来，要比这几年辛苦多了，但恰恰是那些年，她并没有得到苏篷子的理解。苏篷子听信了谣言，误解她在家里找了野男人。虽然谣言是从方向党的嘴里传出来的，可是苏篷子轻信外人，也让陈圆圆的心比河里的冰还凉。

那几年，苏篷子常年不在家，方向党在陈圆圆身上也动了不少心思。那时候，方向党其实娶了女人，女人叫高三婷，是从城里来的。

高三婷嫁给方向党后不久，就去了塘沽，而且她是和苏篷子一起去的。

方向党怀疑自己的女人和苏篷子在一起，他一条腿受过伤，不能出去打工，就在家里干憋气，后来，他开始打陈圆圆的主意。被陈圆圆拒绝后，方向党就四处散播陈圆圆的谣言。

谣言一传到苏篷子的耳朵里，苏篷子就急了。从那之后，一直对陈圆圆冷冰冰的。后来，高三婷离开了塘沽，回到了乐陵，苏篷子和塘沽本地的一个女孩子有了扯不清的关系。正因为这，陈圆圆才决定跟着苏篷子一起出去，只是这样一来，她就只能将儿子留在八里庄了。

乐乐年岁还小，他远远不能理解母亲的心情，这种事，陈圆圆也不能和他说。在乐乐心中，一直认为娘是出去享福的。她在家里受的苦，乐乐都看在眼里，甚至有时候会暗暗地发誓，等自己长大了，不再让娘干任何活。但等陈圆圆一走，乐乐内心中就滋生了一股怨气，他觉得爹不要自己了，娘也不要自己了。

这种怨气一直在肚子里憋着，和对父母的思念斗争着，让他自己都说不清，自己是想他们，还是恨他们。当然，乐乐不开心还有一层原因,是大胖住了院。尽管听说大胖只是被摩托车砸了一下子,没什么大碍,但他还是有些担心,因为大胖是他最好的朋友。

乐乐跟着母亲回家了。

对于母亲,他真的说不上是亲切,还是冷漠。早上听爷爷说,爹和娘要提前回来过年。他知道,他们是想陪着自己过一个生日。这一天,是乐乐十周岁的生日,从他记事起直到现在,爹和娘还没有一起陪自己过个生日。

当然,他听娘说,自己一周岁时,爹娘是在身边的,可他一点记忆也没有。

大胖的生日是正月初一,所以乐乐非常羡慕他,因为每年过生日,大胖都能和父母在一起。当然,大胖自己不开心,他说如果生日不在春节就好了,春节本身就有好吃好喝的,等于白白浪费了一次过生日的机会。乐乐不以为然,他觉得生日如果在平常,和没有没啥区别,父母外出打工,不可能平时回来给他过生日。

前几年,每年乐乐过生日,陈圆圆都在,尽管这个生日不怎么完整,他还是很开心。当然,他和任何孩子一样,期待着爹能在这一天陪着自己。他希望爹在,是因为爹有可能会给他买玩具枪。

乐乐喜欢枪,每次过生日,他都希望得到一挺机枪,然后端着它,在大胖或者其他的孩子面前,一通猛扫。不过,陈圆圆不肯给他买。她说:"玩什么枪,不学好。"

陈圆圆总会给乐乐买一些积木或者魔方之类益智的玩具。那些玩具一堆到乐乐的面前,就把他的头挤大了。乐乐每每会抱着脑袋躺在一边,大叫:"统统拿走。"

陈圆圆和苏篷子教育孩子的方式不一样,想法也不一样。在苏篷子的脑袋里,他觉得儿子只要玩好就可以了。他是男人,自然明白儿子的需求,因此每次回来,总会让儿子如愿以偿地高兴一阵。

陈圆圆就不同了。她之前留守在家，想得更多的是照顾好公婆和儿子，公婆那里，能够让他们健健康康就好了，儿子这里，要抓好他的学习。因此，她送给儿子的生日礼物总和学习有关，要么是课外书，要么是书包，要么是童话故事。

有一次，乐乐说："娘，能不能不买这些东西？"

陈圆圆说："咋了？"

乐乐说："老是学学学，你脑子里就没有别的？我想开心。"

陈圆圆说："傻孩子，只有好好学习，你才能开心。"

乐乐说："不，我不想要。"

陈圆圆说："好，下次娘给你换别的。"

可等到下一次，陈圆圆就给儿子买了学英语的点读机，还说："这东西益智，会开发你的大脑，而且还帮助你学好英语。"

乐乐头都大了，仰面朝天地倒在床上，说："俺这是摊上了一个啥娘啊，想把他亲儿子累死吗？"

陈圆圆自然明白儿子的心思，他想玩，但是，她不想浪费这样一次消费的机会。到了下一年儿子生日，陈圆圆提前三天就开始盘算了，而且询问过乐乐的意见，问他想要得到什么礼物。乐乐没说话，只是用双手比了一个握枪的动作。

陈圆圆看懂了，但没满足儿子的奢望。她想了几天，买了一套积木回来，对乐乐说："儿子，这可是好东西啊，可以益智，又能当枪玩。"

乐乐说："这破东西咋当枪？"

陈圆圆说："摆啊，你只要摆出来就行。"

乐乐没摆，一赌气，把积木扔得满地都是。

这一次，陈圆圆并没有给乐乐买积木。

其实她知道儿子的喜好。回来前，她和苏篷子商议过。苏篷子说："还是给儿子买枪吧，他喜欢。"

陈圆圆说:"有了枪就出去疯,每天不着家。"

苏篷子说:"玩吧,要过年了嘛。"

乐乐刚进门,苏篷子就从沙发上站了起来,左手把准备好的玩具机枪举了举,右手朝乐乐一伸。

苏篷子想抱抱儿子,乐乐却站在了门口,没往前走,目光望着父亲,就像望着陌生人一样。

苏爱国说:"这孩子,不是想你爹吗,你爹回来了,还打什么愣?"

乐乐说:"谁想他!"

说完,乐乐掉头就走。

陈圆圆正巧在后面,就把儿子拦住了,低声说:"儿子,咋了?"又说,"爹给你买了枪。"

乐乐淡淡地说:"不稀罕!"

苏篷子走了过来,把枪端了起来,示范了一下,乐乐却看也没看。苏篷子把枪往儿子的手里放,却被儿子打落在地上。苏篷子愣了,问:"儿子,这是爹给你的生日礼物啊!"

乐乐说:"俺不稀罕!"

陈圆圆在儿子面前蹲了下来,望着儿子的眼睛,轻着声问:"儿子,到底咋了?"

乐乐大声说:"不稀罕,就是不稀罕!"

苏篷子是个驴脾气,一听就烦了,叫道:"砸烂算了!"

陈圆圆觉得儿子今天的表现不正常,按他的性格,他不可能不喜欢玩具枪。她继续问:"儿子,爹为了给你买生日礼物,可是跑了好远的路呢。到底咋回事?"

乐乐望着母亲,紧咬着嘴唇不说话。

爱国媳妇过来了,揽过孙子,说:"乖孙子,瞧你,天天想爹娘,爹娘回来了,咋这样呢?"

乐乐说:"谁天天想他们,不想,从来都不想,他们不回来才好呢！"

　　这话让陈圆圆和苏篷子脸色非常难看。苏篷子一扬手，就想给儿子一巴掌，但被苏爱国一瞪眼，就把手收了回去。

　　陈圆圆觉得儿子一定有心事，她再次柔声细语地和儿子交流，说："儿子，有什么心事就说出来，让娘听听。"

　　乐乐连连摇头。

　　陈圆圆也有些生气了，忽地站了起来，叫道："到底咋回事，爹娘为了给你过生日提前回来，难道还不该了？"

　　苏篷子也说："就是，俺昨天晚上转悠了三个多小时，才给你买到这挺机枪，你小子还嫌弃！"

　　苏爱国把机枪接过去，往孙子的手里递："乐乐啊，拿着吧，这是你爹娘送你的生日礼物啊！"

　　乐乐一下子把机枪打落在地上。

　　苏篷子驴脾气上来了，甩手给了儿子一巴掌。乐乐的眼圈一下子红了，大声说："俺什么礼物都不要，就想天天和你们在一起！"

　　乐乐这话一出口，陈圆圆就把儿子抱在了怀里，陪着儿子呜呜地哭了起来。

第二章 爷俩

那个春节，乐乐一直不开心。尽管在大胖眼里，他是最幸福的。

大胖羡慕乐乐，他也想让爹给买个玩具枪，爹真的买了，却是一把普通的手枪。大胖觉得没意思，因为像那种手枪，他已经玩得懒得玩了。现在的枪，讲究能拆卸的，在端起来前，要啪啪地来一套动作，才感到威武，而爹给他买的手枪，浑圆一体。大胖就想学乐乐的样子，一把将手枪给扔了。他也想赌气了。

大胖爹脾气不好，见儿子把刚买的玩具枪扔到了墙外，就一脚踹在他的屁股上。大胖屁股上肉多，虽然摔得不轻，可摔不出毛病来，再说，大冬天的，衣服厚。

大胖咧着嘴爬起来，就扑到了娘怀里，说："娘，爹打俺。"

大胖以为娘会心疼自己，没想到娘拎着他的耳朵出来了。到了墙外，大胖娘冲着地上的玩具枪说："捡起来。"

大胖乖乖地把玩具枪捡了起来。他怎么也想不到，自己被摩托车带进了沟里，在医院躺了十来天，爹娘居然还这样对自己。他哪里知道，爹娘是被住院花的那些钱急的。大货车司机跑了，摩托车司机也算倒霉，大胖爹娘不能怪人家，住院的钱只能自己掏。虽然大胖受的只是皮肉苦，可里里外外查了一遍，也花了不少钱。

通过这件事，大胖更加羡慕乐乐。

大胖常和乐乐在一起玩,自然了解乐乐的情况。从医院里回来,大胖就来找乐乐,到了大门口他停下了,耳朵里听到苏篷子训斥乐乐的声音,心想:原来乐乐和俺一样倒霉,当爹的从外面回来,不亲自己的孩子,还连打带骂的。

大胖胆小,不敢进去,生怕苏篷子的驴脾气上来,尥蹶子把他给踢了。

想到这里,大胖还忍不住摸摸自己的屁股。

大胖本来还不想进去,又有些好奇,不知道里面发生了什么事。

于是,好奇就像一根绳索,牵着他那两条小胖腿,慢慢地走进了乐乐家。

大胖小心翼翼地进去了。他来到苏家时,离苏篷子远远的。当他发现苏篷子给乐乐带回来的玩具机枪后,两眼放着光,就像机枪扫射一样。

那把机枪被乐乐随意地搁在床头上。乐乐看到大胖后,本不想让他发现,就用被子把机枪盖了起来,谁知道大胖一来就上了床,一开始还坐在上面,后来往后一躺,正好压在机枪上。大胖被硌了一下,就问:"啥东西?"

乐乐说:"没啥。"

大胖说:"俺看看。"

说着,大胖就把机枪摸了出来。机枪一出来,足足有三分钟,他那双目光被吸在上面。

三分钟后,大胖大发感慨,说了一句:"俺的娘哎!"

乐乐说:"有啥大惊小怪的!"

大胖说:"这还不值得大惊小怪,乐乐,就凭这,你爹就是亲爹。"

乐乐说:"去,傻说什么,你爹不是亲的啊?"

大胖摸着机枪不住地大发感慨:"俺爹是亲的,可小气得很,总让俺怀疑他是不是外来的。"

乐乐一撇嘴:"胡说八道,你爹是外来的,那你呢?"

大胖说:"对啦,你爹给你买了这么好的礼物,你咋早不告诉俺呢?"

乐乐说:"有啥好说的,要是你喜欢你就拿走吧!"

乐乐说话很大方,那挺玩具机枪在他眼里,简直就像一块砖头。

大胖晃晃脑袋,说:"不会吧?"

大胖不相信,因为在他眼里,那挺机枪可不一般了。

乐乐本来不想让大胖看到的。想想,他自己都觉得心思很复杂,为什么有这样的念头,他不知道,总之,当他发现大胖来了时,下意识地要把机枪藏起来。但大胖发现了机枪后,他突然又不把机枪放在眼里了。他一摆手,再次说了句:"喜欢就拿走。"

这话很大方,不但口气,包括他说话时的神色,也是大方的,一本正经的。虽然乐乐心里也在想:我到底怎么了?刚才还想把机枪藏起来,这会儿咋又讨厌起它来?恨不得让它从眼前消失。

乐乐是认真的。但大胖不相信。他突然把机枪放在床上,倒退了几步,说:"乐乐,你想讹俺吧?"

乐乐说:"咋了?"

大胖说:"俺拿走后再送回来,你是不是要说机枪坏了,让俺赔?"

乐乐说:"这是新的,又没坏。"

大胖伸出手,用五个手指肚轻轻地触碰着机枪,很快又把手收了回去,说:"俺看不出来,说不定哪里不对劲。"

乐乐摇摇头,懒得理他,往床上一躺,说:"俺烦,你自己去玩吧!"

那一刻,乐乐觉得自己心情复杂得很,从来没有过的滋味。

大胖想走,可又舍不得那把枪,直到娘的声音从大门外绕进来,他才恋恋不舍地走了。

当然，大胖临走没带走乐乐的枪。尽管他觉得乐乐是认真的，可还是担心。他担心玩"坏"了乐乐的枪，自己可赔不起。不过，因为心理的落差，那天晚上，大胖回到家里，冒着挨爹娘打骂的危险，上了牛脾气。以至于后来，大胖和乐乐说起这件事时，有些怨怪地说："俺跟你玩得时间长了，沾了你的坏脾气，都说俺老实，咋也有犟牛的时候呢。"

乐乐就问："咋回事？"

大胖说："俺跟爹娘耍了一场，谁让他们不给俺买玩具机枪。"

乐乐就一伸大拇指，说："牛，够牛。"

大胖就嘿嘿地笑，笑的时候，脸红扑扑的。

笑完，大胖就说："俺爹不如你爹，你爹有钱。"

乐乐说："他没钱。"

说这话时，乐乐还在生爹的气呢。

当时，两人坐在村南的河边。

冬去春来，河水已经融化了，弯弯曲曲的水流，就像一条长长的蛇，匍匐在两人的脚下，轻轻地爬动着，在八里庄前面绕过。

岸边斜坡上，草儿冒出了绿芽。昨晚刚下了一场春雨，一个个晶莹的水珠，就像顽皮的孩子，趴在绿芽上，翻滚着，嬉闹着。

岸上，有一片片的枣树，不过此时还没有抽芽。枣叶绿的季节要比柳树晚一些，所以，在乐陵境内，枣树有"叶不争春"的说法。不过，整个朱集镇，有几十万的枣树，当枣叶出来后，便形成了一片绿的海洋，被称为天然氧吧，而到了秋天，它们就会结出一串串钻石一样的小枣。

乐乐常常坐在这片枣树前，久久地凝望着。有时候，他的眼前会浮现出一座红房子，耳边传来阵阵的欢笑声。

大胖的娘和爹也在外面打工，只是远不如苏篷子情况好。

苏篷子一开始出去时，在码头上干一些装卸的活，也够受累的，后来，他慢慢地熬出了头，得到了码头经理的信任，混到了小班长的位子上，收入也提了上去。这几年，家里大变了样，比如席梦思豪华大床、液晶电视、空调，甚至小车，都是八里庄第一个买的。这也是他不肯放弃打工事业回归的原因。

前几年，苏篷子虽然外面的事业越来越好，但是和陈圆圆的感情越来越僵。为了多赚些钱，苏篷子一直和陈圆圆冷战，要不是看在收入上，苏爱国早把他给拽回来了。

正因为苏篷子在外打工的成功，才带动了八里庄不少的青壮年外出。当然，也不是每个人都能找到好工作，有一份好的收入。大胖的爹娘出去了，可是工作都一般，两口子都在一家大饼店帮忙，算是给个体户打工，每天起早贪黑地干活，晚上两口子挤在五平方米的储藏间里，受尽了苦头，这或许也是大胖爹给儿子买玩具手枪的原因。他知道玩具手枪满足不了儿子，他能够从大胖的眼神中看出，他的期望值很高。

甚至早在大胖爹还没回来的时候，大胖就跟他说下了。大胖在电话里说："爹，回来的时候，一定给俺带个玩具枪，好吗？"

大胖爹还真答应了。

今年，大胖爹娘都回来得挺早，他们打工的个体老板平时烙大饼，但到了年底，就改成烤蛋糕。烤蛋糕是技术活，大胖爹娘不会，所以每年提前回来。

回来的前一天晚上，两口子收拾行李。大胖娘突然想起儿子的电话，就问："枪买了吗？"

大胖爹没吭声。大胖娘推了他一下，他才起身，问："啥？"

大胖娘说："枪。"

大胖爹说："啥枪？"

大胖娘说："你傻啊，前几天儿子不是在电话上说要枪吗，你不给他买，明儿怎么回去。"

大胖爹继续低头收拾行李，收拾完才说："回去再说吧！"

大胖娘说："不行，一把枪又花不了多少钱，等回去儿子看不到，会让他伤心的。"

"你没听说吗？他说要好的。"

"啥好的歹的，有个不行吗？"

"这孩子不像前几年了，那几年有个礼物就满足，这次打电话，俺听出来了，有想法。"

"那就出去看看，说不定能买到好的。"

好的自然有，就是怕价格高。大胖爹想了想还是出去了。

其实，大胖娘说第一句话时他就听到了，这事不用她提醒，一直在他肚子里揣着呢。

打工的间歇，他出来过两次，转过几个商场，不是没卖的，就是觉得标签上的价格有些高。说白了，大胖爹舍不得。

那天晚上，大胖爹走进一家超市。

服务员见他一直在玩具枪面前转来转去，就问："大哥要给孩子买枪吧？"

大胖爹点点头。

服务员端起一把来，说："这款孩子们都喜欢，是新鲜货。"

大胖爹问："多少钱？"

服务员说："不贵，一百二。"

大胖爹心里一哆嗦，假装枪看不上眼，说："样式有些不太好。"

说着，他又瞅其他的枪。服务员一听，又抓起一个来，说："这款好，最新款式，带红外线瞄准器的。"

大胖爹从枪的设计和款式上一看，就知道比刚才的还好，就低头看看标签上的价格，好家伙，二百七。

大胖爹赶紧摇头："不行，俺儿子不喜欢这类的。"

服务员说："您儿子是不是喜欢手枪啊？"

大胖爹随口嗯了一声。服务员拿起一把手枪，说："这把二十。"

大胖爹拿在手里掂量了几下，问："还能便宜吗？"

服务员笑了："大哥说笑了，我们的物品都是标价的，刚刚看您的眼神，就知道要买这种的，这把手枪可是超市最低价的了。"

服务员这话说得有些露骨，而且伤人自尊。

要换了平时，大胖爹说不定就生气了，挑三拣四地数落人家几句。但那天，他啥也没说。难道人家说得不对吗？这说明人家眼光好，自己的确是这种人。

大胖爹把那把手枪买了回来。离开超市的时候，他头也没敢抬，生怕自己的形象刻在人家的脑海里，成为人家聊天的素材。附近有一些老乡，万一被他们猜到是自己，面子上过不去。

大胖爹在外打工，口音一直没变，他的担心也不是没理由。

他在饼店里打工，经常遇到一些老乡，彼此也会交流几句。有时候，老乡们也会问他一个月挣多少钱。他总是含混地应付过去，有时候会说："挣多少算多少啊，够吃够喝就行了。"

似乎很多人喜欢用这样的话来应付询问者，这话也就成了通用答案。问的人也就不再问了，知道再问也问不到什么了。

大胖爹的收入在老乡的眼里是个未知数，没有人知道他挣多挣少，因此，没有人瞧不起他。

人们谈论起某个人时，总会找个典型的代表，或者发大财的，或者白忙活的，总之只有"两头"的人，才最有爆料价值，中间的人太多，不痛不痒的，没人喜欢听，也没人喜欢说。

大胖爹不喜欢老乡们谈论自己，是不想他们把自己在外打工的情况带回老家去。

老家的人都知道大胖爹娘在外打工，可是没人知道他们做什么工作，更不知道他能挣多少钱。大胖爹是个要面子的人，在村里人的面前从来不说自己吃了多少苦。很多人还以为他们两口子在外能挣多少钱呢，到底能挣多少？也只有他自己清楚。

也正因此，大胖扔手枪后，大胖爹和大胖娘很生气，两口子都有些激愤，是因为他们想起了自己在外吃的苦。

这个春节，不但乐乐心情不爽，大胖的心情也不爽。

春节过后，苏篷子夫妇和大胖爹娘都外出打工了，不久的一个星期天，两个孩子一个拎着机枪，一个别着手枪，来到了村南的河边。

一路上，两个孩子的心情都很复杂。他们不知道自己为啥拎了枪出来，或许是对父母的思念，或许是想从这件礼物上得到些什么，或许只是下意识的行为。

以前，两人玩枪时，总会来一段角色扮演，"嘟嘟嘟"，机枪猛扫一通，"啪啪啪"，手枪点射一番。一个躲在门口，一个藏在树后，子弹永远没完没了，直到玩够了才凑在一起，彼此打量着对方的枪。

但这天，乐乐和大胖只是拎着枪往村外走，他们甚至连抬枪瞄准的动作都没有。

在河边坐下，望着已经有些融化的河水，大胖说："乐乐，你为啥经常到这里来？"

乐乐凝望着对面的枣林，说："不知道。"

大胖看着他。

乐乐说："俺真的不知道。"

接着，他喃喃地说："俺看到谷子伯常来，他说，想一个人，就来这里坐坐，挺好的。"

其实，乐乐不但是因为谷子伯常来，最主要的还是在这里，他能够想起枣林里的那所红房子。

大胖说:"你想爹娘吧?"

乐乐说:"谁说的,俺才不想他们呢!"

大胖说:"可俺想。"

乐乐看看他手中的枪,说:"俺看出来了,你今年很不开心。"

大胖唉了一声:"俺没想到,他们会给俺买这破东西。"说着,他扭头看着乐乐手中的机枪。乐乐把机枪往他怀里一放。

大胖欣喜地说:"真的给俺?"

大胖又想起了年前乐乐说过的话。

乐乐点点头。

乐乐的点头还是认真的,而且,他点完头,就把机枪放在自己和大胖的中间。大胖摸着机枪,有些做梦的感觉,半晌才说:"俺也不要,就玩几天,过几天给你。"

乐乐没说话,目光望着河水,想起了那天谷子说的话。

谷子比乐乐的爹苏篷子还大几岁,按照庄乡辈,乐乐应喊他伯。对于谷子的过去,乐乐年级小,知道的不多,但是,谷子的现状明摆着,他带着一个女儿生活,女儿是他的养女。

谷子闲来没事总爱往村南的河边溜达,尤其麦秋期间,空气中到处充满着麦香时。

村民们大多在忙着收秋,而谷子闲坐在河边的树下。乐乐听说过,谷子是个非常懒的人,那些年他一直没有种庄稼。不过,谷子会吹唢呐。

谷子腰里经常别着一把唢呐,那把唢呐在阳光下泛着古铜色的光,幽幽的,晃到人的眼睛时,就像梦幻一样。每每看到那把唢呐的反光,乐乐的目光就会突然飘向村外的枣林。

仿佛一个人站在夜色里,张望着星星。

而那一颗颗的星星,又像跳跃的火苗,最后组成了一座红房子。

乐乐听说过，谷子就是靠着这把唢呐生活。附近的村子里，谁家有红白事，都会请他去吹喇叭。据说他的唢呐是几十里内吹得最好的。

有一天，乐乐跟在谷子的屁股后面，去了村南。乐乐是被谷子腰后面别着的唢呐吸引去的。唢呐的反光让乐乐像做梦一样，他再一次想到了红房子。

谷子到了村南，在河边坐了下来，将唢呐拿在了手里。乐乐来到他的身边坐下，他从谷子的眼神里，看到了一种埋藏极深的情感。

他问："谷子伯，您在想什么？"

谷子转头看看他，说："小孩子，说了也不懂。"

乐乐一拍胸脯，说："俺懂。"

谷子笑了，然后目光抬起，望着幽幽的枣林，说："你不懂的。"

乐乐又问："你为啥爱来河边？"

谷子说："你不懂的。"

乐乐说："俺懂，俺听说了，你每年麦秋都爱到河边来。"

谷子问："为啥？"

乐乐摇摇头。

乐乐真的不懂。回到家，他问爷爷："谷子伯为啥经常去河边？"

苏爱国说："小孩子，问这些干啥？"

乐乐说："好奇嘛。"

苏爱国说："一边玩去。"

乐乐有些赌气，说："爷爷，你不告诉俺，俺今天就不吃饭了。"

苏爱国知道乐乐是个小倔驴，只好说："谷子以前有过一个相好的，叫麦子，后来，麦子却嫁到城里去了……"

乐乐有些懂了，说："是想人吧。"

没几天，乐乐又在河边遇到了谷子。他看到谷子时，就一拍胸脯，说："别以为俺不懂，俺知道你在这里想什么。"

谷子就问："想什么？"

乐乐说:"想人呗。"

谷子被他说中了心事,就叹息一声:"等你心里装了一个人,而这个人不能天天看到时,你就明白俺的心情了。"

八里庄是枣树的基地,因此,麦子都种在枣树下。

乐乐就有些发呆,他想起自己那段时间老是失眠,经常半夜里爬起来,开门出去,然后坐在大门口,张望着星空。

谷子看看他的脸色,说:"想爹娘了?"

乐乐说:"谁想?俺才不呢!"

谷子一笑:"犟孩子,别以为伯不知道。"

乐乐忽地站了起来,说:"俺真的不想他们!"

谷子摆摆手,示意他坐下,说:"好,好,不想,是伯说错了。"

乐乐坐下了,他用手摸着唢呐,仿佛大胖摸着他的机枪一样。他问:"伯,你好像很喜欢这东西?"

"嗯,唢呐就是伯的生命。"

谷子这话说得深沉,深沉的乐乐根本就难以理解他话中的含义。谷子觉得有必要再解释一番,他说:"举个例子说吧,你爹有钱对不对?他要是拿他一年的工资来跟俺换,俺都不给。"

乐乐说:"这么贵?"

谷子说:"不是贵不贵的事,是宝,唢呐在俺眼里就是个宝,就像你在你爹娘眼里一样。"

乐乐说:"才不一样呢!"

乐乐和大胖在河边坐着,望着对面的枣林,忍不住就想起了谷子。想了半晌,他说:"大人的世界真不好懂。"

大胖说:"他们是他们,咱们是咱们。"

说这话时,大胖已经全身心地投入到那挺机枪上了,正在爱不释手地玩着,一会儿端着朝河水里扫射,当然,嘴巴还要"哒哒哒"地配音,一会儿,又摆几个很酷的姿势。

"要是有人拍下来就好了。"大胖觉得有些遗憾,这么好的场景,居然没法留下来。

乐乐的心思根本就和他没在一个年龄段上,他在想着谷子,想着谷子的唢呐,想着谷子唢呐上的幻光,然后想到了枣林,想到了那些一眨一眨像眼睛似的星星。

突然之间,乐乐的眼睛就湿了。他喃喃地说:"为什么不管俺?"

大胖低着头说:"你不是说玩够了吗?"

大胖以为乐乐说的是玩枪的事。

乐乐仿佛没听到他在说什么,只是望着天空发愣。

大胖端这枪玩得很开心。乐乐的眼神却越来越幽怨。

他想起了爹娘,想起他们常年在外打工的事,又喃喃地说:"你们把俺丢在家里,一去就是一年,带回个破烂机枪来,有个什么用。"

说完,他的眼睛里就有火花在冒,小胸脯也在一鼓一鼓地,仿佛有人拉动的风箱。他喘着粗气,抓起一块坷垃,然后狠狠地扔向了河里,然后双手一举,"啊"的一声大叫。

他在叫喊时,面部表情非常难看,青筋都绷了出来。只是大胖看不到,他此时正在乐乐的身后,听到乐乐"啊"的一声大叫,他也"啊——啊"地叫着,然后机枪朝乐乐的背后示意式地扫射,嘴里还说:"缴枪不杀。"

乐乐和大胖在河边没坐多久,苏爱国就找来了。

苏爱国的腿不好,前些年得过几次脑血栓,落下了后遗症。这段路说长不长,可说短也不短。

其实乐乐一跑出去,苏爱国就知道了。他一开始还以为孙子去了大胖家,后来才听说,他们都去村南了。苏爱国担心孙子的安危,河里的水已经开始化了,这两个孩子要是不小心溜下去,可就出大事了。

从家门口到村南河边,苏爱国走了半个多小时。他来到乐乐的身后,拍拍小孙子的头,说:"回去吧!"

其实苏爱国也没生气,就只是随意一拍,哪知道这一拍,就把乐乐肚子里的火给拍出来了。

乐乐憋了一年的气,突然一下子爆发起来,就像个小炸弹,轰的一声,天都阴了下来。

乐乐不住地吼着:"走开,俺想去哪里就去哪里,要你管?"

乐乐一阵吼叫,头发都根根地竖了起来,那瞪着眼珠子的样子,把苏爱国给惊呆了。

苏爱国脾气不小,可怎么也想不到小孙子会这样。

半晌,他转过头,一步步地往回走。

到了家里,爱国媳妇没看到乐乐回来,就问:"乐乐呢?"

苏爱国闷着头回到屋里,一句话也不说。爱国媳妇到门口张望了几眼,又回来了,问:"俺问你话呢,乐乐呢?"

苏爱国说:"这个小兔崽子,让他死去吧,不管了!"

爱国媳妇知道老伴的倔驴脾气上来了,懒得理他,就出去了。她原本想到村南找找去,一抬头,看到大胖和乐乐回来了,就松了口气。

乐乐一到家,就挨了奶奶一通数落。

爱国媳妇知道老伴儿再倔,也是为乐乐好,就对乐乐说:"你这孩子,怎么能不听话呢,去看看你爷爷,都气成啥样了?"

当时,苏爱国在里屋,乐乐在外屋。乐乐往沙发上一偎,说:"俺不去!"

爱国媳妇拉拉他的衣袖,低声说:"去给爷爷道个歉!"

乐乐说:"道啥歉?"

爱国媳妇一瞪眼:"小兔崽子,连奶奶的话也不听了?"

乐乐一抬屁股起来了,然后回了自己屋里。爱国媳妇本想追过去,没想到乐乐从里面锁了门。

那天晚上,乐乐和苏爱国都没吃饭。一老一少,两头倔驴就这样赌着对方的气,一直到第二天中午,苏爱国才低了头,主动搭理了乐乐。

苏爱国是不想让大胖看到自己在生乐乐的气,免得传嚷出去,自己的老脸挂不住。

这几天,大胖常来找乐乐玩,中午也来,晚上也来。

大胖看出苏爱国情绪不好,就拉着乐乐去了自己家。

大胖爹娘也走了,家里只有爷爷在。大胖爷爷身体不太好,已经挂上了拐杖。

每次大胖爷爷看到乐乐,就感慨地说:"乐乐啊,俺要是像你爷爷那样身板硬朗就好了。"

这一次,乐乐去他家,大胖爷爷又说出了这一句。乐乐心里生爷爷的气,就说:"可别像他,他都栓过几次了。"

大胖爷爷说:"俺知道他栓过,正因为他栓过,俺才更佩服他,瞧人家那身板,真是千锤百炼了啊。"

乐乐一撇嘴:"什么千锤百炼,风一吹就能倒。"

苏爱国虽然没到风吹就倒的地步,可远没有大胖爷爷说的那么好。

大胖爷爷腿脚不利落,这几年很少出门,所以他对苏爱国的了解,都是从大胖那里知道的。大胖为了鼓励爷爷,每当爷爷问起来,就说苏爱国的身体多好多好,让大胖爷爷心里有了一个感觉:苏爱国还像小青年一样。

大胖爷爷对苏爱国的"崇拜",让乐乐突然想到了爷爷的现状。

他当然知道爷爷的身体远不像大胖爷爷说的那样,事实上,苏爱国比大胖爷爷好不了哪里去,他也挂上了拐杖。

只是每次当大胖爷爷说出那段感慨的话来时,大胖就给乐乐送眼色。接到大胖的眼色后,乐乐就明白了,大胖不想让爷爷知道详情。

这一天,大胖依旧给乐乐送了眼色,可乐乐不管不顾了。他的话大胖爷爷显然没听进去,只是说:"你小子肯定要驴了,你爷爷是老驴,你爹是大驴,你小子是小驴,一家三头驴,都够倔的。"

大胖爷爷居然看出来了,乐乐在和爷爷怄气,不过他没听出乐乐的话是真心话。

乐乐也懒得多说,和大胖一边玩去了。到了吃饭的时候,乐乐还是不肯回家。

大胖说:"乐乐,还生你爷爷的气啊?"

乐乐说:"别提他!"

大胖爷爷在一边听了,就笑眯眯地说:"真像苏爱国小时候的样子。"

乐乐抬头看看他,没说话。大胖却说:"爷爷,你知道爱国爷爷小时候的事啊。"

大胖爷爷说:"屁话,俺俩差不多大,小时候就像你们两个一样,也常在一起玩。"

大胖说:"俺记得你以前说,爱国爷爷小时候挺孤僻的,没人和他玩。"

大胖爷爷似乎想起了久远的往事,说:"是啊,那时候他家成分特殊,谁的家长愿意让孩子跟他玩呢!"

那时候,乐乐家是地主成分,村里人和他们家划清着界限。

大胖爷爷这话刚说完,苏爱国的声音就从院墙外扔了进来,砸在门上,"咣——咣"地响。

大胖爷爷就说:"体格还真好,听这声音,身体还棒着呢!"

说完,大胖爷爷就拍拍自己的腿,叹道:"俺不行了,比了一辈子,还是比不上苏爱国啊,啥都不如人家。"

大胖说:"是爱国爷爷,他来叫你了。"

乐乐看看表,说:"俺不回去。"

大胖说:"那俺去跟爱国爷爷说,就说爷爷让你在俺家吃。"

乐乐看看大胖爷爷的样子,说:"算了,你爷爷身体不好,就别麻烦他了。"

说着,乐乐就出来了。

要不是大胖爷爷那颤巍巍的样子让乐乐怜悯,说不定他和爷爷还得僵持一段时间。

他一出门,就看到苏爱国挂着拐杖站在院墙外。尽管苏爱国的声音非常响,但他的身体显然和大胖爷爷差不多。

苏爱国看到孙子出来,就说:"回家吃饭。"

乐乐说:"知道。"

两个人的声音都像石头一样生硬。一人扔给对方一块石头,心里都压抑,都很难受。

苏爱国回转头,想大步流星地走,表示出自己的一股精气神。可是他心有余而力不足,脚下蹒跚,有好几次差点摔倒在地。乐乐不知不觉地跑了上去,紧跟着爷爷。虽然他知道,如果爷爷倒了,自己是托不住的,但他还是不敢离开太远了。

苏爱国回到院子里,将手中的拐杖远远地扔了出去,似乎把对乐乐的气出在了拐杖上。

"他奶奶的!"

苏爱国闷头说了一句,就扶着门走了进去,一屁股坐在沙发上。

爱国媳妇端了饭过来,对乐乐说:"又去大胖家了?"

乐乐不说话,抓起一个馒头狠狠地啃了一口,仿佛啃的是爷爷胳膊上的肉。

爷俩都有点较劲。

爱国媳妇看出来了,说:"你们啊,真是天底下难找的一对爷孙。"

爱国媳妇也懒得劝,她非常清楚老伴儿和孙子的性格,知道劝不住,也不想费那个口舌。

苏爱国有个毛病,一生气,就想喝酒。

他因为喝酒患了几次脑血栓,可是肚子里的酒瘾一直去不了。

平时爱国媳妇看着他,家里也不敢往明处放酒。但过年过的,柜子上摆着半瓶。如果不生气,苏爱国酒瘾还真能压住,馋的时候就朝酒瓶子看几眼,闭着眼,提着鼻子嗅几下,想想自己住院的事,想想自己现在的身体,再想想儿子和儿媳的叮嘱,也就忍住了。

这天被乐乐一刺激,苏爱国想喝酒,甚至想把半瓶子酒全灌下去。

他站了起来,朝柜子走去。

爱国媳妇瞧见他闪亮的目光,忙说:"老头子,你想干啥?"

苏爱国说:"喝酒。"

这话说得干脆、利落,毫不拖泥带水。不但说话,连走路都干脆利落了。

三步两步,苏爱国就到了柜子前,一伸手,把那半瓶子酒提了过来。

酒一到手,苏爱国的眼睛更加亮了,而且眼珠子都快凸了出来。爱国媳妇上来夺,被他一把推开了。

爱国媳妇说:"你不要命了?孩子们是咋叮嘱的?"

苏爱国说:"不用你管!"

爱国媳妇说:"俺不管谁管?"

苏爱国不吭声,打开瓶子盖就想往肚子里灌。这时候,乐乐跑了过来,叫道:"爷爷。"

苏爱国扭过头,望着乐乐。

乐乐说:"爷爷,你要是想扔下俺们不管,就喝吧!"

乐乐这话虽然有些生硬,可也让苏爱国想到了许多。

他非常清楚自己的身体,不能再喝酒了。如果控制不住自己,说不定一闭眼，就再也见不到老伴儿、儿子、儿媳和小孙子了。

苏爱国的心中有一个梦想，这个梦想他曾和乐乐说过。乐乐虽然不太懂，可这时候扔出一句，就像一盆冷水，让苏爱国冷静了下来。

苏爱国想起了自己的梦想，把瓶子放下了。爱国媳妇赶紧夺了过去，把盖子拧好，放回柜子上。

苏爱国摸摸乐乐的头，说："爷爷听你的。"

这话苏爱国说得非常软，软得让人很难相信他是个驴脾气的人。

苏爱国一放软话，乐乐肚子里的气也跟着散开了。三人重新回到茶几前，乐乐把奶奶做好的菜往爷爷面前一推。虽然没说话，但也表示出他的态度。

爱国媳妇松了口气，知道这对倔驴终于不再僵持了。

吃了饭，乐乐没去大胖家。他回到自己的屋子里，然后托着腮望着墙上的照片。

墙上有一张他们一家三口在枣林中的合影。合影不包括爷爷奶奶。

乐乐以前听父亲说过，当时照这张照片时，爹想让爷爷一块儿照的，可爷爷说他不想破坏美好的景象。爹告诉乐乐，表面上，爷爷是怕自己的老脸有伤"镜头"，实际上，他是不想把自己一生的霉运带给下两代。

从爹的口中，乐乐得知爷爷是有远大梦想的。以前，他对于"梦想"这两个字还没有多大的理解，觉得就像天空中遥远的云，虚无缥缈，不可捉摸。上了学后，语文老师方莹有几次提到过梦想。

有一次，乐乐问："方老师，啥叫梦想？"

方莹说："你一生有什么远大的目标？"

乐乐说："俺希望爹回来过年时能给俺带最威武的机枪。"

方莹笑了，同学们也笑了。

同学们笑是被方莹感染的。其实同学们一点儿也没有嘲笑的意思，因为他们大多都不理解"梦想"这两个字。

乐乐反问："方老师，啥叫梦想？"

方莹看了他一眼，然后扫着学生们，说："上课。"

下课后，方莹要回办公室，乐乐追上了她，问："方老师，啥叫梦想？"

方莹说："每个人心中最想得到的目标，就叫梦想？"

乐乐说："那俺的梦想不对吗？俺最想要一挺机枪了。"

方莹说："这是孩子时代的产物，你见过哪个大人还玩这个吗？老师问的梦想是你长大了要干什么？不是现在。"

回到家，乐乐就把这个问题抛给了爷爷。苏爱国没想到乐乐小小的年纪，会问出这么大的问题来，就非常认真地给他讲了自己的梦想。他说："你爷爷的梦想其实不是自己的，是你老爷爷给的。你老爷爷是地主，当年八里庄有大半的地都是咱苏家的，可以说，苏家在八里庄辉煌一时，后来，苏家不但没有了荣光，还被村民们瞧不起，甚至像狗屎一样看待，你老爷爷就让俺好好地活着，一定再活出一股精气神来，让全八里庄的人看看，俺苏家还是好样的，只是爷爷没什么本事，种地不行，不是庄稼把式，文化不行，就这样稀里糊涂了大半辈子，所以啊，爷爷的梦想就寄托在你们这两代上了，你爹总算没辜负爷爷的希望，现在混得像模像样了，在咱八里庄也算是有出息的了，你小子也得好好地读书，长大了给爷爷争口气，超过你爹，不但在八里庄，在整个朱集镇，整个乐陵市，也得是好样的，让人竖大拇指的。"

爷爷那番话，此时在乐乐的耳边响着。他默默地望着照片，心想：爷爷，俺知道你希望俺们过好，过得有出息。想到这，乐乐端坐了起来，认认真真地打开书本，然后一页一页地看着。

第三章 视频

这几年，因为陈圆圆夫妇顾不上儿子，苏爱国和小孙子的脾气又犯拧，因此，乐乐的学习成绩一直不太好。当然，主要原因还在乐乐身上。乐乐贪玩，他每次一背上书包，就觉得有一种沉重感。

如果不是苏爱国来来回回地接送他，说不定乐乐早就把书包扔到河里去了。

就在年前快放假的一天，苏爱国接孙子回来的路上，遇到了一阵强风。那阵风似乎故意和苏爱国过不去，堵在桥头上就是不走，一圈圈地转悠着，把沟里的树叶都旋了起来，往苏爱国的脸上卷。

苏爱国被这阵风给整的，连人带车都走不动了。苏爱国那两条腿栓过几次后，气力就小了，前两年骑着脚蹬三轮车，去年苏篷子回来，看看爹走路都拄拐杖了，就给他买了一辆电动三轮。

有了电动三轮车，苏爱国再接送乐乐就不吃力了。不过电动三轮车也有麻烦，隔两天就得充电。

苏爱国掂量过，和他的脚蹬三轮车相比，电动三轮车太沉了。有电还可以，要是没了电，人就得被车骑。

所以，苏爱国要是不走太远的路，还是骑脚蹬的。毕竟那辆脚蹬三轮车跟了他多年，有感情了。

电动三轮车一上去，总有一种陌生的感觉，往前走不远，仿佛路都不熟悉了。

正因为这种感觉，苏爱国不怎么搭理电动三轮车，三轮车常常忘了充电。就在放假前的这天,一早北风就呼呼地刮着。苏爱国也不想跟风对着干,就骑着电动三轮车把乐乐送到学校。回来后,他把三轮车扔在一边,不理了。等到接孩子的时候才想起,电还没充。

苏爱国知道,电动三轮车有电时,人是大爷,要是没了电,人比孙子还孙子。他这些年接送乐乐,在路上没少看到类似的场景,呼呼过去的,趾高气扬,推着电动三轮车走的,垂头丧气。

苏爱国揣摩着要是硬骑着电动车出去,说不定就扔在半路上,所以,他就把自己那辆脚蹬三轮车推出来了,拍拍车把,亲切地说道:"老伙计,还是咱哥俩感情好啊,走,接咱孙子去。"

苏爱国去的时候,是顺风,没什么感觉。再加上乐乐这天放假,也就是说之后一直到正月十六前,自己不用再奔波了。所以,他就像放下了一个重担,身心都觉得舒畅。

就在这种情绪下,脚蹬三轮车一路像插了翅膀,苏爱国没感觉到腿软,就到了学校门口。可是回来的时候,那阵风把他给整得够呛。

从乐乐读书的学校到八里庄,算起来只有三几里路,即便步行,也用不了太长的时间,到了桥上,基本上就到了村头。

看着那股旋风,苏爱国骂上了:"奶奶的,欺负到俺家门上来了,你走不走?再不走,老子跟你拼了。"

乐乐在三轮车上笑了,说:"爷爷,你就不怕被旋风给带走了啊?"

乐乐这话还真让苏爱国吓了一跳,他赶紧回头说:"抓好!"

乐乐说:"要不俺下去吧!"

苏爱国忙说:"别动!"

听了爷爷这话后,乐乐明白了,原来,爷爷是担心自己呢。

乐乐说:"爷爷,俺不会被风刮走的,就怕书包……"

乐乐早就想扔掉那个鼓鼓的书包了。他对书包有一种说不出的厌烦感,只要一上学,背上就像压了一块沉重的石头。乐乐看到旋风这么大,他突然有了主意,悄悄地把书包摘了下来,一松手,故意叫道:"爷爷,书包掉了。"

乐乐本想借这个机会,减去身上的负担。没想到苏爱国一听,就从三轮车上下来了,一把抓住了书包。

离开了三轮车,苏爱国开始摇摇晃晃,就像喝醉了酒一样。

乐乐也一把抓住了爷爷,直到这时候他才知道,爷爷看待书包,就像看待他一样。

这让乐乐想起了晚上爷爷督促自己学习的事。

乐乐鬼心眼多,每次爷爷来到他的面前,他就把作业本一扬,说:"爷爷,做完了,要不您看看?"

苏爱国就说:"俺不看了,它认识俺,俺不认识它。"

其实,乐乐压根就没做多少。

现在,乐乐有些后悔,为什么没好好学习。

元宵节一过,乐乐就要上学了。苏爱国还是像以往那样接送孙子。

虽然家里有电动三轮车,可是苏爱国依然喜欢那辆脚蹬三轮车。他很享受弯着腰两脚使劲蹬的感觉。

尽管春节的时候乐乐和爷爷僵持过,不过爷爷毕竟是爷爷,看到身体不好的爷爷还要接送自己,就说:"爷爷,要不以后俺跟大胖一起跑吧!"

大胖的爷爷腿脚还不好,根本就无法蹬三轮车,所以,这两年大胖都是步行上学。苏爱国也想在来回的路上捎带着大胖,可是他想法好,力量达不到。大胖的身体就像他的名字一样,比乐乐重多了。大胖心里有数,也不想给苏爱国增加负担,就说:"俺还是跑吧!"

这天,苏爱国大概是接送乐乐出了一身汗,有些感冒了,两条腿发软,根本就站不住。他扔下脚蹬三轮车,又去推电动三轮,发现电动三轮一点电都没有。乐乐就说:"爷爷,俺去找大胖。"

说着，乐乐也不等苏爱国应声，就跑出去了。

那天，乐乐是和大胖一起上的学，两个人走在路上，有说有笑的，一会儿就到了学校大门口。

乐乐问大胖："你自己来回地跑心里好受吗？"

大胖说："一开始看到人家的爷爷奶奶接送孩子，俺心里不好受，可后来想到爷爷身体这么糟，就想通了，俺这样做也是孝顺爷爷呢！"

乐乐拍拍大胖的肩膀，没说话。他觉得自己离大胖的境界差远了，爷爷再怎么说也是长辈，爹娘不在家，要是爷爷奶奶不在，自己怎么办？这几年不都是爷爷接送自己吗？他的身体也不好，走路都需要拐杖，能蹬三轮车就不错了。

想到这，乐乐对大胖说："以后俺跟你一起走。"

大胖高兴了，忙问："真的？"

乐乐点点头。

就在大胖想和乐乐拉钩的时候，一辆面包车开进了学校。

两个人跟在面包车后面飞快地跑着，嘴里喊着"冲啊"，一直到了教室前，这才停下。

乐乐正要进教室，大胖指着开向校长办公室旁边的面包车说："俺认识这辆车，上午来过的。"

乐乐说："来干啥？"

大胖摇摇头："不知道，不过俺看到有人扛着摄像机，像是电视台的。"

正说着，两个人看到面包车在校长室外停了下来，车上下来两个人，果然有人扛着一个摄像机。

大胖说得没错，从面包车上下来的人是电视台的，来采访留守儿童的。

那两个人在上课的时候出现在了教室，由校长和方莹老师带着，来到讲台前。

校长说:"同学们,让我们欢迎电视台的记者同志。"

电视台来了一个摄像师,一个记者。记者告诉学生们,这几年留守儿童现象非常普遍,电视台考虑到孩子们和父母不能长久在一起,所以策划了这个节目,要将孩子们学习的场景录制下来,做成视频,送到那些在外打工的"父母"手中,让他们看看子女们在家上学的情况。

记者的用意是想让孩子们的父母放心,让他们能够在无法回家的情况下,看到儿女。

节目录制之前,记者做了一下统计,全班四十三个学生中,有二十八个学生的父母都在外面打工,剩下的十五个学生,有七个学生的父亲在外打工,母亲在家。

记者觉得,乐乐所在的班属于留守儿童班,所以,她要作为重点采访对象,希望为每个孩子都录制一段话,然后发送给他们在外打工的父母。

在录制之前,记者先放了一个采访打工者的画面。巧的是画面上的打工夫妇正是乐乐同学的父母。看到父母在工地上挥汗如雨的样子,同学哭得眼泪稀里哗啦的。

看到这里,乐乐出去了。

乐乐来到操场的某个角落里,一个人倚着树干出神。

身后这棵树对他来说,早已熟悉得不再熟悉。天一热,同学们在操场上玩累了,都喜欢到这棵树下乘凉。现在,乐乐有一种感觉,他就像一棵小树一样,而身后的大树,仿佛自己的父母。尽管他年龄还小,但是心智超过了同龄人。

他抬头望着天空,久久地一直望着。

在他的眼前浮现出一个画面,那是一座城市,车水马龙的街道,高耸入云的楼房,还有隐隐的汽笛声,从大海驶来的轮船,以及码头上正在忙碌的人影……

乐乐在树下待了没多长时间，大胖就来了。

大胖是被方莹老师撵来的。方莹知道大胖和乐乐的关系，看不到乐乐，就让大胖来找。大胖告诉乐乐，方莹老师让每个同学都准备一段话。

乐乐摇摇头。

大胖说："咋了？这么好的上电视机会，你不上啊？"

乐乐又摇摇头。

大胖说："等记者把视频发给咱们的爹娘，他们就能看到咱们了。"

乐乐还是摇摇头。

大胖说："你这人，连俺都看不懂了。"

说着，大胖跑开了。大胖不是不想和乐乐在一起玩，他觉得自己比一般的同学笨，所以要赶回去背词，他不想在录制节目时磕磕巴巴的。

一直到放学的时候，乐乐才回到教室门口。

全班一半多的学生要录制节目，虽然一个人只有一句话，但为了追求效果，一些同学甚至会录十遍八遍。

乐乐刚进教室，方莹老师看到了他，忙说："乐乐，你回来得正好，全班就你没录了。"

记者本来要走，看到乐乐回来，又把话筒拿了出来。

校长说："方莹老师，这就是你说的那小子？"

方莹点点头："他就是俺跟你说的乐乐，他爹是八里庄第一个出去打工的，前两年他娘也出去了。"

方莹也是八里庄人，而且说起来和苏家也有些渊源。

方莹的爹、爷爷和乐乐的爷爷、老爷爷曾经有过说不清的纠结。乐乐的老爷爷苏有财时代，方莹的爷爷是苏家的长工，脊背上挨过苏有财的鞭子，直到去世的时候，这条鞭痕还一直带在背上。因此，苏有财闭眼的时候，有两大不安，他曾对苏爱国说："第一，你要好好地活下去，活出个人样来；第二，小心方家，那一鞭子的仇，说不定哪天人家会还下来。"

方莹的爹叫方铁头，长得像座铁塔一样，瘦瘦弱弱的苏爱国和人家站在一起，简直是小巫见大巫。方铁头当过兵，退伍后在村里是民兵队长，没事爱提着鸟枪围着村子转悠，那时候叫打更。苏爱国一见到方铁头就腿软，有一次甚至坐在了地上。方铁头过去扶他，笑着问："爱国兄弟，咋了？"

苏爱国说："没……没什么，地滑。"

方铁头又笑："咋看你像没吃饱的一样呢。"

苏爱国一脸的尴尬样，说不出话来了。

苏爱国对方铁头的惧怕，持续了几十年，直到方铁头去世。当然，他害怕方铁头，是因为父亲曾说过的那席话。他一直担心了几十年，背上也没挨上方铁头的鞭子，直到方铁头死后，他才知道，方铁头父子从来没想报仇，那条鞭痕早就成了历史。

这话方铁头和苏爱国说过，苏爱国不敢信，担心方铁头要乘他不备时给他来一下。后来，方铁头死后，方莹把爹和爷爷的意思说了出来，苏爱国这才感慨万分，说："俺苏家不如你方家啊，俺担惊受怕了几十年，没想到你爹和你爷爷早就放下这事了。"

从那之后，苏爱国就对方家另眼相看，当然，除了方莹的哥哥方向党。

在苏爱国眼里，方向党算是方家的败类，前些年，也正是他的谣言，让儿子和儿媳妇一直冷战着。

苏爱国对方莹很好，很尊重，有时候开家长会，他一大把的年纪，从兜里掏出几个煮鸡蛋来，还不住地说："闺女啊，你不常回八里庄，叔也看不到你，趁这个机会，俺让你婶煮了几个鸡蛋带来，拿着吧。"

方莹和方向党不是一路人，正因为反感方向党，方莹一直住在学校里。

因为方家和苏家的特殊关系，方莹对乐乐也特别对待，在课堂上，经常提问他。看到乐乐成绩一直上不来，方莹也急，但是乐乐性子倔，有时候，方莹急了，他比方莹还急，说："你管俺学好学差干啥，俺学好了，长大了也和你没关系，学不好，也不用你操心。"

方莹拿他没办法，她担心苏篷子两口子不在家，苏爱国两口子上了年岁，自己一旦把乐乐逼急了，他这小脾气的，说不定做出什么事来，所以也不敢太过分了。

看到乐乐从操场上回来，方莹就说："乐乐，赶紧过来说几句，让记者录下来。"

乐乐说："凭什么？"

方莹说："这孩子，你爹娘在外打工，你就不想？"

乐乐一扭脖子："不想。"

方莹有些生气了："乐乐，你怎么老是不听话。"

乐乐说："俺就是不想录。"

校长过来了，摸了摸乐乐的脑袋，想表示一下亲近。没想到乐乐把头扭开了，而且送给他两个冰冷的字："走开。"

校长毕竟是有身份的人，居然被一个孩子没大没小地来了一句，脸色一变，不过很快，他哈哈一笑："有个性。"

记者是个姑娘，想用自己的温柔来打动乐乐。她走了过来，蹲在乐乐的面前，轻言软语地说："小弟弟，不想让爸爸妈妈看到你吗？"

乐乐说："有用吗？"

记者说："怎么没用呢，爸妈在外打工，哪有不牵挂老家儿女的，看到你们都挺好的，他们也会放心的。"

乐乐一摇头："俺不想让他们看到。"

记者还想说什么,大胖插了一句:"乐乐过年的时候就跟爹娘闹僵了。"

大胖说这话的意思,是想告诉大家,乐乐和父母的感情不太好,他不想录制节目的原因就在这。

记者站了起来,看看校长。

校长说："要不这样吧,你们先回去制作视频,万一这小子回心转意了,俺再给你们打电话。"

记者和摄像师上了面包车,拖着一串尾气走了,同学们也开始收拾书包回家。

放学的路上,大胖和乐乐一路步行着。方莹推着电动车走了过来,说："乐乐,大胖,俺和你们一起去。"

乐乐说："方老师,你是不是想跟俺爷爷奶奶告状去?"

乐乐看出来了,方莹是想家访。她这时候家访,肯定要说自己的不是。

方莹也不否认,说："乐乐,俺觉得应该有个人好好地说说你了,再这样下去,你就越陷越深了。"

方莹的话,乐乐有些听不懂,他问："啥越陷越深?俺掉在坑里了?"

方莹说："差不多吧。"

乐乐不想理她,一把拉住大胖的手,说："走。"

乐乐想甩开方莹,但是,大胖不敢像他这样无礼。大胖低声说："她是老师啊!乐乐,咱们还是礼貌些吧。"

乐乐说："你怕她就老实巴交地跟着,俺自己走。"

说着,乐乐就撒开脚丫子,一溜小跑着往前走。

大胖没敢追,怕方莹怪他。方莹一笑,朝后车座一拍,让大胖坐上去,然后带着他追上了乐乐。

方莹骑的是一辆电动车，乐乐走得再快，也走不过电动车。

方莹并没有下车，似乎有意要折磨他，说："你小子挺能的啊，有本事再跑。"

乐乐本来有些累了，放慢了脚步，听到这，倔劲上来了，呼呼地又开始跑。

方莹不紧不慢地在后面追着。一旦他慢下来，方莹就上前用言语刺他。

尽管乐乐年岁小，毕竟这段路太短了，一晃就到了八里庄。

方莹把大胖送到门口，追上了乐乐，正巧苏爱国推着电动车出来。

苏爱国是想接乐乐的，没想到乐乐自己跑回来了。

乐乐真的是一溜小跑着回来的，看到爷爷也不打声招呼，就一头扎进了院子。苏爱国忍不住说："这孩子，又和谁怄气呢。"

苏爱国当然清楚孙子的性格，如果不是和人怄气，怎会这般模样。

他早就看到了方莹，赶紧和她打招呼。方莹问道："爱国叔，怎么刚行动啊？"

苏爱国说："头晌送乐乐着了风，有点感冒，在家趴了一过晌。"

苏爱国看出来了，方莹是专程到自己家来的，就把人家请到了家中，又招呼老伴儿出来伺候着。

爱国媳妇见方莹来了，就高兴地说："闺女啊，俺们早就盼着你来了，就想问问乐乐的学习咋样。"

方莹说："婶，俺今天就是来和你们汇报的。"

说着，方莹朝乐乐瞥了一眼。乐乐鼻子哼了一声。显然，方莹这句话让他不喜欢听。

爱国媳妇就坐在孙子身边，她从方莹的神色上看出了什么，转头看看孙子，用手在他的耳朵上轻轻一拧，说："是不是惹方老师生气了？"

乐乐赌气地说："不知道。"

爱国媳妇还想说什么，苏爱国一摆手："行啦，这事俺和闺女说，你去张罗饭吧，给闺女做点好吃的。"

方莹一听就站起来了，说："叔、婶，俺说几句话就走，可不能在这里吃。"

苏爱国说："咋了，俺不是你叔啊？"

方莹张张嘴，没说话。

苏爱国接着说："俺苏家欠了你方家的，别说一顿饭，就是一百顿饭也还不清啊。"

爱国媳妇说："对，对，老头子说得对，闺女啊，今晚不能走了，来到这里就是到了家，可别拘束啊。"

方莹只好说："行，俺就听叔和婶的。"

爱国媳妇去做饭了，苏爱国给方莹倒了杯茶，这才问："是不是乐乐这小子惹什么事了？"

方莹看看乐乐。乐乐一抬屁股就想出去，被苏爱国拉住了。

苏爱国一瞪眼："老实点，坐下。"

乐乐坐在爷爷身边，小声嘟囔："俺又没做啥事。"

方莹接过乐乐的话，对苏爱国说："叔，其实也没啥，电视台来了个记者，要给留守儿童拍一段视频，想发给在外打工的父母亲，让他们看看孩子们在老家的情况，不至于太想念。"

苏爱国说："这是好事啊，弄段录像过去，让孩子们的爹娘看看，也就放心了。"

方莹点点头："学校也是这样想的，所以这次活动大力配合电视台，只是……"说着，她看了看乐乐。

苏爱国学着老伴儿的样子，拧住孙子的耳朵，说："乐乐，你小子做什么错事了？"

乐乐一咧嘴，爷爷的手劲和奶奶的不一样。奶奶只是不疼不痒地捏一下，爷爷倒好，手一转，乐乐的腮帮子都扯得疼。

方莹赶紧拉开苏爱国，说："叔，其实乐乐也没做什么，就是在操场上待了一下午。"

苏爱国瞪着乐乐问："咋了？没跟你爹娘说句话？"

乐乐说："有啥好说的！"

苏爱国气得脸色铁青："你说呢？你爹娘一年到头回来一趟，不盼着看到你吗？"

乐乐说："俺不说。"

苏爱国一扬手，就想给小孙子一巴掌。这时候，爱国媳妇从外面进来了，其实她纳闷今天发生的事，一直在外屋站着，没去厨房。

爱国媳妇拉过乐乐，疼爱地说："这孩子，倔，该顺着来。"

她这话一半是说给乐乐听的，一半是说给方莹听的。

前半句话是点乐乐的脾气，怪乐乐随他爹，随他爷爷，后半句是提醒方莹，对待乐乐这样的学生，不能和一般的学生一样，得用心。

爱国媳妇揽着孙子，轻声说："俺知道乐乐也想爹娘，也想跟爹娘说几句话，对不对？"

乐乐说："俺才不想他们呢！"

爱国媳妇听得出来，小孙子虽然这样说，其实心中还是想的，只是他就是这种倔脾气，心里想，嘴上不肯说。

爱国媳妇心里有数，只是她不知道乐乐为什么不肯和爹娘多说几句话。

"乐乐，你告诉奶奶心里话，咋不肯和爹娘打个招呼呢？"

乐乐想了想，说："奶奶，你是没看到同学们爹娘在外打工的样子。"

爱国媳妇看看方莹："咋了，孩子们有去外面的？"

方莹说:"那倒不是,孩子们没机会去现场,可是记者去过现场,而且采访了不少打工夫妇,把他们在外打工的场景录了下来,放给孩子们看,也正是这种思路,让记者想到应该把孩子们在家的场景录下来,放给打工夫妇们看。"

爱国媳妇点点头:"挺好啊,一年到头孩子们看不到爹娘,爹娘看不到孩子们,从电视上看看也不错。"

说着,她低头看着乐乐:"不挺好吗?"

乐乐看看方莹,说:"你问问她,同学们看到爹娘在外打工的场面是啥反应。"

苏爱国两口子都望向方莹。

方莹突然想起了什么,啊了一声,接着脸色不断地变化着。

半晌她叹息了一声,说:"这件事可能是俺们想错了。"

苏爱国说:"咋了,不挺好的事吗?"

方莹望向乐乐。她从未想过一个孩子会有如此成熟的想法。半晌,她对苏爱国夫妇说:"孩子们看到爹娘在外打工的场景,没有几个不哭的,俺想,他们的爹娘看到孩子们,或许也会是这种反应吧。"

苏爱国两口子你看看我,我看看你,有些懂了。但随后苏爱国摇摇头:"不一样,爹娘在外打工受苦受累的,可孩子们在家上学挺好啊,爹娘看了怎么会难过?"

方莹苦笑一下:"录制节目的时候,孩子们大多含着泪,说的都是期盼爹娘能够早点回来的话,你们说,他们的爹娘能在外安心打工吗?"

苏爱国用手摸摸孙子的头,没说话。

乐乐接着方莹的话说:"这些视频是录在一起的,俺知道爷爷奶奶疼俺,俺录上去没啥,可是同学们情况不一样的,就说大胖吧,没有奶奶,一整年就和爷爷在一起,爷爷勉强自理,夏天吃凉拌菜,冬天吃水煮菜,像他这样让爹娘看到会咋想?"

爱国媳妇把乐乐揽在了怀里,说:"好孩子,是爷爷奶奶误会你了。"

方莹点点头:"是啊,俺们总往好处想了,没考虑到这么多。"

苏爱国说:"大胖家不容易,大胖奶奶是得癌症去世的,家里欠了一屁股的债,他爹娘要是不在外打工,连债都还不起。"

说起大胖的奶奶,苏爱国两口子都连连叹息。方莹也听说过大胖奶奶的事。

大胖奶奶人不错,就是爱唠叨。前几年,大胖爹娘都在家,守着六亩地过日子,一家人就靠了地里那些庄稼。吃是够了,可花销不够。几亩地能打多少粮食。幸亏后来,地里栽种的枣树苗长大了,枣树挂了枣,家里秋后才有了收入。

合作社那阵子,大胖奶奶就在生产队管理过枣树,地里的枣树苗大多是她栽的。大胖娘不是朱集镇人,对管理枣树不在行,大胖爹和大胖爷爷天生懒,早上起得晚,中午睡晌觉,晚上爷俩一边一个,早早地守在电视机前,都坐烂了两把椅子了。

大胖奶奶知道靠他们,一家人早晚都得把牙饿下来,所以,在地里栽了几排枣树苗。有时候,大胖奶奶从地里回来,看到大胖娘在做饭,大胖爷爷和大胖爹正在交流电视节目,心里就气,恨不得把镰刀镐头都扔在他们头上。

大胖奶奶气到一定的地步,就常常往椅子上放图钉,那东西隔着一层垫子,也不会把大胖爷爷扎成什么样,只是想提醒他,别屁股一挨椅子,就忘了家里的活。

大胖爷爷有办法,他两腿往椅子上一蹲,乐呵呵地说:"俺这样就扎不到了吧?"

大胖奶奶气得脸色发白,指着他说:"你啊,就带头看吧,哪天钻进去算了,儿子就这么让你带懒的。"

大胖爷爷却不生气，嘿嘿地笑："村里头忙俩秋就行，平时有啥忙的，像你这样站不住脚，瞎忙活。"

大胖奶奶过日子心气高，看到谁家的庄稼长势比自家的好，就羡慕，回到家就瞅着男人和儿子不对眼神，没完没了地唠叨。

有时候，大胖爷爷会说："好坏咋了？够吃就行了。"有时候也会拿苏爱国做例子："瞧爱国家的庄稼，还不如咱家的呢。"

苏爱国的父亲是地主出身，虽然那时候八里庄有一半多的地是他家的，可他不会种地。到了苏爱国这一代，比他爹苏有财强不了哪去。

基本上，那些年苏家的庄稼可以说是全村长势最差的。

正因为大胖爷爷拿苏爱国比，大胖奶奶才生气，说："咋了，你想跟苏爱国学啊？没出息，咋不学学人家好的？"

农村人，要看谁能不能过日子，还得看谁家的庄稼长势好。

从村外的小路上一走，立马就看出来了，懂行的人会指指点点，说："瞧，这家的人农活不赖。"

农活有两种，一种是体力活，比如锄棒子割麦子；一种是技术活，比如播种耕地。

播种耕地需要犁头和耧，技术好的人，播的种子均匀，长起来一排排的，看上去也齐。

那些年，尤其在生产队时，女人眼里的好男人标准有两个，一个是农活好，一个是人老实巴交。

大胖奶奶找男人时，其实是奔着两个标准来的，只可惜，当时是母亲给她做的主。母亲跟着媒人来到八里庄，正巧是麦秋期间，母亲顺着麦田走了一个来回，看中了几个小伙子，只是媒人告诉他，这些人都有主了。母亲只好放弃了第一个标准，说："找个老实巴交的吧！"

大胖爷爷就属于老实巴交的人，后来，大胖奶奶曾送他一个外号：三脚踹不出一个屁来。

因为外号太长，不易于传播，所以只在两口子之间用用，到了外面，也没人这么称呼。

大胖奶奶直到闭眼的时候，还在埋怨母亲，说要不是她，自己这辈子不会这么平平淡淡的。

大胖奶奶一心想过好日子，根深蒂固的思想影响了她，让她没有一天不看着大胖爷爷心烦，没有一天不唠叨。

苏篷子在外闯出名堂来后，大胖奶奶又开始唠叨大胖爹，只要大胖爹待在家里，她就说："也不和人家苏篷子学学，出去挣点钱，家里这点地能养住家啊？"

大胖爹就说："娘，怎么反正都是你的理啊，前几年你不让俺们学苏爱国家的人，还要把庄稼种好了日子也就过好了，这两年咋变了呢？不但把俺往外赶，还让俺学苏家的人。"

大胖奶奶说："你娘可不像你们一样，一辈子都没个变化，娘的心胸和眼界都高着呢，现在可不是守着几亩地就能过好日子的时候了。"

大胖爹懒得出门，就说："俺不去，够吃够喝就行了。"

大胖奶奶没法，就寻思着把枣树种好。

乐陵金丝小枣是全国出了名的，她寻思着，管理好了枣树，也会有不小的收入。那几年，她开始在自家的地里栽枣树苗。却没想到，枣树也挂了枣，她也得了癌症。

大胖奶奶临死前，握着大胖的手，眼泪哗哗的，她不想死，很想在世上再活几年，看到大胖出息了，起码娶上了媳妇。她说："大胖啊，奶奶还寻思着卖了枣给你好好地置办一身衣服呢，看来是等不到那天了。"

连秋后卖了枣都等不到，就别说大胖娶媳妇的时候了。大胖奶奶抓住大胖爹和大胖娘的手，说："你爹这辈子是指望不上了，可是你们不能学他，要挣钱，给大胖……盖房子，娶媳妇。"

盖房子，娶媳妇。这六个字成了大胖奶奶的遗言。正因为这六个字，大胖爹娘才出去打工了,他们不想让老太太死不瞑目。

想起大胖奶奶的死,苏爱国就有些沉默。

因为大胖奶奶住院的时候,他和妻子去看过,正巧听到医生的话。医生说:"这种病大多是从气上得的,平时要心大量宽,可不能窝在肚子里啊。"

苏爱国很清楚自己的脾气,他就是个爱生气的人。当然,有时候他也会宽慰自己,自己生气和大胖奶奶不同。她是被日子愁的,现在苏篷子在外挣钱,日子没得说,有啥愁的?

要说愁,就是乐乐。乐乐的学习成绩一直是苏爱国两口子的心病,苏篷子两口子每次离家,都会嘱咐他们,要督促好乐乐学习。可是苏爱国没做到。

这一次,方莹家访,苏爱国有一肚子的话要说。但他不是个爱唠叨的人,所以,也不想变成"娘儿们嘴"。

吃晚饭的时候,苏爱国犹豫了半晌,对方莹说:"闺女啊,有句话俺不知道该不该开口?"

方莹说:"叔,您跟俺还客气啥。"

苏爱国说:"你爹活着的时候,一定跟你说过俺苏家的事,说实在的,俺苏家在旧社会是风光过,可那时候也得罪了不少人,后来才被村民们瞧不起,没人肯跟俺们家来往……"

方莹说:"都这么多年过去了,没人再记着以前的事了。"

苏爱国说:"是啊,现在是没人论成分了,可俺家祖上毕竟不是好成分,俺寻思着,一定得让乐乐好好学习,长大了有出息。"

其实方莹知道,苏爱国的愿望也是所有家长的愿望。

她说:"叔,乐乐的脾气不太好,说实在的,俺不是不想管,是管不了。"

方莹不想绕弯子,她把自己的心思说了出来。

乐乐看了方莹一眼，说："方老师，俺有那么不听话吗？"

方莹说："你自己觉得呢。"

乐乐说："俺觉得只要是该做的事，就听，不该做的懒得听。"

方莹说："那学习呢，你说是该做的事，还是不该做的事？"

乐乐不说话了。他知道，自己这几年一直调皮捣蛋的，别说家庭作业了，课堂作业都完不成。

苏爱国说："闺女啊，这就是俺的请求，俺想让你每天来给乐乐辅导功课……"

苏爱国这话其实在肚子里一直憋着，就是没有勇气说出来，因为这件事对于方莹来说，等于耽误人家的时间和精力，可是个不小的人情。

苏爱国其实也就是随口说说，但他没想到方莹痛快地答应了。

"行，叔，这事俺答应你，以后乐乐的功课包在俺身上了。"

乐乐觉得奇怪，他记得以前爷爷奶奶说起方家的人来，似乎和自己家还有仇，没想到方莹居然肯做出这么大的牺牲。

方莹这样做，出于三个原因，第一个原因是她的责任，虽然作为一名老师，所有学生的成绩增长都是她的责任，但对于乐乐这样一个特殊的孩子，她觉得更有必要帮他把成绩提上去，另一个原因是她从乐乐的身上，看到了一种品格，他虽然是个倔得像驴的孩子，充满个性的孩子，却也是个有着正义感的孩子，他的心灵超出了同龄人的境界，最后一个原因还是父亲方铁头临死前留下的话。方铁头把方家和苏家的渊源告诉了方莹，并告诉她，希望她能够完成爷爷和父亲的愿望，解开苏爱国心中的结。

从这天开始，方莹就替代了苏爱国接送乐乐的任务，每天吃住在苏家，和乐乐一起去学校，一起回来。

方莹虽然是八里庄人，但是她不肯回方家，父亲不在后，她很少再进哥哥的门。

这一点，让方向党很是尴尬，平时有人问起来，方向党就说："俺妹妹教学任务忙。"

如果是以前还好说，方莹是在江南上的大学，毕业后留在了那里，几年后因为男友出国一直没回来，就分手了。方莹回到了乐陵，在朱集镇中心小学任教。

就在朱集中心小学东侧不远，有一处百枣园，里面种植着近六百种枣树，除了常见的金丝小枣、无核枣、长红枣、元红枣外，还有梨枣、茶壶枣、花瓶枣、磨盘枣等。园内风景如诗如画，亭台楼阁、云桥栈道，以及曲径通幽的观光小路，洁白如带的景观河流，还有风雨廊、垂钓湖、烧烤台、秋千架，等等，当真是个旅游观光、休闲赏玩的好去处。当然，对于乐乐来说，百枣园已经来了不下百次了。

在观光路上，还有一处景区，是特吸引乐乐的，那就是冀鲁边革命纪念园。冀鲁边革命纪念园建造宏伟，有入口牌坊、挺进广场、纪念馆、烈士碑林、人民英雄纪念碑、著名人物雕塑、常大娘旧居、景观泉、南园亭等设施。对于馆内那些英雄先烈的事迹，乐乐知道得少，但对于场内摆放的那些供展览用的飞机、枪炮，却颇有兴致。因此，当三轮车经过纪念园外时，乐乐的脖子拉长到了极限，眼睛一眨也不眨地朝里面望着。

现在，方莹居然每天出入苏家，而且后车座上带着乐乐，这情景一出现在八里庄的村头和街道上，越来越多的人开始议论，话题自然是方莹和方向党的兄妹关系。

有人也会当面问起方向党来，可方向党什么也不说。倒是他刚娶的媳妇棉花的话大气，说："方莹是当老师的，她有责任照顾好乐乐。"又说，"古人不是说，老师和爹娘一样亲嘛。"

棉花这句话堵住了外人的嘴，却没堵住方向党的嘴。从那天开始，方向党每天嘟囔着，嘴边上老是挂着方香的名字。

第四章 方香

方香是方向党的女儿，和乐乐同岁，今年也十岁。

棉花的话，其实说的就是"师徒如父子"的意思。方向党懂，但他不认为师徒能比上父子。他心里明白，女儿是自己的亲生骨肉，那是任何人比不了的。他甚至把自己想象成妹妹，也成了老师，但他绝对到不了把乐乐当成儿子的地步。

"那个兔崽子，咋能和俺家方香比。"方向党经常自言自语。

方香不是棉花亲生的，她的亲生母亲叫高三婷，也就是和苏篷子外出打工的女人。

自从高三婷外出后，方向党就感觉到她会和苏篷子有说不清道不明的关系，后来，似乎真的出了这种事，方向党就火了。前些年，他做梦都在打陈圆圆的主意，没想到自己没得到陈圆圆，反而自己的媳妇和苏篷子说不清了。

这种事一发生，方向党再也忍受不了。

后来，高三婷和苏篷子也闹僵了，从外地回来后就去了乐陵城区。

高三婷和方向党没结婚之前有个"老相好"，她到八里庄来，完全是当年和"老相好"闹别扭，一气之下来的，后来，又和方向党闹了别扭，一气之下回到了"老相好"身边。

高三婷走了，也带走了女儿方香。

年前的时候，方向党进城赶集，遇到过方香。当时，方香和她的妈妈高三婷在超市里转悠。方向党很少进城，就因为高三婷在城里。尤其和棉花结婚后，方向党为了避免夫妻感情走向下坡路，所以他尽量不让自己回想过去。

想到城里，他就会想起高三婷，想起高三婷就容易想起方香。这一系列的念头就会影响到方向党的情绪，让他坐卧不宁。

其实从年前赶集回来，棉花就看出来了，方向党一直闷闷不乐。那天，棉花招呼方向党炸藕夹子。方向党望着油锅出神，直到把藕夹子炸糊了，还在想着方香的事。棉花说："向党，是不是进一趟城见到谁了？"

棉花知道方向党的过去，两个人本来就是同乡，谁家发生的事都瞒不住对方。

不过棉花也不在乎方向党的过去，因为她也有过去。

棉花结过婚，方向党是她的第二个男人。

两个有过去的人走在了一起，她觉得要想过好日子，不是逼迫哪一个忘掉过去，而是彼此都体谅对方。

方向党说："没啥事儿！"

方向党的情绪告诉棉花，他一定有事。不过，方向党不说，棉花也不想深问，问多了，就会影响夫妻感情。

到了晚上，方向党躺在床上，两只眼瞪得大大的，望着屋顶出神。棉花说："睡吧！"

方向党闭上了眼睛，可没一会儿，眼皮又抬开了。

棉花把灯一拉，说："别看了，屋顶上没人。"

这话带着暗示的意思，她是想告诉方向党，自己知道他在想谁。

方向党不想隐瞒了，说："俺年前遇到方香了。"

棉花哦了一声，说："赶集的时候？"

方向党嗯了一声。

棉花接着问:"是不是也遇到高三婷了?"

方向党说:"你别多想,俺现在已经不想她了,只是想女儿。"

棉花从方向党的话语中,听出了一份真诚,点点头,说:"俺知道你说的是实话,其实即便想,俺也不会怪你,毕竟在一起过,感情也不是一下子就能忘掉的。"

棉花也曾经历过一段刻骨铭心的经历,不过,那段经历对她来说,是伤害。她不想回到过去。

她小的时候,父亲苏红旗在国营砖窑厂上班,算是八里庄最有面子的人。那时候,整个八里庄只有苏红旗是吃国家饭的。所以,棉花走在外面,村里人看她的眼神都不一样,棉花也觉得自己像现在电视剧里的格格。

只是,苏红旗得罪过一个人。这个人曾经去过砖窑厂,想让苏红旗弄一批砖,苏红旗嫌他吊儿郎当的,没答应。那人就恨上了苏红旗。当时,棉花才十几岁。每天一到父亲下班的点,她就会去村东南的棉花地里站着。她不是去拾棉花,而是静静地等待。

苏红旗手中端着铁饭碗,全家人吃喝不愁。所以,棉花觉得农活离自己很远,但是她很喜欢那片棉花地,或许这和她叫棉花有关。

棉花在地里等待的是父亲的归来。对她来说,父亲和她的大金鹿,是最为亲近的人。她甚至很享受着每天等待的过程。

可以说,那时候的她,太崇拜父亲了,她以父亲为荣。

然后,就在一个乌云滚动的日子里,棉花被一个黑衣人摁在了棉花地里,给糟蹋了。

从那之后,棉花就有些神志不清。她惧怕乌云,惧怕棉花地,甚至惧怕男人。

苏红旗两口子给她找了几个对象,都被她用枕头砸了出去。再后来,棉花嫁给了那人。

那人就是曾经被苏红旗拒绝过的人。结婚后,棉花才知道,正是那人,在那个乌云滚动的日子里,把她按在了棉花地里。

这件事后来在八里庄里传开了,有人说那人是为了报复苏红旗,至于报复,有两种说法,一种是说苏红旗当年在砖窑厂很红时,拒绝了那人;一种是苏红旗睡过那人家的炕。

后来,那人出车祸死了,棉花在陈圆圆的保媒下,和方向党成了一对。

棉花这些年神志渐渐地清醒了,经历了这么多,也成熟了许多。她更加珍惜现在的生活,所以不肯回到过去的记忆中。

但方向党不同。对于方向党来说,过去虽然充满了遗憾,毕竟也有许多的留恋。尤其是方香,这个身上流着他血液的女孩子,让他时不时会想起来。

春节是团圆的日子。这样的日子里,人在开心之余,也会思念什么。方向党在大年三十晚上,就曾望着桌子出神,他幻想着方香就坐在对面,正笑眯眯地看着自己。他甚至会夹起一块肉,递过去。

棉花觉得方向党这样想孩子不好,早晚会出事的。炸藕夹子的时候如果不是她在一旁,说不定油锅都着了。

这天,棉花对方向党说:"既然你想女儿,就去找高三婷说说,让女儿来住一段日子。"

方向党说:"高三婷肯吗?"

方向党当然想了,就是怕高三婷不放人。

棉花说:"要不俺去,俺就不信她不放人。"

棉花说去就去,第二天,还真的去了城里。

她去城里时,正巧遇到方莹和乐乐。当时,方莹正用电动车载着乐乐去学校。方莹虽然反感方向党,可是对这个嫂子,没什么过节,何况两人还是老乡。方莹就问:"嫂子要进城啊?"

棉花嗯了一声,把方向党想女儿的事说了出来。

乐乐听说棉花要去接方香,就欣喜地说:"太好了。"

乐乐和方香小时候常在一起玩耍,算是非常好的朋友,听说棉花想把方香接来,他自然高兴了。

棉花说:"行啊,等俺把方香接来,你可得好好地陪她玩。"

因为想着棉花去接方香这件事,乐乐一上午没认真听课。方莹在课堂上老拿眼神示意他,可是乐乐无法放下这件事。毕竟对他来说,方香是他儿时要好的伙伴。大胖、方香、乐乐,三个人小时候经常在一起,谁有什么好吃的,也要和其他两人分享。

方莹也有自己的事,没顾上乐乐。她心里想着记者给留守儿童录像的事,所以抽空找到校长,把自己的想法说了出来。

方莹说:"校长,俺觉得记者的策划是好的,就怕引起不好的反响。"

校长说:"方老师,你这话有些矛盾,既然同意记者的策划,又有什么好担心的。"

方莹说:"您好好想想,孩子们的录像一旦拿给那些在外的家长,他们会不会更加牵挂儿女们?"

校长笑了:"哪个父母不牵挂自己的儿女。"

方莹说:"可这样下去,和咱们的初衷不一样啊,咱们答应电视台录节目,是想让孩子们的父母在外放心,您想一下,能达到这样的效果吗?"

校长沉思了半响,似乎一直在想着录像效果的事。后来,他一拍手,叫道:"怕是效果真好不了。"

方莹点点头:"校长,俺觉得孩子们说的那些话更容易让他们的父母牵挂,到头来,不但不能放心,还要牵挂,如果不能让他们在外安心地工作,咱们这件事就等于做错了。"

校长又想了想,说:"录像真的不能随便发出去,对了,方老师,你怎么能体会到这么多?"

　　方莹摇摇头:"不是俺,是乐乐,这就是他不肯接受采访的原因,他说他怕爹娘看到这些画面,会没法在外安心地打工。"

　　校长哦了一声,说:"这小子,才多大的人啊,居然想得这么深。"

　　校长马上给记者打了电话,将自己的担心说了出来,提出了重新策划的意见。电视台接受了校长的建议,重新安排了记者前来采访,这一次,记者并没有面对面地采访孩子们,而是从侧面录制节目,通过对他们上课、集体活动等场面,现实地呈现了留守儿童的学习场景。

　　由于记者采取随意抓怕的方式,没有单独采访哪一个,因此,镜头中的孩子们,都是一种自然的样子,全然没有了煽情的场面,也没有人哭哭啼啼。看完镜头中的画面,方莹松了口气。

　　中午放学后,方莹带着乐乐回到八里庄。到了家门口,方莹下了车子,一回头,却发现乐乐不见了。

　　方莹觉得奇怪,一个活生生的人,出学校的时候还在车后座上,刚刚到桥上时,他还和大胖打了声招呼。因为方莹是班主任,要安排一下事务,所以每次回家总会比学生们晚一些。乐乐等她的工夫,大胖已经在半路上了。

　　方莹把电动车放在院子里,就出来寻找。苏爱国看到了,就说:"闺女,去哪里?"

　　方莹说:"乐乐这孩子不见了。"

　　苏爱国说:"咋了?没回来?"

　　方莹说:"回了,刚刚在路上突然就不见了。"

　　方莹一时也说不清楚,正要追出去,突然发现乐乐从方向党家的那条胡同里出来了。方莹顿时明白了,她有些气愤地跺跺脚,朝着乐乐说:"你没长嘴啊,也不吱一声。"

乐乐嘻嘻一笑:"又不是在学校里,还用得着打报告吗?"

方莹问:"方香回来了吗?"

乐乐摇摇头。

回到家里,苏爱国问:"咋回事?棉花去找方香了?"

方莹把早上遇到棉花的事说了一遍,说道:"俺这个嫂子,想法是好的,可这事要是办起来,怕是有一定的难度,方香现在也在上学啊,怎么能来呢,除非是周末。"

苏爱国说:"俺看周末也不见得。"

乐乐哼了一声:"到周末看俺的。"

苏爱国和方莹都以为乐乐随口说说,没把他的话当真。

到了周六早上,乐乐真的进了城。乐乐有能耐,这小子晚上就打好了草稿,先去高粱伯伯家问问,看他去不去城里,如果不去,就去找娘娘腔叔叔。

高粱是村长,进城的机会多,只是这天他还真的不去城里,就是去,他也不会捎带上乐乐的,即便乐乐把好话说一箩筐。

再就是娘娘腔。

乐乐从高粱那里遇到了钉子,就去了娘娘腔家里。娘娘腔有一辆面包车,他在城里开了一家电器维修部,生意好了,还在城里首付买了一套楼。不过,他不在城里住,觉得自己是乡下人,还是乡下住着踏实。娘娘腔有车,每天晚上开车回来,一早就走。

乐乐从高粱家过来时,娘娘腔正拎着工具箱上车。娘娘腔有个习惯,走到哪里都会带着他的工具箱,有时候,熟人家的电器有点毛病,他就顺手把工具箱打开,三五几下搞定。

娘娘腔刚上车,就从反光镜里看到乐乐跑过来了。他把玻璃落下来,探出头,问:"乐乐,有事啊?"

这几年,自从娘娘腔买了面包车,苏家没少沾光,苏爱国两口子去医院，十次就有八次坐娘娘腔的车。

乐乐说："叔，城里好玩不？"

娘娘腔笑了："想进城玩啊？"

乐乐点点头。

娘娘腔往他身后看，想看看有没有人跟着他。乐乐说："别看了，就俺自己。"

娘娘腔说："那不行，你自己不能去。"

乐乐说："咋了？俺跟着你还不行吗？"

娘娘腔说："俺还得顾生意，可顾不上你。"

乐乐有些失望，说："算了，看来庄乡叔就是不如亲叔，你不是俺叔，哪能带俺去城里玩呢。"

乐乐是故意拿话激娘娘腔。果然，娘娘腔的面子上挂不住了，说："你这小子咋说话呢？俺这些年还少帮你家的忙了？"

乐乐忙开心地说："那你是答应了？"

娘娘腔很严肃地说："想去可以，得给你爷爷打个电话。"

说着，娘娘腔就拿起了手机。乐乐哪能让他打电话呢，一把抓在手里，说："俺打吧。"

说着，乐乐就站在车下，按了几个号码，冲着里面说了几句，听上去，还真和爷爷打电话差不多。娘娘腔信以为真了，他哪知道乐乐没拨自己家的号，是和高粱通电话呢。

高粱一开始见是娘娘腔的号码，就问："有事啊？"

乐乐说："是俺，乐乐。"

高粱马上笑着问："乐乐啊，啥事啊？"

乐乐说："叔答应带俺进城，放心吧，俺没事的。"

说完，乐乐就把电话放了。娘娘腔只能听到话筒里有人搭腔，听不出是谁，再说，他也没想到乐乐撒谎，心想：既然爱国叔同意了，就带他去吧，省得这小子的嘴巴不饶人。

于是，乐乐就跟着娘娘腔来到了城里。进了城，乐乐假装很乖的样子，娘娘腔去哪里，他就去哪里，甚至还给他提兜子，端杯子，就像个小助理一样。后来，娘娘腔接到一个活，和客户谈生意去了。他就悄悄地溜了出来，去了方香家。

方香家住在哪里，乐乐是早就打听过的。这小子鬼机灵，就寻思着有这么一天就找来，所以把地址给记在心里了。

乐乐来的时候，方香正在院子里。高三婷家住的是小区，一楼，带后院的那种。方香听到喊声，有点熟悉，一回头就看到了乐乐。乐乐正趴在花墙子外面呢。

方香欣喜地问："乐乐，你咋来了？和谁来的？"

乐乐说："就俺自己，快出来。"

方香从大门口转了出来，问："你自己一个人进城，你爷爷不担心吗？"

方香当然听说乐乐的爹娘都外出打工了。

乐乐说："没事，俺来可不是说这些的，有事找你。"

方香问："啥事？"

乐乐说："你爹想你了，知道不？"

方香一听，眼圈就是一红，说："那能咋办？妈不让俺去。"

乐乐说："瞧，刚进城几天就叫妈了，都是城里人的习惯，叫娘多亲切。"

方香说："俺爹现在咋样？"

乐乐说："挺好，给你找了个后娘，就是想你。"

方香沉吟着，一时没说话。

乐乐突然抓住她的手。方香问："干啥？"

乐乐说："跟俺走，俺带你走。"

方香吓了一跳："不行，妈会打俺的。"

乐乐说:"怕啥,到了八里庄就是俺的天下了。"

乐乐正要强行把方香拉走,有人拧住了他的耳朵。乐乐一扭头,看到高三婷站在自己的身后。高三婷烫着一头金黄的头发,描着的两条细眉倒竖着,眼珠子快瞪出来了。

"好啊,乐乐,这么小就想把俺女儿拐走啊。"

乐乐说:"谁想拐你女儿了?你凭什么不让方香见他爹。"

高三婷朝身后的楼房一指:"方香天天好和她爹在一起,你这叫什么话。"

乐乐说:"俺说的是她八里庄的爹。"

高三婷当然知道他说的是谁,只是她不想让太多的人知道自己的家事。城里小区的住户,大多是东拼西凑的,很多人谁也不认识谁,高三婷的历史几乎没人知道,她不想让人知道方香还有个亲爹,虽然这种事不怎么稀罕了,可总会惹人嚼舌根子。

高三婷的担心被乐乐看出来了,虽然他理解得不够,却知道高三婷怕让邻居们知道这件事。于是,他把嗓门扯开了,大声喊:"方香她爹想她了,俺要带她回去。"

乐乐一吆喝,高三婷就急了,一巴掌甩在乐乐的脸上,然后拉着女儿回家了。乐乐不怕打,只是他的目的没达到,有些不甘心。

乐乐捂着腮帮子在门外待了一会儿,心想:不成,俺要是明来,肯定抢不走方香,得寻找机会。

乐乐躲在高三婷的院墙外,蹲了下来,想让高三婷认为他走了。但是,高三婷把方香看得死死的,就是不让她出门。乐乐没办法了,后来,他觉得自己在这里闹下去也没个结果,准备回去时,突然听到上面窗户有动静,一抬头,看到方香探出了头。方香不敢说话,朝他示意着,意思是让他走,然后又扔下一个纸鹤来。

纸鹤飘飘荡荡地落在了乐乐的手里。乐乐觉得它飘落下来时就像做梦一样,人也晕晕乎乎的。

就在这晕晕乎乎的感觉中，乐乐拿着纸鹤走出了小区。他刚出小区，就看到方莹骑着电动车来了。

原来，一家人找不到乐乐，一开始以为他去了大胖家。后来，大胖来家里找他，苏爱国这才觉得孙子跑出去了。方莹突然想起了什么，说："这小子不会去城里找方香吧。"

她当时只是揣测，也不能肯定。苏爱国给高粱打了个电话，想让他在大喇叭里吆喝一下，让乐乐回家吃饭。从高粱那里，一家人知道了乐乐的去处。接下来，苏爱国从电话里向娘娘腔证实了，乐乐真的去了城里。娘娘腔接到电话后，才想起乐乐来，发现这小子已经不见了，赶紧在电话里告诉苏爱国。就这样，方莹找来了。

方莹一见乐乐，就点着他的头说："好啊，你小子越来越有本事了。"

乐乐说："俺就是想把方香接回去，这话也和你说过的，没啥大不了的。"

方莹说："这是大人的事，你一个小孩子哪管得了。"

乐乐说："咋了，俺为啥管不了？方香是孩子，俺得给同龄人争取自由。"

方莹说："这是人家的家务事，以后少管。"

乐乐回到家里，没少挨苏爱国的训。当然，他是有心理准备的。苏爱国训他，他就坐在沙发上，一句也不吭声。苏爱国说："兔崽子，咋不说话？你的能耐呢？"

乐乐还是不说话。

爱国媳妇就劝："好了，孙子回来了，你就少说几句吧。"

方莹说："婶，您就别惯着他了，俺看不好好管管，以后还不知道他惹出啥事来呢。"

在管教乐乐的问题上，方莹站在了苏爱国一边。

乐乐突然开口了，说："早晚有一天，俺要干一件让你们大人吃惊的事。"

苏爱国看看老伴，又看看方莹，说："啥事？"

方莹这才意识到，刚刚苏爱国那些话是白说了，敢情乐乐一直在想着怎么把方香弄回来的事。

方莹叹息了一声："还不是方香嘛。"

苏爱国也明白了，说："好小子，你有本事。"

乐乐说："俺再有本事还不是苏家人嘛，再说了，俺有本事了也给爷爷脸上添光嘛。"

苏爱国一瞪眼："少在这里贫嘴，以后不许一个人往城里跑。"

乐乐马上一拍胸脯："爷爷，这话俺记住了，俺以后要是再一个人偷溜着进城，就自己打自己的屁股。"

乐乐这话不是随便说的，是他突然灵机一动，有了主意后才说出口的。

苏爱国哪知道小孙子的鬼主意。虽然看到他眼珠子乱转，知道他一定有歪想法了，不过他既然答应不会一个人偷跑出去，自己也就放心了。乐乐有个长处，也是苏爱国特别认可的，就是他年龄虽然小，说话却算数。

方莹看看苏爱国。苏爱国说："放心吧，俺孙子虽然倔，可从来不会撒谎，他说过的话就能做到。"

方莹心想：这小子心里肯定有鬼主意，以他的性子，认准的事肯定不会放弃的，刚刚他还说过要做一件大事呢，总不会不管方香吧。

乐乐在心里暗暗地发了誓，一定要让方香获得自由，所以，他不会放弃的。至于苏爱国那里，他想到了一个主意。第二天，他就找到了大胖，大胖看到乐乐，忙问："乐乐，你咋偷偷地进城呢，没挨打吗？"

乐乐说:"谁敢打俺?"

大胖一撇嘴:"吹牛,让俺看看你的屁股。"说着,大胖想拉乐乐的衣服。乐乐一把拉开他的手:"别闹了,俺是来和你商量大事的。"

大胖一听说大事,就有些发愣:"大事?"

乐乐说:"对,大事。"

接着,乐乐就把自己想法说了出来,他想等下一周和大胖一起进城。大胖一听就吓坏了,忙摇头:"俺可不敢。"

乐乐说:"瞧你这点出息,你家里只有爷爷一个人,又没人约束你,怕啥?"

大胖说:"俺不是怕爷爷,是怕爹回来打俺。"

乐乐说:"你爹哪辈子回来?再说,等咱们把大事做完,那些大人都会伸大拇指的。"

大胖说:"这事行吗?"

乐乐说:"行,跟着俺混,你会有出息的。"

接下来,乐乐把自己想好的搭救方香的计划说了出来。

第一,他和大胖分头行动,在方香的小区散布谣言,就说方香的妈妈虐待女儿,女儿不得自由,连出来都不能。乐乐这样做,是想让高三婷放松对女儿的控制。

第二,有人去方香读书的学校散布谣言,争取老师的关注,最好有老师家访。

第三,写一张寻女启事,如果高三婷不同意让方香回八里庄,他们就把这件事广而告之。

乐乐怎么想,也觉得这三件事一旦同时进行,高三婷绝不会不放人的。他想到高兴处,忍不住摸摸脸蛋子。大胖说:"原来不是屁股,是脸啊。"

乐乐说:"去,不是爷爷打的,是高三婷那个丑女人,俺要报仇。"

说着,乐乐将小拳头一伸。

在乐乐的鼓励下，大胖总算答应和他一起行动了。不过到了约定的时间，大胖又变卦了。那天放学后，大胖来找乐乐。当时，方莹正在给乐乐辅导功课，看到大胖进来，就说："是大胖啊，带作业了吗？和乐乐一起做吧。"

大胖说："没，俺是来玩的。"

正巧，乐乐的作业做完了。苏爱国找方莹有事要说，方莹去了东屋，大胖就在乐乐的面前坐下，吞吞吐吐地说："乐乐，俺……俺不想参加了。"

乐乐说："啥意思？"

大胖说："俺寻思着，这事要是被我爹知道了，肯定会打烂俺的屁股。"

乐乐说："瞧你这怂样，你肉这么厚，挨几下打咋了？当英雄的，哪一个不得经历风风雨雨？没出息。"

大胖说："可俺害怕，咱们两个小孩子哪斗得过大人啊。"

乐乐赌气说："行，你不去拉倒，俺自己去，光杆司令一样可以打天下。"

大胖走后，乐乐闷闷不乐地来到爷爷那屋，正巧听到爷爷要认方莹当干女儿的事。

方莹痛快地答应了，说："那俺以后就叫你爹了。"

苏爱国高兴地说："太好了，俺没想到，这么大岁数了，还多了一个好女儿。"

方莹说："俺也一样，爹去世了，俺这几年心里总是有些没着落，这下好了，俺又有家了。"

爱国媳妇说："以后啊，这里就是你的家了。"

方莹点点头："俺知道，其实就是以前，你们一口一个闺女地叫俺，俺早就觉得亲切了。"

苏爱国看到乐乐，忙说："乐乐，快过来叫姑姑。"

乐乐心里有事，不像他们这么开心，就应付地叫了一声。苏爱国他们哪知道他心里想什么，还以为他不怎么同意呢。苏爱国对方莹说："别管他，小孩子，与他无关。"

说着，苏爱国对乐乐说："早点休息吧，让你姑姑也去休息。"

乐乐点点头，就上了炕。

苏爱国家的房子一共五间，西头两间是通着的，放着一些农具，这边三间对着，中间算是客厅，两边各一个卧室，东屋苏爱国两口子住，西屋苏篷子两口子住。苏篷子两口子不在家，乐乐跟着爷爷奶奶睡，西屋就闲了下来，正巧让给方莹住。

一晃就到了周六。早上，乐乐吃完饭，就对苏爱国说："俺去找大胖了。"

苏爱国点点头，没多想。方莹看着他的背影，有些担心地说："爹，这小子会不会又去城里？"

苏爱国说："不会吧？他说过的，不会偷溜着去了。"

方莹想了想，觉得乐乐人虽然小，但他是说到做到的人，就点点头。

乐乐并没去找大胖，他直接朝村头走了去。到了村头，发现桥边坐着一个人。那人一站起来，乐乐笑了，原来这人正是大胖。大胖挠挠脑袋，说："俺想过了，总不能让你光杆司令一个人。"

乐乐笑了："这才像俺的朋友。"

大胖说："大不了俺屁股开花，可总得把方香抢回来。"

乐乐大声说："走！"

八里庄离城区不远，走公路的话只有十二里路。乐乐也不想在这十二里路上浪费时间，没多会儿，他就拦了一辆三轮车。那辆三轮车是从村里出来的，浑身上下带着一丝丝的质朴，乐乐放心，就和大胖坐在了车厢里。老乡说："你们两个这么小就到处跑，家长不担心啊？"

大胖刚想说话，乐乐阻住他，说："俺们爹娘都在城里做小生意，俺们寻思着爹娘挣钱不容易,进城帮帮他们。"

老乡就说:"行啊,挺有孝心的,他们是做什么生意的。"

乐乐张嘴就来:"摆摊卖小吃。"

这话乐乐早就想过多次了,因此毫不犹豫地回答了出来。老乡信了,就发动了三轮车,把他们带进了城。

进城之后,乐乐就和大胖分头行动,大胖去了方香上学的学校,乐乐朝方香家的方向走来。乐乐没去小区,而是来到了居委会,从怀里拿出了方香给自己的纸鹤,说:"俺接到了一个女孩的求助,希望你们帮帮她。"

这几天,乐乐又把计划理了一遍,觉得直接进居委会的办法不错。果然,居委会的主任接过纸鹤,认为这东西一定有故事,就带人按照乐乐说的单元和楼道去调查了。乐乐随后也来了,悄悄地到了方香的房后。

乐乐到时,居委会主任已经到了,乐乐进不去,就在外面等着。半天,居委会主任出来了,一边走一边说:"俺看那小子的话不像假的,不过看你女儿身上,也没啥伤,听她的口气,也不像假的,那就好,希望你能够做一个好母亲,孩子要有自由,可不能老关在家里不让她出去啊。"

高三婷说:"放心吧,俺不会委屈自己女儿的,倒是那个小东西,以后他再去,你们可千万别信了。"

等居委会主任走后,高三婷朝院墙后面说:"小子,出来吧,俺知道你一定藏在这里的。"

乐乐一听,就走了出来,嘻嘻地笑着:"阿姨好。"

高三婷一瞪眼:"叫什么阿姨,进了两次城,也学会城里腔调了?还是叫婶吧。"

乐乐一听,笑着说:"婶,俺是来看您的。"

高三婷一撇嘴:"不会是来给俺找麻烦的吧。"

正说着，远处大胖带着一个人过来了。高三婷一抬头，眉头马上皱了起来："好小子，还留着一手啊，居然把方香的老师搬来了。"

乐乐一跺足，心想：大胖也是，你怎么跟在人家屁股后面啊，明摆着告诉人家，这事是谁做的啊。不过想想，这事就是藏着、掖着怕也不行了，高三婷肯定能联想到他的。

老师见到高三婷，就发起了质问，大意是接到举报，说她有虐待女儿的行为。高三婷当然不承认。老师就把方香喊了出来。其实方香早就从窗户里看到乐乐他们了，只是不敢出来，担心惹事。听老师叫喊，她走了出来，礼貌地问候了一声。老师问："方香，有人说你妈妈虐待你，是真的吗？"方香看看乐乐，又看看妈妈，不敢说话。

高三婷说："怎么，哑巴了？说啊，妈有没有虐待你。"

乐乐说："你凶什么凶？就你现在的样子，让老师看看，俺看肯定虐待了，老师，您自己瞧瞧，方香敢说吗？要是说出来，等咱们走了，怕是……"

高三婷真想再像上次那样，送给乐乐一巴掌，她刚往前一步，乐乐就躲开了，叫道："不好，打人了。"

高三婷拉过方香，对老师说："您看看她的身上，可有虐待的疤痕？"

乐乐说："没用，每个人虐待孩子的方式不一样，有人是肢体虐待，有人是精神虐待。"

乐乐居然说出了精神虐待的词，看来，这几天他没少花心思。

老师哦了一声，说："你知道啥叫精神虐待？"

乐乐说："俺年龄小，说不清，反正一个人活着没自由，想去哪里甚至连自己的亲爹都不能见，你说这种虐待是不是比身体的虐待更狠。"

老师哦了一声，望向方香。

高三婷忙说："老师，您别听这小子胡咧咧。"

乐乐大声说："要不你放开她，让她自己选择。"

高三婷有些犹豫。乐乐觉得这时候杀手锏该用了，就从怀里掏出早就写好的大字报放在高三婷手里，说："您要是不答应，这东西明天就在小区门口张贴出去。"

高三婷一看，脸色就变了，说："好，好，方香你们带走，但记着明天下午送回来，别误了周一上学。"

乐乐大笑一声，就拉着方香跑开了。大胖随后撒丫子追去，一边追一边问："乐乐，俺真服你了，那上面写了些啥？"

乐乐说："没啥，俺瞎写的，就说她再不放人，俺就把她第一个男人，第二个男人，第三个……"

方香拦住他的话头，说："俺妈哪有这么多男人。"

乐乐说："俺瞎说的，反正这种事要是传出去，总有人信的，你城里的爹也会信。"

乐乐人虽然小，鬼机灵，就知道这一手一定奏效，还别说，真的把方香给带回来了。

三人拦了一辆农用三轮车回来的。到了村头，乐乐三人下来了。方香望着久别的八里庄，有些感慨。乐乐说："方香，俺把你救回来了，你咋答谢俺。"

方香从怀里掏出一些纸鹤，说："这些都送给你。"说着，她飞快地朝村子里跑去。

第五章 纸鹤

方香回来了,方向党很高兴。

但乐乐似乎比人家当爹的还高兴,吃饭的时候,他还忍不住咧着嘴笑,饭菜都从嘴巴里漏了出来。爱国媳妇说:"瞧你这孩子,吃饭也没个正形。"

苏爱国说:"用东北话说,这叫嘚瑟。"

乐乐嘻嘻地笑着说:"俺胜利了,俺说过的话做到了。"

苏爱国说:"你哪里做到了?你怎么跟爷爷保证的?"

乐乐问:"咋了?"

苏爱国说:"那天你拍着胸脯说,不偷溜进城的。"

乐乐眨眨眼:"爷爷,俺是说了,可也没违背承诺啊,那天俺说的是不会一个人偷溜,可俺是和大胖一起去的呢。"

苏爱国歪着脖子问方莹:"他是这样说的吗?"

方莹苦笑了一下,说:"这孩子,管不住了。"

方莹没正面回答,只是发了一句感慨。苏爱国一拍桌子,朝乐乐吹胡子瞪眼。乐乐有些害怕了,他知道爷爷的性子,比自己还倔。

"爷爷,又咋了。"

苏爱国说:"以后不管有没有伴,都不许开溜。"

乐乐只好说:"好吧。"

乐乐有些不情愿,因为他知道方香虽然回来了,可不会待太久,她还要上学。他本来还寻思着,有时间也进城找方香呢,可爷爷把狠话撂在这了,他暗叹了一声:看来,得找其他的办法了。

乐乐只要答应过的事情,就一定会做到。因此,他绝不会独自溜走。

那天,他虽然去了桥头,可觉得自己也不算偷溜,如果大胖不去,他也会和爷爷狡辩,说自己事先和大胖说过,这件事有人知道了,就不算偷。

乐乐的心智要比同龄人成熟得多,他很客观,觉得从目前看,方香也只能周六周日到八里庄来,其他的时候她毕竟还要上学。

饭后,乐乐就去了方向党家。一进门,乐乐正看到方向党在给女儿试衣服。方向党想女儿,做梦都盼着有这样的一天,所以他赶集的时候,就偷偷地买了几身女孩子穿的衣服,但是,那些衣服实在不合身。

乐乐一见,就过去把衣服抓在手里,扔在了床上,说:"叔,别试了,不合适。"

方向党说:"俺再找找。"

方向党翻箱倒柜地忙了半晌,还真的找出两身大款的来,只是那衣服是棉花小时候穿过的,过时了。乐乐拉着方香就跑,方向党想追出去,乐乐将一句不冷不热的话扔了过来:"追什么,人是俺抢回来的。"

乐乐带着方香来到自己家里,两个孩子回想着小时候在一起玩耍的情景,都笑了。

乐乐问:"城里好吗?"

方香摇摇头:"俺觉得不如乡下。"

乐乐说:"你骗俺,那么多人挤破脑袋地进城,哪能不如乡下。"

方香说:"城里除了人多、楼多、车多,也没啥了。"

乐乐说:"可城里的人洋气,衣服漂亮。"

方香说:"俺觉得城里没贴心的人。"

乐乐说:"你现在的爹呢,对你咋样?"

方香说:"能咋样,都是看在俺妈的面子上,不喝酒没事,喝了酒,谁都骂。"

乐乐说:"你娘也是,进城干什么?"

方香说:"俺不知道。"

两个孩子有一搭没一搭地说了一会儿,方香突然想起了什么,问道:"俺给你的纸鹤呢。"

乐乐就从桌子上拿过一个来。

方香问:"好看吗?"

乐乐点点头。

方香就说:"俺教你叠吧。"

乐乐摇摇头:"俺不叠这东西,没意思。"

方香说:"那俺走了你不想吗?"

乐乐说:"想,肯定想。"

方香说:"那就叠纸鹤,一天叠一个,直到俺回来。"

乐乐眼睛一亮:"叠到咱们都长大了。"

方香的小脸似乎红了一下,说:"用不了这长时间,俺又不是不回来。"

乐乐说:"对,你那个丑娘要是不放人,俺就再去抢。"

接下来,方香认认真真地教乐乐叠纸鹤。乐乐可没心思学这东西,他只是希望能够和方香多待一会儿,所以,他的目光一直盯在方香的小手上。他发现那双细白的小手,说不出的灵活,绕来绕去,把他的眼睛都绕花了。

方香笑着将叠好的纸鹤在乐乐眼前一晃,问:"好看吗?"

乐乐应付了一声:"好看。"

方香看出来了,乐乐根本就没认真学。她有些赌气,噘着嘴巴说:"你这人,想什么呢,不好好学,俺再教你一次。"

说着,方香又拿起一张纸。

为了不让方香失望,这一次,乐乐认真地看着。不过,他虽然瞪着眼珠子,心却不知飞到了哪里去,等到方香又叠好一只,他才发现自己又走神了。

乐乐又想到了枣林中的红房子,红房子里飞着一只只的纸鹤……

方香嘴巴一嘟,说:"不叠了,没意思。"

乐乐笑了,说:"你这样子真像小时候。"

方香说:"俺小时候啥样你还记得啊。"

乐乐说:"废话,俺谁都可以忘,也不能把你忘了啊。"

方香问:"那你说说,俺小时候啥样?"

乐乐想了想,说:"你小时候臭美,俺和大胖闹玩的时候,要是把土弄在你身上,你就赖着俺们,让俺们给你洗衣服。"

方香笑了:"谁让你们那么淘气。"说到这,方香突然问:"对了,大胖呢。"

乐乐正要说话,只听有人嘿嘿一笑。

两个人一扭头,发现大胖早就站在门口了。原来,大胖已经来了一段时间了,就在旁边站着,看着两人傻笑。

乐乐赶紧把大胖拉过来坐下,说:"今天咱们三人小队又凑齐了。"

大胖问:"不会有什么重大行动吧。"

乐乐眼睛突然一亮:"对啊,咱们三个人难得凑在一起,应该搞出点动静来才是。"

方香说:"别闹了,你们这次动静还小吗,都把居委会和学校老师给惊动了,还想闹腾啥?"

乐乐眨眨眼:"俺现在还没想出来,不过你放心,俺要做的一定是惊天动地的大事。"

还没等乐乐做什么惊天动地的大事,方向党先做了。

乐乐的话刚落地,就听到大门外传来骂声。方香一听,是个熟悉的女子声音,就惊呼道:"俺妈咋来了?"

三个人跑了出去,发现高三婷果然来了。

高三婷是不放心女儿,随后骑着电动车过来的,她以为方香在方向党家,所以直接去了那边。他进去的时候,方向党正在望着床上的衣服出神。高三婷不念旧情,一进门就问:"方香呢?"

方向党抬头看到她,淡淡地说:"不知道。"

方向党这句话引起了高三婷的反感,高三婷原本就看不上他,要不是和男友吵嘴,高三婷也不会跑到八里庄来,更不会嫁给方向党。

她讨厌方向党的性格,更讨厌他背后乱嚼舌头的行为。方向党当初造谣陈圆圆的事,高三婷自然听说了,她鄙夷地看看方向党,说:"行啊,家里还像个窝,看来离开俺小日子过得不错啊。"

高三婷是想讽刺方向党几句,当然一开始并没发狠话,但这话就像一根刺,正好扎中了方向党的神经。

方向党思念女儿,想起亲生的骨肉不能经常看到,这一切都是高三婷造成的,又想起高三婷对自己的背叛,他怒不可遏,抓起枕头砸了过来。

高三婷虽然不是太随便的人,但她看不上方向党,心自然就渐渐地离开了他。当年苏篷子出去打工,高三婷也跟去了,一开始两人没事,后来,高三婷就想贴乎苏篷子。再后来,因为苏篷子又和塘沽的一个女孩子走得很近,高三婷一气之下回到了乐陵。但她没回八里庄,而是去了城里,和旧相好,也就是当年赌气离开的男人又好上了。

正因如此,她才和方向党离了婚。在方向党眼里,高三婷就是那种随便的女人。她看不起他,他也看不起她。

看不起也没什么,毕竟两人离婚了,各自过自己的日子。问题是方向党经常思念女儿,一想起女儿就情不自禁地把高三婷恨到了骨子里。

高三婷也不是个善茬，枕头一砸到脸上，她就急了，像一头母老虎蹿了过去，愣是把方向党的头发给抓下一撮来。方向党疼得脸色都变了，他随手把椅子拎在手里。高三婷赶紧往外跑，方向党就追了出来。

到了街道上，方向党要想抓住高三婷就不容易了。他的腿受过两次伤，一次是因为听苏篷子和陈圆圆的新房，从院墙上摔下来，摔断过，一次是出过一次车祸。也正是因为腿上的毛病，当年高三婷才跟苏篷子出门了。方向党腿脚不方便，到了外面也很难找到工作。

高三婷不想每天憋在家里受穷。她从城里来，算是见过"世面"的人，听苏篷子说要出去打工，就跟着去了。

高三婷围着电动车转，方向党一瘸一拐地追，追了几圈不追了，突然把高三婷的电动车推倒了。

也就是这时候，高三婷骂上了。

她的声音一响起，别说方香，就是方莹、高粱等人都出来了。众人分开方向党和高三婷，方香跑到妈妈的身边。

这场闹剧也就结束了。

方向党和高三婷都很狼狈，方向党的头发乱糟糟的，头上还顶着血印，高三婷也好不到哪去，虽然方向党没砸实，可她的肩膀上挨了一下子，衣服也被方向党扯破了。

乐乐是个孩子，完全不理解大人的想法，他嘻嘻哈哈地凑了过去，说道："俺们是不是出来晚了，惊天动地的大事已经结束了？"

方香是女孩子，而且方向党和高三婷都是她在乎的人。听到这，她冲着乐乐喊："难道这就是你要做的大事情吗？你太坏了。"

乐乐怎么也想不到方香会送给他这样的评价。他非常喜欢朋友们评价自己，可不喜欢这种说辞。乐乐还想说什么，方香已经跟妈妈走了。

看到坐在电动车后座上的方香头都不回，乐乐大感失望，觉得自己这一场努力是白费了。

回到家里,爱国媳妇没少数落乐乐。

"瞧你这孩子,说的什么话,方向党和高三婷都是方香的亲人,你拿话损人家,方香心里能好受吗?"

奶奶一说,乐乐也明白了许多。他看看桌子上的纸鹤,叹息一声,心想:看来自己说话太随意了。

其实,在乐乐眼里,方向党和高三婷没一个好人。正因为如此,他才会幸灾乐祸地说出那番话。可是他也知道,人家毕竟是方香的父母。

方莹摸摸乐乐的脑袋,说:"以后长点记性,小孩子不要管大人的事。"

乐乐不服气。他闷着头不说话,心里却想:小孩子咋了。

那一阵,乐乐上课时有点走神,原因是他脑子里老想着方香的事。方莹看出来了,每天上学放学的路上,都会开导他,劝他。可是,乐乐根本就听不进去,这件事不处理好,他根本就没心思学习。有时候,乐乐也觉得自己太成熟了,对着镜子时,会自言自语地说:"乐乐啊乐乐,别忘了,你还是个小孩子呢。"说完,他又会冲着自己说:"小孩子咋了?"

是啊,小孩子咋了。为了这句话,就在下一个周末到来时,乐乐再一次进城了。不过这一次,他是和方莹一起去的。

这几天,方莹和乐乐谈过话,每次谈话,都发现他有些魂不守舍的,根本就不往心里听。方莹就和苏爱国两口子说:"俺觉得方香的事处理不完,乐乐是不会用心学习的。"

苏爱国说:"这孩子也是,人家的事想那么多干什么。"

方莹说:"他只是想想倒好了,俺觉得他是想管。"

苏爱国说:"啥?他管?法院都不好管,他一个小屁孩,能咋管?"

方莹说:"爹,你还不知道自己孙子的脾气吗?"

苏爱国不说话了。他当然知道，乐乐和他一样的性子，倔。想做的事谁也别想拦住。

以前乐乐不认真学习的时候，方莹还会训他几句，自从认了苏爱国为干爹，方莹觉得和乐乐的关系也有些特殊了，不知为什么，她狠不下心来。她想了想，决定还是带他走一趟，不管处理到什么地步，总得让他死心了才行。

就这样，方莹和乐乐进城了。到了方香居住的楼下，方莹把车子一放，说："乐乐，姑可是把你带来了，方香的事不管有什么结果，今天必须彻底画上句号。"

乐乐说："什么？就一天的时间啊？"

方莹说："就一天，你不答应的话现在就跟姑回去。"

乐乐能不答应嘛，一天也是时间。他无奈地点点头，敲开了方香家的门。

乐乐之所以放不下这件事，主要原因还是上次方香的气愤离开。这件事乐乐要是不摆平了，他睡觉都不踏实。

就在方香离开八里庄的那天晚上，乐乐做了一个噩梦，他梦见方香捅了自己一刀，然后跑开了。虽然挨了一刀，可是在梦中乐乐不觉得疼。他随后去追，却觉得浑身像被蚕丝缠住了一样，根本就跑不动。他不停地挣扎着、踢打着，突然醒了，这才知道刚才的一幕是个梦。当时，灯亮着，苏爱国两口子呆呆地看着他。乐乐揉揉眼睛，还有点沉浸在梦中的感觉，他往左右看着，问："方香呢？"

苏爱国说："方香不是走了吗？"

爱国媳妇说："这孩子，肯定是梦见方香了，还差点把被子踢烂了。"

这几天，乐乐梦见了几次方香。有一次，他梦见方香被高三婷关在了一个黑暗的地下室里,乐乐想去救她,却找不到进口,后来,天就亮了。正是这些梦,让乐乐放不下方香,暗暗地发誓,一定要把她救出来。

乐乐一进高三婷家的门,就遇到一张冷脸。要不是方莹跟着进来,估计高三婷就把乐乐推出去了。乐乐发现方香正在做作业,他凑了过去,说:"方香,俺是来给你道歉的。"

乐乐想好了,他要以退为进。

方香说:"你有啥错?不是挺能的吗?"

乐乐说:"俺就是个小屁孩,有啥能耐。"

方香扑哧一笑,又怕乐乐看出来,赶紧把嘴巴抿上。其实,那天她也是故意做给妈妈看的,虽然有些生气,却远远没乐乐想得那么严重。方香知道妈妈的脾气,要是不做出和乐乐决裂的样子来,妈妈轻饶不了自己。果然,回来后,高三婷没对方香发脾气,只说了一句:"以后少跟那个小屁孩玩。"

乐乐看到了方香嘴角的笑意,假装没发觉,转头对高三婷说:"婶,那天的事俺做得太过了,是来给你道歉的。"

他这样说,不但高三婷一愣,连方莹也有些搞不清楚了,心想:乐乐在干什么,道歉认错,还怎么讲理。

不过,她觉得乐乐肯定有什么歪主意,就在一旁闲坐着,静观其变。

高三婷一撇嘴:"行啦,别装了,你小子撅什么屁股拉什么屎,俺一看就知道。"

乐乐屁股一撅,说:"那俺让婶看看。"

高三婷一脚踹在他的屁股上,骂道:"真是个坏种。"

这一脚虽然落在了乐乐的屁股上,不过没用上气力。乐乐的滑稽样也把高三婷逗乐了,因此,这一脚是开玩笑的。乐乐却夸张地捂着屁股,往前晃悠了几步,说道:"婶,俺不行了,不能走了,看来得赖在你们家了,你得管俺吃管俺住。"

高三婷笑着说:"好啊,俺正好不用买肉了,把你小子切了炒菜吃。"

乐乐嘻嘻一笑:"婶,俺就说嘛,您是大人,不跟小屁孩一般见识的。"

高三婷一瞪眼:"少贫嘴,说吧,你小子这次来到底打什么鬼主意。"

乐乐一本正经地说:"俺就是来道歉的……"

他的话没说完,高三婷说:"那好,道歉的话也说过了,走吧,回你的八里庄。"

乐乐一听忙说:"婶,俺还有话要说呢。"

高三婷哼了一声:"俺就知道你小子有话说。"

乐乐看看方香,然后说:"俺想跟方香学叠纸鹤。"

高三婷和方莹都没想到乐乐会提出这样的问题,两人都以为他会继续上次的话题呢。

乐乐也想直接把让方香回八里庄的事说出来,可又一想:心急吃不了热豆腐,得慢慢来。所以,他提出了一个看似简单不疼不痒的问题。

高二婷说:"叠什么纸鹤,俺不会让方香去八里庄了。"

乐乐说:"俺也不让方香去,他前爹那脾气的,说不定哪天把方香的头发拔光了……啊,不对,那天拔头发的是婶……"

乐乐其实是故意说错的,他发现高三婷脸色非常难看,赶紧改口说:"向党叔动不动就耍,下手没轻没重的,要是一椅子落下来……"

这话一说,高三婷忍不住摸摸自己的胳膊。

乐乐接着看看方香,说:"俺可不想让方香受伤。"

高三婷问:"方香不去八里庄,怎么教你叠纸鹤?"

乐乐说:"俺到这里来啊,每周都来。"

高三婷一听忙说:"你小子想得美,家里要是多了你这么个人,还不闹翻了天。"

乐乐说:"俺又不是孙猴子。"

高三婷哼了一声:"你比孙猴子也不赖,居委会的领导都能忽悠来。"

乐乐忙说:"那咋办,俺得学叠纸鹤呢,经过了上次的事,俺觉得小屁孩还是该做小屁孩的事,不能管大人的事,所以,俺决定专心叠纸鹤,再也不会问家长里短的事了。"

他这话一出口,让人觉得他已经心灰意冷似的。方莹心想:这小子难道真想放弃了?又一想:不会的,他在耍心眼。

方莹毕竟了解他的心思。

高三婷就不同了,她逐渐地被乐乐绕了进去,开始有些半信半疑了。

"你小子不会又想耍什么鬼主意吧?"

乐乐从怀里掏出几个纸鹤,说:"瞧,这是俺这几天叠的。"

纸鹤当然叠得不成样子,要不然,他怎么能找到和方香学习的借口呢?方香走了过来,抓起一个看了看,说:"不对,不对,看着,应该这么叠。"

方香想马上教他,乐乐却说:"不急,以后俺每周都来,还有,俺功课不行,你得帮俺。"

高三婷一听,忙说:"听说方老师成了你姑姑,有她在,还用得着俺家方香吗?"

方莹刚想说话,乐乐马上说:"俺喜欢城里,城里多好,人家都说城里的教学质量好,姑姑讲的俺才不听呢。"

高三婷叹息了一声,说道:"你哪里知道,方香的功课也不好,俺正寻思着给她找个辅导老师呢。"

乐乐不是不知道,是早就知道了。上次大胖去学校,路上老师把方香的情况大致说了一下。乐乐从大胖的口中得知,方香在课堂上也老是走神。这更让乐乐决心把这件事做好。

乐乐说:"那咋办啊?"

他故意假装思索，挠着后脑勺，突然，他望着高三婷说："婶，要不这样吧，让方香去八里庄……"

高三婷一摆手："停，你小子别提八里庄，俺就知道你绕来转去的，其实就是想让方香去八里庄。"

乐乐说："这件事可不是俺的主意，是天意。"

高三婷忙问："天意？啥意思？"

乐乐说："您想啊，俺原本想来城里的，俺只想学纸鹤，没有其他的想法，可是您又不想见到俺这个人，担心俺像孙猴子一样，把城里翻个底朝天，那咋办？俺想学叠纸鹤，方香需要辅导功课，您说不是天意要让方香回八里庄吗？"

高三婷沉吟了。她从乐乐的语气中，也听不出其他的意思，觉得他的话还算坦诚。

方莹听到这里，说："这样吧，俺周六周日没事就给两个孩子辅导一下功课，有俺在，您就放心吧。"

高三婷觉得，乐乐虽然鬼心眼多，不过也是为了方香好。她虽然不想让方香回乡下，可是想到孩子的心理健康，就答应了。毕竟高三婷是方香的娘，她明白女儿的心思。女儿这几年在城里不怎么开心，学习也上不去，这其实也是有原因的。

从这天开始，方香每周都去八里庄，大多的时候和方莹一起睡。这也是高三婷放心的地方。有时候，高三婷亲自送她，有时候方香就在周五的晚上去娘娘腔的店里，跟他回八里庄，然后在周一的早上，让娘娘腔把自己送到学校门口。一开始，高三婷不放心，每天周一早上都在学校门口看着，发现娘娘腔总能按时地把孩子送回来，心里也就踏实了。

也正是从这天开始，乐乐认真地学习叠纸鹤。方香的事他觉得目的达到了，非常开心，学习也上去了。

每到周六周日，两个孩子在学习之余，就会把叠好的纸鹤挂起来，用嘴巴吹，用手扇，看着它们在屋子里飘动的样子，两个孩子的眼睛都会发光的。

当然，对乐乐来说，他会比方香多一些畅想，他的眼前会浮现出一座红房子，而这些纸鹤正在红房子里飞来飞去的呢。

手工制作一般来说，都是女孩子喜欢的。苏爱国觉得小孙子学习叠纸鹤太没意思了，有时候他看到乐乐认真叠的样子，就会摇头。他不知道乐乐为什么要叠纸鹤，连方莹都不知道。苏爱国认为，孙子是忘不了前几年和方香在一起玩耍的日子，爱国媳妇则认为，乐乐和方香是天生的一对。她每每看到两个孩子在一起的样子，就对苏爱国说："瞧，多好的一对啊！"

苏爱国就说："想到哪去了，还是俩孩子。"

爱国媳妇就说："是啊，他们还是孩子啊！"

天渐渐暖和了，乐乐会打开窗，目光望向远方，想象着自己变成一只纸鹤，飞向蓝天，飞到爹和娘的身边。

这才是乐乐学习叠纸鹤的真正目的。

自从学会了叠纸鹤，乐乐每天都要认认真真地叠一只。当然，在叠之前，他会在纸上写下一句祝福的话。有一天，他从梦中醒来，想起忘记了没叠纸鹤，就胡乱地抓起一张纸，用笔写了一行字。他在想，等自己找到那座红房子，就把它们都搬进去。

因为是深更半夜的，乐乐没有拉灯，只是借着月光叠着纸鹤。那时候，他的手艺已经不错了，即便闭着眼睛，也能把纸鹤叠好。

叠完后，乐乐才翻身睡去。

第二天到了学校，方莹让同学们把昨天发的试卷拿出来。结果，唯有乐乐没有找到。方莹记得昨晚帮乐乐检查过了，就说："乐乐，试卷不是放在书包里了吗？"

乐乐摸摸脑袋，他记得自己的确放好了，怎么会不见了呢。

因为试卷是数学卷子，方莹虽然是班主任，不带数学课，所以，数学老师那里，乐乐也没少挨批。到了家里，方莹把这件事告诉了苏爱国，苏爱国说："这小子，天天叠纸鹤，俺看心思都在这上面了。"

说着，苏爱国把乐乐挂在墙角的纸鹤都抓了下来。方莹发现了其中一只纸鹤是用试卷叠的，打开一看，果然就是那张卷子。就在她想生气的时候，意外地发现试卷上多了一行字。

"爹、娘，俺飞来了。"

虽然只有简简单单的几个字，却触动了方莹的心。她打开其他的纸鹤，发现每一只上面都写着一行字，最多的话语，是乐乐对爹娘在外打工的祝福……

乐乐是个把感情埋藏很深的人，如果不是通过这些叠得像模像样的纸鹤，谁都走不进这个孩子的内心。

方莹突然发现，她一直都没有完全了解这个十岁的男孩。虽然她和他已经在师生关系的基础上，又多了一层姑侄关系。看到那些纸鹤后，连苏爱国两口子都一下子觉得自己和小孙子有了距离。爱国媳妇揽着乐乐，只是一句句地重复着："这孩子，这孩子……"

接下来，她想说什么，都说不出了。苏爱国也是一阵感慨。他怎么也想不到，十岁的小孙子把对父母的情感埋藏得这么深，而表面上给人的印象是，他对爹娘冷冷淡淡的。

心事突然被三个大人打开了，乐乐一下子就急了，大叫："你们干什么！"

叫完，乐乐突然哇哇地哭了。

似乎一下子，他思念爹娘的情感汪洋似的倾倒了出来。

方莹揽过乐乐，她没说话。那一刻，她不知道该怎么说，怎么去安慰那颗看上去坚强，实则脆弱的心。

苏爱国站了起来，慢慢地走到院子里。望着天空，喃喃地说："好孩子，好孩子啊。"

本来，苏爱国还担心乐乐长大后会没什么出息，但从今天的情况看，他放心了，乐乐是个重情重义的孩子，而且，又比一般的孩子深沉。从小的时候，乐乐就不喜欢哭，即使挨了大人的打。细想，这几年乐乐真的没哭过一次，但今天他哭了。苏爱国知道，小孙子以前不是没哭，是把泪水积攒在了肚子里。他想起苏篷子两口子年后离开的一幕。那一幕到现在苏爱国还记在心里。苏篷子和陈圆圆走的时候，都回头看了乐乐一眼。乐乐正在门外的墙角上站着，他并没有望向爹娘，而是面对着墙壁，正在用小刀随意地刻着什么。似乎爹娘的出门对他来说，一点也不留恋。

苏爱国慢慢地走到大门口，来到乐乐曾经站过的墙角边，想象着他正站在那里的样子，突然，他发现墙角的石灰面上似乎划着什么。他走了过去，这才发现，上面有几道横杠。那些横杠有规律地排列着，粗略看去，并不让人注意，但再看上去，会发现它们并排着，一样的整齐，显然是人用心划上去的。苏爱国想起来了，怪不得每次苏篷子走的时候，乐乐都在这里站着，原来他在留下什么记号，是什么记号呢？苏爱国伸了伸手指，有些明白了，一条横杠应该代表着一年吧。

乐乐很小的时候，苏篷子就在塘沽打工了，那时候的他并没多少记忆，更不可能在墙上留下记号。苏爱国想了想，是六岁的时候。那年乐乐六岁，他曾问过自己，爹出去打工几年了，后来，这话他也向陈圆圆证实过，苏爱国想了想，上面几道横杠应该是那一年补上的。苏爱国还记得那天乐乐在墙角上刻画的一幕，当时，墙壁是刚修缮的，苏爱国很生气，还训斥过他，让他"别到处乱划"。

苏爱国的眼里也湿湿的。事实上，他和乐乐一样，挂念着在外打工的儿子。

不过，在外人眼里，苏爱国很少表露自己的心事。

有时候，三姑来串门，会问："爱国大哥，篷子在外打工，一年才回来一趟，你不想啊？"

苏爱国就说："有啥想的，这么大的人了，都成家了。"

苏爱国满嘴的不在乎，其实心里总是不踏实。苏篷子最早外出打工的那一年，他没睡过一个囫囵觉，躺在炕上，翻来覆去的，爱国媳妇就问他："咋了？"

他说："没咋，不怎么困。"

直到儿子回来，他那颗不安的心才稳定下来。后来的几年，渐渐地，他也习惯了，但对儿子的那份挂念一直埋在心底。现在，他突然看到了孙子的心事，联想到自己，心里暖暖的，又酸酸的，说不出的滋味。

第六章 唢呐

乐乐的心事藏不住了,他有些郁闷,哭过之后就跑了出去,找大胖了。大胖是他最好的朋友,虽然脑子转得慢,可很真诚。

大胖看到乐乐两眼通红,就问:"咋了?迷眼了,俺给你吹吹。"

大胖还以为有沙粒进了乐乐的眼睛里呢。

乐乐说:"大胖,俺的秘密被他们知道了。"

大胖说:"啥秘密?"

乐乐就把纸鹤的秘密一说。

大胖说:"这秘密你咋没告诉俺,不对,乐乐,你没当俺是朋友。"

乐乐说:"你想哪去了,俺不告诉你,是因为你太实在,大人问什么你说什么,要是俺告诉了你,也不叫秘密了。"

大胖一听,觉得也很有道理,就说:"那咋办?"

乐乐摇摇头:"算了,大胖,俺想去散散心,你去不?"

大胖一听就有些担心:"又要进城啊?"

乐乐朝他的脑袋轻轻地敲了一下:"进城叫散心啊,那叫惹气,去河边。"

乐乐带着大胖来到河边,离很远就看到了谷子。

其实,乐乐就是听到谷子的唢呐声才想到河边的。

谷子练唢呐常常在河边,这一点,乐乐是知道的。一方面,河边有谷子的情感寄托,当年,他是在河边认识麦子的;一方面,这里离村里远，唢呐的动静吵不到村民。当然，河边也有乐乐的情感寄托，那就是对岸的枣林，以及枣林中那所想象中的红房子。

顺着悠扬的唢呐声，乐乐和大胖来到了河边。

正是麦秋前的时节，空气中飘散着淡淡的麦香。

缓缓流动的唢呐声，犹如那缓缓流动的河水。河面上，有一枚落叶，顺着水流从远处飘来，又渐渐地飘向了远处。

谷子一边吹着，一边用目光把落叶迎接了过来，又把它送走。这才抬起头，望着天空。

吹了半晌，他又低下头，望着脚下的一把麦子。

乐乐站在谷子的背后，看着他，仿佛能够走进他的内心，看到一颗孤独的内心。

大胖却听不懂，他看看谷子，又看看乐乐，本想说话，见乐乐静静地听着，又不敢插嘴。

半晌，谷子收了唢呐，拍拍身边，说："都坐下吧。"

乐乐在谷子身边坐下，望着他手中的唢呐，问："谷子伯，您心事好重啊。"

谷子看看乐乐，淡然一笑："谁没有心事？"

乐乐瞥一眼大胖，说："俺有心思的时候就跟大胖说，谷子伯呢，没朋友吗？"

谷子一扬手中的唢呐："它就是俺的朋友。"

乐乐哦了一声，似乎听懂了，说："怪不得，怪不得。"

谷子笑笑："小小年纪，你懂得什么，还大发感慨。"

乐乐一拍胸脯："别看俺年纪小，但俺懂的事可多了。"

谷子看看大胖。大胖摇摇头。谷子拿起脚下的麦子，把麦穗夹在掌心，麦秆从拇指和食指间露出去，然后慢慢地搓着，直到把麦粒搓了下来，又吹一口，麦芒纷飞，掌心里只剩下几十粒麦粒。

谷子挑选的麦子微微泛黄，正是手搓的好时候。

大胖忍不住舔了舔嘴唇，清新的麦香已经在鼻端飘散开了。

谷子把麦粒递给大胖，问："你听出俺的唢呐曲子了？"

他说这话时，脸向着乐乐，自然是问他。

大胖也知道人家没问自己，就接过麦粒，一口吞了下去。

乐乐说："俺虽然不知道这叫啥曲子，可知道曲子的意思？"

谷子问："啥意思？"

乐乐说："思念。"

谷子呆住了，望着天边的流云，半晌才说："你不像十岁的孩子。"

乐乐也望向天边，说："谁让俺爹娘在外打工呢。"

谷子马上明白了，他转头看看他，说道："虽然咱们的思念不同，可音乐会带给咱们相同的感受，这就是音乐的魅力。"

乐乐突然说："谷子伯，俺跟你学吹唢呐吧？"

乐乐以为谷子不会同意，因此，他这话也只是随便说说，哪知道谷子哈哈大笑："好啊，俺教你，你爹都是俺教的呢。"

苏篷子也和谷子学过唢呐，而且水平还不赖。苏篷子和陈圆圆结婚那天，就是他自己吹的唢呐。乐乐说："俺听说了，爹和娘结婚的时候，是爹亲自吹的唢呐，等俺结婚的时候，俺也亲自吹。"

谷子在他的头上摸了一下，笑着说："哪辈子的事，八字都没一撇呢。"

谷子答应教乐乐唢呐，还真的开始教了。不过，他教了一会儿就放弃了，因为对于小孩子来说，吹唢呐不是件容易的事，唢呐需要肺活量，孩子力气小，不容易吹响，而且手指很难对准上面的孔。谷子也没让乐乐失望，虽然不教他唢呐，却把二胡教给了他。

谷子喜欢民乐，除了唢呐，二胡、笙等乐器也会不少。他平时经常跟着红白事的班子去演出,班子里的人不能只会一种乐器,有时候需要代替一下。班子里常见的乐器,谷子都拿得起来,尤其二胡和唢呐,是他摸得最多的。为了让乐乐好好学习二胡,谷子还特意给他改了把小型的。

乐乐一有空就去和谷子学二胡,逐渐地把方香给忽略了。

那天,大胖突然来河边找他,告诉他,方香家出事了。

方向党和高三婷又打了起来,这一次依然是为了方香,而且比上一次场面更加激烈。

高三婷还想抓方向党的头发,但这一次,方向党显然有了思想准备,他头上扣着一顶帽子,一瘸一拐地绕来转去,不多时就把高三婷给转晕了。这几年,高三婷有些发福,虽然面目还在美女的行列里,可身材已经跑到大众堆里去了。高三婷接连抓了几抓,没抓到方向党的头发,相反,还被方向党连推带搡地弄倒了几次。高三婷突然灵机一动,趁着方向党推她时,坐在地上不起来了。

高三婷两条腿蹬蹿着,双手高高地举在头顶,又随着身子的下倾,往地上拍打着,做出伤痛欲绝的样子,一边做手势,一边呼天喊地的,不多时,八里庄在家的、能动的,出来了不少。

人们围成一团,都想看个究竟。

高粱挤了进来,说:"看什么看,还不拉开?"

村民们就说:"不用拉,已经不打了。"

高粱进去一看,果然两边休战了。

高三婷瞥眼看到高粱,就像表演系里毕业的,嗷嗷地哭着。

高粱说:"咋了?"

高三婷说:"方向党打俺,这是要出人命啊。"

高粱说:"到底啥事?"

高三婷说:"俺来接方香,他把孩子锁在院子里,不让俺带走。"

高粱说:"多大的事,值得弄成这样吗?先起来。"

高三婷说:"俺不起,要起也得他拉俺起来。"

高粱一听,就退开了,以为高三婷要面子,只要方向党上前低个头,事情也就过去了。因此,他朝方向党说:"把人家拉起来吧。"

方向党本来还怄气,见村民围了不少,连平时不怎么出门的大胖爷爷都挤进来了。

大胖爷爷当时正在院子里坐着,听到高三婷的号叫,就从门缝里把目光送了出来,看到村民们都往那边跑,也走了出来。

自从腿脚不方便后,大胖爷爷已经有两年左右不怎么出门了,可这一次,方向党和高三婷弄出了大动静,再加上村民们一窝蜂地往那边去,大胖爷爷好奇,就拄着拐杖出来了。原本他走这段路有些吃不消,有意思的是后面的人往前一拥,推波助澜一般,就把大胖爷爷给涌过去了。大胖爷爷好奇,他站在人群里,本来身子不稳,可周围都是人,他居然连拐杖也用不上。大胖爷爷脚后跟离了地,刚好探出头看到里面的情况。

这时候,方向党正在迟疑呢。大胖爷爷就接过高粱的话,说:"向党,认个错咋了,少块肉啊?"

方向党见大胖爷爷都说话了,就走过去,朝高三婷伸出手。

高三婷抓住方向党的手站了起来,但她绝不会就此罢休的。刚刚一场争吵高三婷只是赚了嘴巴上的便宜,身体的碰撞落了下风,因此,她憋了一口气,一站起来,就趁方向党不备,抓向他的帽子。

高三婷算计好了,方向党一直在防备着那顶帽子,自己就给他来个出其不意。

哪知道,高三婷的如意算盘落了空。她一把抓下了方向党的帽子,却不料方向党理了个光头。

人群中传出一阵哄笑,大家都觉得有趣。方向党也笑了,挑衅似的说:"来啊,抓啊,你以为俺傻啊,其实俺早就防备你了,专门给你准备了个光头。"

高三婷气得跳起来大骂:"方向党,你说你还是人吗,这种心思倒有,就是没能耐挣钱。"

方向党说:"不用你管,俺穷过富过,都没你的事。"

高三婷说:"好,好,算你能。"

说着,高三婷转头对高粱说:"俺得把闺女带回去。"

高粱想了想,让方向党把方香放了出来。方向党有些不情愿,但高粱说得好,孩子有孩子的自由,不能强迫,更不能囚禁,方向党把门上了锁,就等于囚禁了孩子的自由,这在法律上是不允许的。

方向党眼看着方香又跟高三婷走了,心里别提多窝气了。他朝高三婷的电动车追了几步,跳着高地骂:"高三婷,你等着,早晚有一天,俺会把女儿抢回来的。"

高三婷一走,人群也散开了。大家散开时,都忽略了大胖爷爷。大胖爷爷坐在了地上。幸好,周围的人不是一下子散光的,他慢慢地坐在地上,摔得也不重。

大胖和乐乐在一边,跑了过来,把老人扶了起来。两个孩子刚才一直挤不进去,什么都没看到。大胖就问:"爷爷,发生了什么事?"

爷爷就说:"高三婷是来接女儿的。"

大胖说:"不会吧,俺听到里面吵得厉害呢。"

爷爷说:"方向党不让接,两人就闹了起来。"

乐乐一扭头,看到方莹和棉花站在一边。

棉花其实早就在旁边了,只是方莹一直拉着她,不让她参与。棉花也知道,这种事自己不参与还好,一旦参与,会越闹越乱。

苏爱国也来了,他摸摸乐乐的头,说:"没事了,回家。"

乐乐说:"俺不,俺还得跟谷子伯学二胡呢。"

说着,乐乐就去了谷子家。

谷子虽然也在人群外站了一会儿，但很快就回家了，他对这种事不怎么感兴趣。当然，他是不想看到这种男女情感纠纷的事。一旦看到这种事，他就会很容易想起之前的事。

在喜欢麦子之前，他还喜欢过一个女人。那个女人叫桃叶。桃叶原本是个外地人，从小流落在八里庄，被何瘸子收养了。后来，何瘸子把桃叶嫁给了自己的儿子。何瘸子的儿子残疾，而桃叶是个清秀的女孩子。全村人都觉得桃叶这辈子要完了，好多人为桃叶的命运感叹，但没办法，桃叶的事何瘸子说了算，可是不久，何瘸子的儿子死了，桃叶年纪轻轻的就守了寡。因为桃叶色生得清秀，不少人上门给她说亲，何瘸子放出话来，没有三万，谁也别想把桃叶娶回家。

当时，谷子和桃叶已经互相有了爱意。桃叶经常去河边洗衣服，谷子呢，经常去河边练习唢呐，一来一往，两人都把对方揣在了心里。听说桃叶一守寡，谷子就去找过何瘸子，把自己心窝子里的话掏了出来。何瘸子就说："行，谷子，你说出了心里话，那俺也跟你掏心窝子吧，俺收养桃叶这些年，吃的穿的加起来不下三万元，你想娶她可以，拿三万来。"

谷子急了，叫道："你这不是卖女儿吗？"

何瘸子说："俺不是卖女儿，是不想白白地把她嫁出去。"

谷子心说：还不是一样嘛。他知道何瘸子认钱，绝不可能让他白把桃叶娶回家的。但是，谷子那些年根本就没什么收入，别说三万了，就是三千也拿不出。

谷子没能娶成桃叶，不过桃叶也没继续守寡。当时村长老根的媳妇去世了，老根为了把桃叶解脱出来，就拿出三万块钱给了何瘸子，算是清了桃叶这些年在何家的生活费。

老根一开始也不想娶桃叶的，但当时桃叶一个年轻的女人，和何瘸子住在一个院子里，很多人都觉得桃叶不安全。

桃叶和老根结婚那天，是谷子吹的唢呐。本来喜庆的日子，谷子一把唢呐愣是吹阴了天，把天气和村民的心都吹得湿漉漉的。

临成亲之前，老根去找谷子，说："给俺们吹喇叭吧。"

谷子不理他，老根又说，谷子就一瞪眼："滚。"

老根没滚，只是叹息一声。

在谷子旁边坐了许久，老根才说："你啊，应该明白俺的，俺是为了桃叶好，总不能让她和何瘸子住一个院吧？那不安全。"

谷子没说话。其实，他也明白这个道理，只是一时无法接受。

当时，他不但恨老根，还恨桃叶。他觉得桃叶把自己甩了，心里没自己了，她还不是看着老根家条件好嘛。

老根是支书，经济条件要比一般的家庭好。

从那之后，谷子的心一直在滴血。有很长时间，他甚至和老根不说一句话。后来，老根找到谷子，对他说："谷子，你知道吗？当时俺只是想把桃叶救出苦海，俺不这样做，桃叶早晚都会落在何瘸子的魔爪下，俺知道你喜欢桃叶，可你能让桃叶幸福吗？"

这话说到谷子心里去了。谷子当时地都不种，吹唢呐的名气虽然有了，可生意也不是太好，去谁家帮忙也没多少收入，只是混口饭吃。他一个人勉强够生活的，但加上桃叶一张嘴巴，还真的过不下去。

老根说："俺寻思着，人和人之间就是个缘分，你和桃叶有这个缘，却没这个分，可说不定你的另一半已经在路上了呢。"

谷子从那之后，就经常劝自己，渐渐地就把桃叶放下了。当然，幸亏麦子的出现。比桃叶带着一股清新气息的麦子，很快就走进了谷子的心里。麦子阳光，活泼，喜欢笑，她在麦田里奔跑的影子常常出现在谷子的面前，让他有时能想上一天。

当然，最主要的是麦子能够听懂他的唢呐声。或者说，麦子比桃叶更像他的知音。

麦子的姐姐玉米嫁到了八里庄，麦秋的时候，她来八里庄帮着姐姐收麦子,听到了谷子的唢呐声,趁着洗手的机会,她来到河边,站在谷子身后,静静地听着。她听出了谷子唢呐声中的故事。

谷子的唢呐声打动了她,让她落了泪。她说:"你是第一个用唢呐把俺吹哭的人。"

谷子说:"你听懂了?"

麦子点点头:"俺懂,你很伤心,你心里有个女人,只是她抛弃了你,现在你只能远远地看着她,就像看着天边的云彩……"

从那天起,麦子就走进了谷子的内心。

他期待麦秋的到来,因为麦秋一来,他就可以看到青春活泼的麦子了。

然而没几年,麦子不来了。谷子问过玉米。玉米说她妹妹嫁到城里去了。

经历了两场情感的失落,谷子的心渐渐沉静了下来。沉静不等于不起涟漪,一旦有石头投入,也会让他的心波动不已。因此,他一看到情感纠纷的场面就躲,远远地躲开。

谷子到了家里,刚拉了一首曲子,乐乐就来了。谷子说:"还不回家,来俺这里干啥?"

乐乐说:"俺和爷爷说了,他没反对。"

谷子说:"你爷爷答应让你跟俺学二胡?"

乐乐没点头,也没摇头,说:"反正他没反对。"

谷子想了想,说:"也好,俺就收你这个徒弟了。"

乐乐认真地给乐乐讲解二胡的知识,乐乐也认真地听着。时间在不知不觉中过去了。

过了一会儿,方莹进来了。方莹一开始没说话,只是倚在门框上静静地听。半晌,谷子感觉到有人在身后,一回头,看到了方莹,就把二胡停了下来,起身给方莹让座。方莹说:"俺不坐了,俺是来叫乐乐吃饭的。"

说着,方莹还拿眼睛扫一眼谷子的家里,眉头一皱,忍不住说了一句:"一个人的家还真不行。"

回来的路上,乐乐对方莹说:"姑姑,你听出来没有,谷子伯并不孤独。"

方莹说:"一个人过日子不孤独?你懂什么。"

乐乐说:"俺听出来了,他的二胡里全是故事,有时候就像两个人在对话一样。"

方莹哦了一声,说:"你小小的年纪,可不许往那方面想。"

乐乐说:"俺没多想,就是用心听,听到了谷子伯的心声。"

方莹摇摇头:"瞎扯,你能听懂他的二胡?这么说,你成他的知音了。"

乐乐唉了一声:"俺听出来了,谷子伯的喇叭声里有知音,但不是俺。"

方莹说:"好了,别胡说了,回家吃饭。"

吃饭的时候,一家人自然议论起方向党的事。说起这事来,苏爱国就不住地拿眼瞪乐乐。乐乐忍不住问:"爷爷,你老瞪俺干什么?"苏爱国说:"要不是你小子惹出乱子,高三婷会来八里庄闹?"

乐乐说:"和俺有什么关系,孩子又不是俺的?"

方莹拿手在乐乐的后脑壳上轻轻地敲了一下,说:"胡说八道什么。"

乐乐说:"就是没俺,他们俩的事也在这摆着了,方香跟谁,早晚得有个说法。"

苏爱国还想说什么,方莹说:"爹,乐乐这话也对,俺哥和高三婷的恩怨是早就形成的,方香每大一岁,这件事就离爆发点近一步,乐乐不过是帮他们往前推了一步，这样也好，早早了结，省得以后问题更严重。"

苏爱国说："高三婷这个人，俺了解，不是个省油的灯，她这回没怎么赚到便宜，肯定不会善罢甘休的。"

方莹说："是啊，俺也觉得会这样，但愿俺哥千万别去招惹她。"

苏爱国说："你哥本来是个没骨气的人，可他当着庄乡老少爷们的面放了狠话，就怕为了这句话，他也和高三婷没完。"

方莹眉头皱了起来。

苏爱国说："不用怕，你刚才不是说了嘛，这件事早晚得解决，不如趁早。"

正如苏爱国猜测的，方向党终于爷们了一次。没过几天，他就进了城，而且找到一家律师事务所，弄了一张诉状，居然把高三婷给告了。

方向党当初和高三婷离婚，是协议离婚的。当时孩子小，又是女孩，方向党也没提什么要求，再说，孩子小，一般要跟在母亲身边。但现在，他提出来了，要让方香回八里庄。

这事一直折腾了一个多月，最后，方香的问题依然没彻底解决。方向党本来想得到女儿，没想到高三婷以孩子在城里上学为由，提出了自己的要求，法院觉得高三婷为了孩子的未来着想是对的，因此，驳回了方向党的诉求，不过也声明，孩子到十八岁后，由她自己决定是跟父亲还是跟母亲。按照法律程序，十八岁前，父母是有抚养责任的，方香既然跟了高三婷，方向党就得每月拿出一部分的抚养费。

这事一传出去，八里庄的人都在议论方向党，说他官司打得窝囊，不但没要回女儿，还得每月给女儿交抚养费。方向党却觉得自己胜利了，他逢人就说："俺的女儿，俺不给抚养费谁给？俺又不是抚养别人，这钱俺花着痛快，该花，再说，孩子十八岁后谁说了也不算了，要看她自己的。"

其实方向党也有自己的打算，要是这几年一直不管孩子，当孩子成年后，说不定一点也不念自己的恩。因此，他巴不得尽点责任呢。

只是女儿不再来了，方向党像少了些什么，每天没精打采的。有时候，他居然会溜达到苏爱国的家门口，在那里蹲着，等到乐乐放学回来，就站起来，上前打招呼。方莹下了车子，问："啥事？"

方莹对这个哥哥，一直不冷不热的。方向党说："俺找乐乐。"

乐乐说："向党叔，找俺啥事吗？"

乐乐虽然也不喜欢方向党，但表面上还能说得过去。方向党说："乐乐，能不能抽空进城一趟？"

乐乐说："干啥？"

方向党说："帮俺看看方香好不好？"

乐乐说："俺可不敢去，那丑女人会打俺耳光的。"

方向党说："这样吧，她打你耳光，你回来打俺，俺让你出下这口气来。"

乐乐说："哪有这样的事，你自己咋不去？"

方向党说："那个婆娘不许俺去。"

方莹哼了一声："你说你这么大的人，这种事不自己去努力，现在来求个孩子，你可真行啊！"

乐乐虽然没有答应方向党，可是他和方向党一样，也时不时地会想起方香。于是，在一个周六，乐乐和大胖再次进了城。这一次，他们并没有看到方香。原来，高三婷早就预料到了，官司打完后，八里庄的人肯定不会善罢甘休，因此，她把房子租了出去，然后去别的地方租房了。虽然城区地方不大，可要是挨个的小区找人，也像大海捞针一样。

方香仿佛像空气一样消失了。尽管乐乐知道，她不会消失，可能就在城里某个小区里住着，但是他心里还是空落落的。

方香上学的时候,他也得上学,不然,他会到学校门口盯着,到底方香从哪里来,放学后又去哪里。

以后的日子里,乐乐每天会摆弄一会儿纸鹤。虽然他已经不再叠纸鹤了,但是那只方香留下的纸鹤还是让他的生活多了一些思念。

正因为有了这种心情,乐乐更懂谷子了。他闷着头,不停地练习着二胡。他想吹唢呐,可谷子说他丹田气小,得慢慢练,先让他把二胡学会。二胡的弦细,乐乐左手那几根手指头,不是今天这个磨破了皮,就是明天那个磨破了皮。

不过这点小伤对乐乐来说,压根不算事。他认真地拉着,想尽快掌握二胡的技巧,把自己的心事通过二胡传递出去。

拉二胡的时候,他的目光会盯着天空的流云,有时候,心里在念叨:"云啊云,你把我的二胡声带给她吧!"

她,就是方香。

第七章 心事

乐乐的二胡拉得越来越熟练，心情也在不断地变化着。

除了谷子，没有人能够走进他的内心世界，包括苏爱国夫妇，以及方莹。

原来的乐乐，见了人便主动打招呼，老师也罢，同学也罢，老乡也罢，亲友也罢，总之，他该叫什么就叫什么，但渐渐地，人们发现他的头低了下来。上课时低着头，走路时低着头，短短几个月的时间，乐乐变成了一个不爱说话的孩子。

有时候，他一抬头，你会发现他的眼神非常复杂，复杂的就像被大雾包围的原野，看不清方向。

他常常会坐在村南的河边，望着对面，喃喃地念叨着"红房子"。

苏爱国非常担心，那天，等方莹带着乐乐去了学校后，他对老伴说："你发现没有，乐乐这孩子变了。"

爱国媳妇笑着说："俺早看出来了。"

苏爱国说："那你咋不吱声？"

爱国媳妇说："不挺好嘛，脾气收一下，才能把心思用在学习上。"

苏爱国说："瞎扯，他这是收脾气吗？俺看是病了。"

"病了？"爱国媳妇想了想，说，"坏了，坏了，不会是掉魂了吧？"

苏爱国忙说："不可能，这小子胆子大，谁能把他吓掉魂。"

爱国媳妇说:"难说,你忘了篷子了?"

苏爱国点点头,想起儿子小时候"掉魂"的事来了。

那时候,苏篷子和乐乐差不多大。从小就胆大的苏篷子,很让苏爱国夫妇放心,久而久之,也就习惯了他在外面野。那时候,村子里电视还不怎么普及,节目也没现在多,因此,孩子们吃了晚饭后就去外面打"夜仗",村子分成了两派,东头的和西头的孩子自动成为两队,猪圈边蹲几个,院墙边藏几个,胡同里躲几个,不时地吆喝几声,然后就是一阵土坷垃扔向对方。

打"夜仗"不记仇,即使谁的脑门挨上一坷垃。

不过也不妨事,因为孩子们都遵守着一个不成文的规矩:招呼对方,不能用砖头瓦块。

大战到半夜,孩子们才一个个像土猴一样回到家里,有的甚至连衣服也不脱,就钻进了被窝里。第二天起来,孩子上学后,当娘的看到被子上的土,就不停地骂。骂归骂,孩子的野性改不了。

那时候,谁家都盼着生男孩,可是儿子一长大,就多一些是非,似乎顽皮男孩儿都是属猴的,活泼好动,管不了。这种"夜仗",女孩子是不参与的,只有顽皮的男孩才会晚上到外面疯。

不过,当父母的也不太管,他们似乎觉得儿子要是太"孙"了,长大了一定没出息,不如放任他们,"坏"一下也好。

孩子们晚上摸黑地耍闹一场,第二天如果不是星期天,到了学校,最少要议论半小时。不过,大家都将自己当成"无名英雄",绝不说自己藏在什么位置,甚至,某某挨的一坷垃是谁扔的,也没人承认。

后来老师干预了这件事,"夜仗"便有所收敛了,一般要在周六的晚上进行,因为周日是不上学的。

周六晚上,村东、村西的孩子大战一场后,第二天各自背上柳筐去地里打草，如果是冬季，就去树林里捡树叶子。

那时候，打草多半是为了喂家畜，比如羊啊什么的，捡树叶子则多了个用途，不但可以喂羊，还能当柴火。

那时候捡树叶，有用耙子的，也有用串子的。所谓的串子其实就是一个齐腰高的细钢筋，头上磨尖了，然后把树下面的叶子一个个地穿起来，就像穿糖葫芦一样，不过可比糖葫芦穿得多了。等树叶摞到了手背的位置，手一翻，串子朝向背后的筐，另一只手一捋，树叶掉进了筐里，然后继续穿。

夏天到秋后这段时间，孩子们的筐里放着一张镰，是用来打草的。

孩子们三五一伙，在地里打草时，村东村西的又凑在一处了。不过，这时候他们绝不开仗，因为出了村子，他们觉得村东村西就成了一家人。当他们顺着河边打草时，常常会遇到河对岸邻村的孩子们。

那边的孩子和他们一样，也是出来打草的。

还没从"夜仗"的兴奋中走出来的孩子们，不知是河东还是河西的孩子先嚷了一句，两边马上进入了战斗状态，接着土坷垃像雹子一样，飞向对方。孩子们纷纷趴在河岸下，或者用柳筐掩护住身体，模仿着电影中的战斗的镜头，直到把胳膊都甩累了，这才各自离开。

八里庄东西南北，相邻着五个村子，分别是谭家、崔家、贾家、高家、李小庵。五个村子里，只有高家、贾家和八里庄隔河相望。所以，孩子们选择战争的目标也是这两个村子，因为没有隔断的战争，就会陷入混战中，这不是孩子们追求的意境，他们要选择有距离的战争。当他们顺着河畔，逐渐来到桥边后，就默契地结束了战争。

苏篷子小时候，也很期待参与这样的战争。因为爷爷苏有财的成分，让村里的孩子们把他孤立了起来，平时很少有人找他玩。不过吃了晚饭，苏篷子就会主动地加入"打夜仗"的队伍中，大家在夜幕下，就像一个个幽灵，不碰面，很难辨认对方的身份，何况场面越热闹越好，孩子们也不在乎又多一个"战士"。

打完"夜仗"，苏篷子回到家里，一般很少会马上睡去。他兴奋的神经会反复地回放着战争的场面，让他那两只眼睛也在夜色中闪闪发光。

凌晨一点，或者两三点钟，他才昏昏睡去，一觉就到了早上八九点，要不是爱国媳妇把他喊起来，他还撅着屁股大睡。

吃了早饭，苏篷子就背上柳筐出来了。每每这时候，苏篷子的内心非常孤独。

苏家在新中国成立前是八里庄的大户，八里庄有一半多的地都是苏有财的。那时候，很多人给苏家当长工，不少村民租着苏家的地。苏有财手里有一条鞭子，看着不顺眼的，就在人家脊背上来一道，新中国成立后，苏家就被村民给孤立了起来。

孩子们受到大人的影响，也很少联系苏篷子。苏篷子背着柳筐来到村外，他觉得有些郁闷，就把手中的镰扔在地上。

孩子们结伴去地里拔草，有一种"扔镰"的游戏，镰刀的口朝左朝右，或者刀刃朝上朝下都有说法，一般来说，朝上的"级别"最大，玩的时候，大家一起扔，谁赢了，就用镰刀在输者的镰刀把柄上狠狠地"剁"一下。

当然，剁的时候也是有"距离"的，不能像案板上剁肉一样，要有"技术含量"，也就是说，稍微加点难度。

那时候孩子们的镰把，多半伤痕累累的，就是玩这种游戏所致。

苏篷子的镰把很光滑，因为，没有人和他"扔镰把"。他想输都找不到输的对象。

苏篷子郁闷之余，就来到了村外的河边，远远地就听到了激烈的喊杀声。于是，苏篷子的神经也兴奋了起来，悄悄地加入到作战的队伍中。

尽管苏篷子的"成分"被孩子们反感，但是在一致对外的战争中，他们很快就成了"战友"。

从那之后，苏篷子就常常期待星期天的"村与村对战"。

有一个星期天，苏篷子来到村西的河边，发现村里的孩子们并没有来。这让他有些失望。不过，大队人马虽然没来，对岸却出现了不少"敌人"，战争还是开始了。那天，苏篷子孤军奋战，身上挨了不少的坷垃，最后狼狈地回到了家里。

后来他才知道，那天村里的孩子们转移了战场，没有去村西，而是去了村南。

苏篷子那天挨的土坷垃虽然不少，但是对他最大的打击还是心灵上的。他觉得自己被全村的孩子遗弃了，所以非常郁闷，再加上战争的失败让他窝火，一下子就病倒了。

苏篷子这场病，断断续续，就像秋后的细雨一样，持续了好多天。

在那段日子里，苏爱国两口子为了孩子跑东跑西，没少请医生。

苏篷子的症状就像现在的乐乐一样，食欲不振，两眼无神，每天低着头，少言寡语的。

医生并没能治好苏篷子，苏篷子的病是在"村战"消失后好的。

说起来幸亏那场大雪。大雪封门，接连三四天，孩子们都偎在家里，一家人守着蜂窝煤炉子，哪里都不想去。

雪后，当时的村支书老根召开了大会，严厉地批评了孩子们的行为，因为孩子们在"战争"时，一窝蜂似的，会践踏河底下面的责任田，不少村民提出了抗议。

不但老根，听说邻村的支书也通告了所有的村民，让他们管束住自己的孩子。原本孩子们的性子就不好管束的，幸好那时候电视逐渐流行开了，孩子们习惯了猫在家里。就这样，"村战"成为历史。就像掀开了一页日历牌，苏篷子的脸色顿时亮堂了，头也抬起来了。

现在，苏爱国两口子看到乐乐的状况，都想起了当年的苏篷子。

苏爱国说："这孩子，八成随他爹。"

爱国媳妇说："这事也随啊？"

苏爱国说："性格一样，能不随吗？"

爱国媳妇说："那你呢？当年也这样？"

苏爱国半晌没吭声。

爱国媳妇说："俺看孩子是中邪了。"

苏爱国摇摇头，但没说话。他不太相信小孙子会中邪，但又说不出个所以然了。

于是，苏爱国就把电动三轮车推了出去，带着乐乐去了苏医生那里。

苏爱国本想直接带孩子去医院的，只是这些年，他最怵头走远路，所以就准备先让苏医生给看看。

苏医生把手指往乐乐的寸关尺上一搭，眼睛眯缝着，不多时，微微一笑，说："没大事。"

苏爱国松了一口气。

刚刚这一分钟左右的时间，苏爱国的心一直提着。他很信任苏医生，以为苏医生是郎中世家，往上推三代都是医生，手艺高明得很。据说苏医生的爹苏郎中给人看病，从来不问，把手往人家的腕子上一搭，然后就开处方。

有一次，一个外乡人路过，正巧生了病，看到苏郎中的药铺，就进去了。

苏郎中用手示意对面的凳子，说："坐。"

外乡人没坐，而是抱着肚子说："先生，俺得和你说说这几天的事。"

苏郎中问："你是来看病的，还是来说事的？"

外乡人急了，说道："当然是看病的。"

苏郎中说："看病就不要说事。"

外乡人说:"俺这几天胃口不好,不想吃东西,肚肠都难受,要是不说给你听,你咋看病呢?"

苏郎中说:"到我这里来,啥都不用说。"

外乡人还想说话,苏郎中将烟袋锅子塞到他的嘴里。外乡人坐下来,慢吞吞地把胳膊伸了出来。

苏郎中眯着眼号了一会儿,拿笔就写。

外乡人看看处方上,只有一味药,就说:"这是啥东西?"

苏郎中说:"让你泻肚子的。"

外乡人惊讶地问:"泻肚子?"

苏郎中说:"你走了这么远的路,身上全是火,这几天光吃不拉了,等清了肠就没事了。"

外乡人一开始还不信,但拉了肚子后果然上下气通了,精神大爽。本来,他已经走出十几里路了,又跑了回来,专程给苏郎中道谢。

苏郎中说:"你不用道谢,要不是看你是个急性子,又身体结实,俺也不会出这种速效的方子。"

苏郎中实话实说,泻药虽然去火,可要是体质不好的人用了,也会有伤害。外乡人更加感动了,觉得不但遇到一个艺高的先生,还遇到一个真诚的人。

这个故事后来在附近流传过,谁家的男人要是赌气上火,女人就会说:"再这样,就让苏郎中给你开点泻药吃。"

外乡人回到老家,把苏郎中的医德说了出来。他当地有一位郎中,平时目中无人,见外乡人如此崇拜苏郎中,就跟了跑脚的马车来到八里庄,公开向苏郎中挑战。

外乡郎中说:"常言道望、闻、问、切,古代的神医尚且要问,你不闻不问,只懂得号脉,怎么能成为名医。"

苏郎中说:"俺不想当名医,所以懂得'望闻问切'中的'切'就可以了。"

外乡郎中说:"就你这样,还想当名医?"

苏郎中笑了:"俺从来就没想过当名医。"

外乡郎中疑惑道:"那你给人看病,岂不是招摇撞骗?"

苏郎中说:"看病各有各的习惯,再说,目的是为了看病,不是卖弄,不管望闻,还是问切,能达到目的就好了。"

外乡郎中说:"那你帮俺切切,看看俺有啥病?"

苏郎中说:"不用切,俺一眼就看出来了。"

外乡郎中说:"啥意思,你也会望?"

苏郎中说:"有时候一眼看出来的病,就不用切了。"

外乡郎中问:"说吧,俺啥病?"

苏郎中说:"你啊,肝火旺。"

外乡郎中一下子不说话了,因为苏郎中点中了他的要害。他的确肝火旺,自己不是不知道。

苏郎中去世后,苏医生又成了附近知名的医生。方圆几十里,谁有点头疼脑热的,大多会来找苏医生。苏医生看病,很有他父亲的范儿。单腿一盘,左手端起一杯茶,慢慢地品一口,然后伸出三个手指来,轻触在病人的手腕上,头微微晃着,眼睛微微闭着,腿脚微微抖着,不多时,一切停下。苏医生收了手,拿过笔来,开一处方,病人依法去做,没有不药到病除的。

现在,周围的村民,不是什么开刀或者其他的大手术,一般都来找苏医生。

当然,苏医生也有不想治的病,那就是"吊眼风"。

在八里庄,还有一位姓苏的先生,叫苏青轩,当时方圆几十里地没人不知道的。苏青轩不是郎中,也不是先生,偏偏治疗吊眼风一绝。苏郎中很佩服他,说起苏青轩的名堂,还是他给传出来的。有人中了吊眼风,去找苏郎中,苏郎中就说:"这事啊还得去找苏青轩。"

病人就说:"苏青轩是谁?"

苏郎中说:"也在俺们村,从这往那,不远就到了。"

病人按照苏郎中的指点,来到了苏青轩家。苏青轩比苏郎中小了二十几岁,病人看到他后,怎么也不相信。苏青轩说:"你不信俺不要紧,要信俺手中的刀子。"

说着,苏青轩拿出一把手术刀,让病人在院子里坐了,头仰着,把嘴巴张开。

病人说:"干啥?"

苏青轩说:"俺给你割一刀就好了。"

病人一听就吓坏了,急忙说:"你蒙人吧。"

病人不相信,歪着嘴走了。

后来,有一个胆大的,用他自己的话说:"不就是挨一刀嘛,大家你怕挨,俺怕挨,到底苏青轩行不行,谁知道呢?"

于是,那人来到苏青轩家,往院子里的凳子上一坐,仰着头,张大了嘴巴,朝苏青轩指指,意思是说:"来吧,俺豁出去了。"

苏青轩拎了刀子出来,朝他的口腔里端详了一会儿,刀子轻轻一挑,然后说:"没事了。"

说来就这么怪,那人回去没几天,还真的好了。

从那时起,苏青轩治吊眼风的手艺就传开了,隔三岔五就有十里八乡的人来求医。

后来,苏医生也问过父亲:"你怎么会相信苏青轩的手艺?"

苏郎中说:"俺相信的不是他,是他师父。"

苏青轩的师父姓张,说起来,苏青轩的手艺是从老张那里学来的。

后来,苏青轩治吊眼风出名后,村里人都感慨,因为老张有儿子,却没把手艺传给后代,传给了外姓人。还是苏青轩自己出来解惑了,他告诉那些好奇的人,说:"这门手艺可不是人人可以学的,需要胆大,更需要细心。"

后来，知情的人也打听出来了，苏青轩治吊眼风，就是挑断人家口腔内的一根筋，只要挑断了，吊眼风就好了。不过，苏青轩很少一次成功，不是他不能，而是故意不一次给病人去根。去苏青轩那里求医的，大多是闻了名去的，心里半信半疑，所以去的时候，也没多少思想准备，苏青轩不贪图钱，庆云县医院的领导闻听了他的手艺，想聘请他去上班，他都懒得去。他只是希望病人尊重自己。如果你第一次来，带了些礼物，而且看上去也很厚重，他就会给你绝了根，否则，就让你再跑一趟。用他的话说："谁让他眼里没俺。"

　　那时候的礼物，其实不外乎一些点心、罐头、烟酒之类。去他的家里，会看到柜子上摆得满满当当的，炕上也有一大堆。谁去了，他会很自豪地请人家参观，然后从人家的赞叹和点头中，得到一种满足。

　　苏青轩不但不贪图钱，甚至也不是个虚荣的人，他只是想让大家认可他的手艺，然后用这些礼物来证明自己的手艺。只可惜，他和老伴没有儿子，几个女儿早早地嫁了出去，治疗吊眼风的手艺一直到六十几岁还没传下去。苏青轩比任何人都急，他不想让这门绝活从此绝了，后来，只好传给了自己的侄子苏连山。

　　苏连山本来是开磨坊的，正巧磨坊的生意不景气了，就把这门绝活接了过来，只是他的手艺远没有达到苏青轩的地步，虽然十里八乡也有人来找他。用他自己的话说，就是："俺还得好好地练习。"可惜的是，苏连山没多少年就患病去世了。苏连山有个儿子叫苏玉华，是个胆子非常大的小伙子，在八里庄，嗓门也是第一高，而且还带着点沙哑。他住在中街，一说话，村子西头和东头的都能听到，比支部的大喇叭效果都好。有一次，支部要开会，有几个村民没来，老根想在大喇叭上招呼招呼，正好喇叭出了故障，有人说："让苏玉华来吧。"苏玉华就站在前街上，嗷地一嗓子，那几个人都听到了。

　　苏玉华嗓门高，胆子大，只是心不细。苏连山临死都记得苏青轩的教导，这门手艺到现在，算是失传了。

苏连山一去世，村里没有人不遗憾的。苏医生也是连连摇头，说："可惜，可惜。"

苏爱国对苏医生是非常信任的。他的几次脑血栓，苏医生都看出来了。苏爱国嗜酒如命，正是因为酒，把身体撂倒了几次。

他每次觉得身体出现了症状后，都会请教苏医生。苏医生给他量了血压，又望了几眼，说："估计是脑血栓，去医院拍个片确诊一下吧。"

这些年得脑血栓病的人越来越多，其实苏医生的门诊上也能对付，只是医学越来越先进，一般情况下他需要你去医院拍个片子，这样才有十足的把握。

这一次苏爱国带小孙子来，其实是给老伴儿看的。他不觉得乐乐有啥病，一个小孩子，能得啥毛病，只是他不来，爱国媳妇就会嘟囔。苏爱国被老伴儿嘟囔得心里也没底。

听苏医生说没啥大事，苏爱国深深地松了口气，不过他还是不放心，问："苏医生，乐乐咋会是这样子？"

苏医生说："这孩了揣着心事呢。"

苏爱国问："心事？"

苏医生点点头，说道："回去后多和孩子交流交流，弄明白他想些啥，心情就是一扇窗户，打开了就亮堂了。"

苏医生这话很有哲理性，苏爱国居然背了下来。他和乐乐刚到家，老伴儿就迎过来了。老伴儿问："咋回事？"

苏爱国说："没大事。"

苏爱国把苏医生的话原封不动地送给了老伴儿。

老伴儿却半信半疑："咋能没啥事呢，你自己看看乐乐的样子。"

苏爱国看看乐乐。此时的乐乐，无精打采的，人一下了电动车，就两眼无神地坐在台阶上。

苏爱国说:"心情。"

爱国媳妇愣了:"啥心情?"

苏爱国说:"心情就是一扇窗户,打开了就亮堂了。"

苏爱国不但说出了这句话,还把窗户打开了。

爱国媳妇说:"完了,完了,小的还没好,老的又中邪了。"

苏爱国一瞪眼:"你懂个屁。"

说完,他把乐乐叫到面前,试图和他交流。

"乐乐啊,最近想啥呢?"

乐乐说:"没啥。"

苏爱国说:"不会吧,爷爷看你一肚子的心事,说吧,都告诉爷爷。"

乐乐说:"俺没心思。"

苏爱国伸出手,拍拍孙子的肩膀:"这孩子,倔个什么劲,有就是有,没有就是没有。"

乐乐说:"真的没有。"

苏爱国没耐心,就对老伴儿说:"换你来。"

爱国媳妇来到孙子面前,可他不理解苏爱国的心思,要么说吃,要么说穿的,把苏爱国气得胡子不住地抖。

爱国媳妇对乐乐说:"乖孙子,别不开心,奶奶明天就给你做好吃的,你想吃啥?告诉奶奶,奶奶给你准备。"

苏爱国说:"你这叫交流啊?"

爱国媳妇说:"交流个屁,孩子病成这样了,你还有心思交流,等他病好了不行吗?"

苏爱国说:"交流就是为了治病。"说完这句话,苏爱国担心力度不够,又加了一句,"这是苏医生说的。"

爱国媳妇一听是苏医生说的,忍不住说:"苏医生咋开这种处方呢?这不是耽误孩子的病吗?不行,俺看得去医院一趟。"

爱国媳妇不是不相信苏医生,只是怕耽误了小孙子的病情。苏爱国说:"俺可不是心疼钱,苏医生说了,咱孙子是有心事了。"

爱国媳妇一开始联想到男女方面上了,就说:"多大的孩子。"一会儿,又觉得不对,问道,"啥心事?"

苏爱国说:"俺哪知道,不是让你跟他交流吗?"

爱国媳妇和乐乐又聊了几句,但她的话还是围绕吃啊穿的转。苏爱国唉了一声:"算了,俺看还是让咱闺女来吧。"

方莹回来后,苏爱国就把这事和她说了。其实这段日子,方莹早就注意到乐乐的变化了。只是一开始她没多心,觉得乐乐不再顽皮了,兴许对学习是个好事,但现在看来,问题还真的有些严重了。

乐乐安静了,却脑子里不知在想什么。在课堂上,方莹有几次去看他的眼神,发现他人端坐在那里,心思不知去了哪里。

方莹对苏爱国说:"行,俺跟他交流交流。"

方莹自从认了苏爱国这个干爹,对乐乐就不那么严厉了。她受苏爱国两口子的影响,对乐乐的偏爱会大于管教。现在想来,她也有些懊悔,如果平时她能严厉点,或许乐乐就不会变成现在的样子。前段时间,乐乐的学习成绩刚刚上去,现在又停滞不前了。方莹觉得和乐乐好好地谈一谈。

那天晚饭后,方莹把乐乐叫到面前,问道:"这段时间是不是在想什么?"

乐乐说:"没有。"

方莹问道:"怎么会没有呢,难道你自己不觉得自己的变化吗?"

乐乐摇摇头。

方莹说:"你郁郁寡欢的,都不怎么爱笑了,和以前不一样了。"

乐乐说:"是吗?"

方莹说:"爷爷奶奶都看出来。"

乐乐说:"可能俺长大了吧。"

方莹说:"你才多大啊?"

乐乐没说话。

方莹想了想说："是不是想爹娘了？"

乐乐眉头微微动了一下，点点头。

方莹吐了一口气："你是个不一般的孩子，你应该知道，爹娘在外打工，也是为了这个家。"

乐乐说："俺知道。"

方莹嗯了一声："那就好，应该把这份思念的力量放在学习上，用功读书，拿出好成绩，等爹娘春节的时候回来，把成绩当成礼物送给他们。"

乐乐嗯了一声。

方莹拍拍他的肩膀，说："好了，去睡吧，明天早点起来，一切都好了。"

乐乐去休息了。

第二天果然起得很早。不过，他依然低着头，一副郁郁寡欢的样子。

吃了早饭，方莹带他去上学。路上，方莹一直在问他是不是还有其他的心事，乐乐不说话。到了村南桥头时，远处幽幽地传来一阵唢呐声。方莹瞥眼望向村南的河边，看到一个人正坐在那里。

方莹知道，那人一定是谷子。

就在谷子的唢呐声音传来时，方莹能够感觉到身后的乐乐把头抬起来了。她知道，唢呐声吸引了他。

整整一天，方莹也没心思教学，她在考虑乐乐和谷子。前段时间，乐乐和谷子学习二胡，也正是从那时候起，渐渐地，乐乐就郁闷了。难道乐乐的郁闷和二胡有关吗？方莹无法回答这个问题，她觉得该去见见谷子，听听他的说法。

晚饭后，方莹去了谷子家。她去的时候，谷子正在擦拭唢呐。谷子擦得非常认真，他细心地擦拭着唢呐的每一个部位，从他的动作上，完全可以感觉到他对唢呐的爱护。

见方莹走了进来，谷子连忙说："是方老师啊，有事吗？"

方莹笑着说："也没大事，就是从这里经过，进来看看你。"

谷子说："天快黑了，你一个未嫁的姑娘到俺家里来，不合适吧？"

方莹说："俺不怕你怕啥？"

谷子嗯了一声："说的也是，说吧，有什么事？"

方莹问："你非常喜欢唢呐？"

谷子笑了："这还用说嘛。"

方莹朝墙上看了看，看到一张漂亮的女孩子照片，她认识，那女孩叫枣儿，是谷子的养女。

方莹问："枣儿现在挺好吧？"

谷子说："还好，正在读书。"

方莹扫一眼床上乱七八糟的衣服和被褥，说："没女人的家真的不像家，这些年就没想着找一个？"

谷子苦笑了一下，说："谁跟俺？"

方莹说："估计是缘分还没到。"

谷子叹息一声："曾经沧海难为水啊。"

方莹哦了一声，忍不住说："没想到你还有这样的境界。"

谷子一边擦拭着唢呐，一边说："这些年，俺一个人已经习惯了，一把唢呐已经成了俺生命的全部。"

方莹想了想说："桃叶和麦子已经走出你的内心了？"

桃叶和麦子是谷子曾经喜欢过的两个女人。

谷子没说话，半晌他将唢呐一放，说："时间不早了，回吧。"

方莹忙说："俺今天来是有事要问你的。"

谷子嗯了一声。

方莹这才说出了乐乐的变化。

谷子静静地听方莹说完，然后说："俺没想到，音乐对乐乐影响这么大。"

方莹一愣："你说什么，是音乐影响了他？"

谷子点点头："如果俺猜测不错的话，他是沉浸在二胡的境界中了。"

方莹有些不理解："怎么会，一个小孩子，能有啥境界？"

谷子说："他拉二胡的手艺虽然还在初级水平，可是对音乐的悟性却是与生俱来的。"

方莹还是不太懂，想想问道："那怎么办？"

谷子说："这样不挺好的吗？或许以后，他就会成为一个优秀的音乐家。"

方莹眉头皱了起来："谷子哥，你不能害了他，他还是个孩子，才十来岁啊，现在要以学习为主。"

谷子抬头看看方莹，半晌说："好吧，改天俺劝劝他。"

谷子虽然说过要劝乐乐，却一直没有开始，这事让方莹非常着急。方莹已经和苏爱国两口子说了，两口子也不太理解音乐对人的影响，不过，即使谷子答应说试试，他们就耐心地等着。

方莹没了耐心，她担心乐乐耽误了学业。有一次，她发现乐乐和谷子去了河边。方莹也跟去了，她听到谷子拉了一首梁祝。那凄凉的让人心碎的二胡声，把方莹带入了回忆中，让她想到了自己的男友。

方莹在江南读大学时，认识一个男生，毕业后，因为这个男生，她留在了江南的城市，男生在一家跨国公司上班，不久就被老板指派到国外去了，而且在国外一待几年。一开始方莹还和他用手机或电脑联系，后来，她逐渐面对现实，了却了这段情感，回到了乐陵。虽然几年过去了，男生的影子也渐渐模糊，那段情感的记忆也不再清晰，不过，偶尔的一个画面也会让她联想起来。此时，在谷子的二胡声中，方莹回想到了那段情感，忍不住一阵感伤。突然，她发现乐乐也听得入神。方莹想到了什么，她以为乐乐过早地恋爱了，或者什么，才导致的这段时间郁郁不乐。

方莹马上将乐乐拉回了家中，并将自己的发现告诉了苏爱国夫妇。面对苏爱国夫妇的质问，乐乐并不承认自己有什么早恋行为。倔强的他，一怒之下，学校也不去了，而是天天跟在谷子的屁股后面。谷子去邻庄参加红白喜事时，他也跟着。

那天正巧邻庄有个在外打工出息的村民给老爹过七十大寿，看到人家一家其乐融融的样子，乐乐的眼泪吧嗒吧嗒地往下掉。这情形并没逃过谷子的眼睛，尽管当时谷子正在卖力地吹着唢呐。

回来后，谷子约了乐乐，两个人来到村南的河边。

谷子并没有劝他，而是进一步给他讲解了音乐的境界。

谷子说："乐乐，你知道自己现在已经被音乐影响了吗？"

乐乐说："知道，但俺跳不出来了。"

谷子说："真正的音乐不是为了害人，而是为了救人，就像医生一样。"

乐乐说："救人？"

谷子点点头说："音乐应该影响人，但不能影响乐师本人，乐师要跳到境界外面去，自由地控制自己的心情，控制音乐，然后用音乐去感化大众，影响大众，要是一个乐师沉浸在音乐中，无法自拔，那么，他还是低级的。"

乐乐虽然年龄小，但还是听懂了谷子这番话。

谷子接着说："你能够沉浸在音乐当中，说明你对音乐的悟性是非常高的，只是现在水平不够，远远无法达到凌驾音乐之上的地步，所以无法得心应手地操纵音乐，相反会不能自拔。"说完，谷子指着河中一群游动的鱼说，"你现在看到了什么？"

乐乐说："鱼。"

谷子问:"还有吗?"

乐乐说:"大鱼和小鱼,孩子和爹娘,他们永远在一起。"

说到这里时,乐乐慢慢地抬起头,望向对面的枣林,喃喃地说:"还有红房子,还有幸福的家……"

谷子幽幽地说:"是啊,你说得也对,但为什么不能理解为,是小鱼的爹娘去送儿女呢?"

乐乐说:"他们明明在一起啊?"

谷子的目光也望向枣林,然后,他指着一只鸟说:"这只是暂时的,因为鱼和鸟儿一样,一旦长大了,就要离开爹娘,飞向自己的天空。"

乐乐望着那只鸟默默地出神。

谷子问:"你说,鸟儿现在是快乐的,还是郁闷的?"

乐乐摇摇头。

谷子说:"当它想起离开父母时,心情会是郁闷的,但当它想到自己在新的天空飞翔时,心情是欢快的。"

说着,谷子拿起唢呐,缓缓地吹着。

乐乐静静地听着他的唢呐声。一开始,唢呐声幽幽的,像是离开父母后鸟儿的心语,一会儿,唢呐声渐渐明亮,似乎天幕拉开了,曲调越来越欢快。

随着谷子的唢呐声响起,水中的鱼儿都在畅游着,空中的鸟儿也在上下盘旋,叽叽喳喳地欢叫不停。

受到乐曲的影响,乐乐的心也敞亮了,眼睛闪烁着清澈的光芒。

一曲结束,谷子站了起来,拉起乐乐,说:"走吧,回家。"

从这天开始,乐乐恢复了以往开朗外向的性格。

第八章 志向

谷子对乐乐还是持着肯定的态度。乐乐自然听得出来,他非常赏识自己音乐方面的悟性,同时也希望自己不要耽误了学业。

谷子没有多说,他觉得乐乐是个难得的音乐天才。如果加以雕琢,一定会成为一个优秀的音乐家。孩子的兴趣和爱好大多是从这个年龄段开始的。如果放弃了乐乐,或许也会让音乐放弃了乐乐。

所以,他话中虽未明说,但还是希望乐乐能够经常找他。

谷子的唢呐和二胡是家传的技艺,他虽没有上过正统的音乐班,但对于音乐的感觉,他不比那些上过科班的人少,甚至超过了他们。

谷子的唢呐声,就像那只在天空中飞翔的鸟,给了乐乐无限想象的空间,让他更加迷恋音乐,沉迷于音乐的境界之中。不过,他郁闷的情绪一扫而光。这一点,应该和谷子的开导有关。

起初,苏家人看到乐乐头抬起来了,情绪好了,脸上也有笑容了,都很开心,但随后,他们便发现乐乐的问题远远还没解决。

问题是方莹首先看出来的。在课堂上,她依然关注着乐乐的一举一动,她发现乐乐的手不时地来回移动,一开始,她还不明白,后来她恍然大悟,原来,乐乐脑子里想着拉二胡的事呢。

方莹将自己的发现告诉了苏爱国夫妇。一家人针对乐乐的表现,召开了家庭会议。

吃了晚饭，苏爱国就把孙子叫到身边，说："听你姑姑说，上课时你老是开小差。"
　　乐乐说："没有。"
　　苏爱国严厉地说："不许撒谎。"
　　乐乐说："就是忍不住想到了二胡。"
　　方莹有些赌气："你啊，早晚会让谷子给害了。"
　　乐乐说："谷子伯挺好的，俺最佩服的就是他。"
　　方莹说："你长点志气行不行，人要往高处奔，水才往低处流，难道你的志向就是一辈子待在八里庄？"
　　乐乐说："八里庄挺好的。"
　　方莹说："好是好，可你明白爷爷的愿望吗？"
　　苏爱国说："是啊，你要是老寻思着八里庄这个巴掌大的地方，这辈子还有啥出息。"
　　乐乐说："谷子伯就在八里庄。"
　　方莹说："你把谷子当成了这辈子的目标？"
　　乐乐点点头。
　　方莹连连惋惜："完了，完了，这孩子，没治了。"
　　爱国媳妇说："孩子小，现在还不明白这些，兴许以后就好了。"
　　方莹说："现在正是关键的时候，再不用心，能考上好中学吗？"
　　苏爱国忽地站了起来，冲着乐乐一瞪眼："从今天开始，不许去找谷子。"
　　乐乐一咬嘴唇，掉头跑了出去。
　　苏爱国知道这小子倔，他有心追上去，却跑不过乐乐那两条腿。方莹随后跑了出去，在大门口把乐乐拦住了。方莹把他拖了回来，说："听爷爷的，以后不许再去找谷子。"
　　方莹也觉得，谷子会误了乐乐一生。
　　谷子虽然唢呐吹得好，可是这些年，他给八里庄人的印象不怎么好。

谷子懒，从年轻就不喜欢干活。那时候，村子里除了苏爱国家的庄稼长势差，就是谷子家的了。

每每从谷子家的田地前走过，人家都会望着那片斑秃似的地说："瞧瞧，人懒成了啥样。"

外乡人也会来。村里有风俗，大年初二是上坟的日子，前三年的节气里亲戚也不断。去上坟的路上，外乡人会指着谷子家的地问："这是谁家的庄稼啊？"

知道的人就说："还用问嘛，八里庄除了苏爱国家，就是谷子家了。"

再后来，谷子干脆不种地了，就让他荒着。

谷子不种地也饿不着，因为他有手艺，而且收入也不比种地差。当然，也不会太富裕了。所以这些年，谷子属于撑不着饿不死的那类人。

为了打消乐乐的念头，方莹再次去找了谷子。

她来到谷子的面前，说："谷子哥，有件事俺想请求你配合。"

谷子问道："是乐乐的事吧？"

方莹说："是。"

谷子说："乐乐那里，俺已经努力了，俺也看到了，他的情绪好多了。"

方莹说："这一点的确是，俺也向你道谢，只是乐乐放不下二胡，希望你以后不要再教他。"

谷子疑惑道："为什么，孩子学二胡不好吗？"

方莹说："他还小，不能耽误学习。"

谷子轻叹一声，没说话。他觉得乐乐是个音乐方面的人才，如果不学二胡，这辈子太遗憾了。

方莹接着说："谷子哥，算俺替俺爹娘求你了，乐乐的爷爷一直有个愿望，希望孩子长大了能有出息，他跟着你在八里庄混，能有出息吗？"

谷子没说话，只是又轻叹了一声。方莹接着说："只要你不再教他，慢慢地他就死了这颗心，俺也能好好地为他辅导功课，让他以后考个好大学。"

谷子站了起来，说："行，你们的心思俺懂，俺答应你们就是了。"

答应了方莹后，谷子还真的不再传授乐乐二胡方面的知识。

乐乐来找过谷子几次，每次都吃了闭门羹，他看出来了，谷子不肯教他，那边方莹又天天地做他的思想工作。偏激固执的乐乐，一时非常憋气，觉得没人理解自己，爷爷奶奶，姑姑甚至连谷子，他们都在束缚自己，让他就像关在笼子的鸟儿，不得自由。想到这，乐乐来到村南的河里，一气之下扎了下去。

乐乐选择跳河的方式来反抗家人，当然，他只是做做样子，因为对他来说，河水并没有多大的威胁。夏天的时候，他和大胖常来水里游泳。只是他怄气跳河的时候天气转凉了，乐乐被谷子抱上来后，浑身冰凉。

乐乐跳河后，电话就打到塘沽去了，苏篷子和陈圆圆当天就回来了。乐乐看到爹娘，紧咬着牙关，一句话也不说。

苏篷子从方莹那里得知了事情的经过，知道儿子脾气倔，一定是大家不许他学二胡，他一赌气做出了偏激的行为。因此，他扬在空中的手又落了下来。

苏篷子听说儿子跳河后，马上联想到陈圆圆的跳河，陈圆圆也联想到了。所以，就在苏篷子把手扬起来时，陈圆圆说了一句："这孩子，是被逼的。"

陈圆圆当日跳河，是被苏篷子逼的。苏篷子误会她，所以陈圆圆不想活了。她的话一说完，苏篷子马上收了手。

虽然乐乐是自己的儿子，但想到爹娘这么大岁数了，在家看管他，他不但不听爷爷奶奶的话,还以跳河来要挟,所以,苏篷子一见儿子的面,就想给他一巴掌。但听了陈圆圆的话后,他冷静了下来。

陈圆圆把丈夫推在一旁,揽住儿子的头,说:"孩子,娘知道你心里委屈,可你也该想想,爷爷他们是为你好啊。"

乐乐大声地说:"为了俺好,就都反对俺吗?俺连自由都没有了,这还是为了俺好?"

陈圆圆一愣。她听得出来,儿子内心中充满了怨气。

方莹见陈圆圆溺爱儿子,不肯给他讲道理,就说:"嫂子,你这样不行,对是对,错是错,一定得给孩子讲清楚。"

说完,方莹对乐乐说:"自由可以追求,但是,前提是你做的事是对的,如果对,我们反对就是我们的不对了,如果你选择了一条错误的路,我们就应该阻止你继续走下去,你说呢。"

乐乐说:"俺和谷子伯学二胡错了吗?为什么你们不让谷子伯教俺?"

乐乐从谷子的音乐中,达到了从未有过的境界,他觉得音乐超过了自己的年龄,可以让他想象到很多,让他走进一个神奇的充满玄幻色彩的世界,甚至让他更清晰地看到了枣林中的那座红房子。在这个世界里,他可以随时和爹娘用情感交流,在这个世界里,他不是孤独的。

一家人再一次因为乐乐的事召开了会议,这一次,参加会议的成员多了三个,除了陈圆圆和苏篷子,还有谷子。当然谷子是被苏篷子请来的。苏篷子想听听谷子的意见,因为他和谷子学过吹唢呐,虽然后来有很长的时间不再练习了,但也觉得音乐的确会将人带入一个精神的世界中,让人满足现实世界里不能满足的事。

苏爱国等大家都坐下来,说:"乐乐的事俺先表个态,这孩子的性格、脾气,俺当爷爷的比谁都清楚,孩子不能再这么惯下去了,必须想办法扭转他的小脾气。"

方莹说:"爹的话俺同意。"

爱国媳妇说:"不成,既然你们都知道乐乐倔,怎么还能再扭转呢,弄不好又会把他逼出个好歹来。"

陈圆圆说:"俺听娘的。"

苏爱国看看苏篷子。

苏篷子说:"这事俺现在一点头绪也没有,乱得很。"

苏爱国又看看谷子,说:"谷子,既然你也来了,就说说你的看法。"

谷子说:"俺是外人,就不便插嘴了。"

方莹说:"这件事你是始作俑者,如果不是你,乐乐也陷不进去,你有责任来帮助乐乐。"

方莹的话很明显,她显然在责怪谷子。

谷子苦笑着说:"这么说,是俺错了?"

方莹说:"俺承认你的想法是好的,可乐乐是个学生,必须以学业为主,如果因为二胡而影响了学习,就不对了。"

谷子叹道:"俺不是说了嘛,以后不教了。"

方莹说:"正因为这样,乐乐才受到刺激,选择了这种反抗的形式。"

谷子不再说话,他不想多说了。对于音乐,每个人有每个人的理解,他的理解是,音乐就是生命。但他知道,或许对方莹和苏家人来说,乐乐好好学习,才是更重要的。

事情并没有解决,乐乐的心结还在。苏篷子两口子虽然回来了,也一筹莫展。

最后,还是谷子自告奋勇,愿意尝试一下。

谷子又一次将乐乐带到河边,然后两个人坐了下来。

谷子说:"乐乐,你对爷爷他们的看法是怎么想的?"

乐乐说:"他们说他们的,俺做俺的。"

谷子说："不，你还没有理解音乐的最高境界。"

乐乐惊讶道："啥？"

谷子说："上一次，俺跟你说过，音乐不只是自我心灵的投入，还得拯救大众，愉悦听众。"

乐乐哦了一声。

谷子接着说："作为一个音乐爱好者，无论他手中拿的是唢呐，还是二胡，都要尽己所能，传递心声，引起听众的共鸣，然后潜移默化地打动他们，影响他们，带给他们心灵上的愉悦或洗礼，所以，音乐不是自私的，你现在就面临着这样的选择，是为了自己的爱好继续下去，还是让家人们开心。"

乐乐慢慢地低下头，说道："谷子伯，为什么他们没有你这样的境界？"

谷子叹息一声："因为他们没有接触音乐，咱们都是接触音乐的人，所以要比他们有更宽大的胸怀。"

乐乐一拍胸脯："谷子伯，俺也有，俺听你的。"

谷子笑了："这就对了。"

谷子再一次劝通了乐乐。不是因为谷子有着多好的口才，而是他懂得音乐，懂得喜欢音乐的人。如果不是说起音乐，谷子甚至是个寡言少语的人。但只要一说起音乐，他就会夸夸其谈，口若悬河。

乐乐已经被音乐影响了，从而他已经将谷子当成了最为崇拜的偶像。他的话自然能够听得进去，而且，有了音乐感悟的乐乐，也能够听懂谷子话中的寓意。

乐乐一回家，就大声地说："爷爷，俺明天就去上学。"

不但是这几个字的字面含义，还有声音中的洒脱和爽朗，也让一家人放宽了心，同时，大家也都在想：谷子是怎么做到的？

这话，陈圆圆就忍不住问出了口，他问乐乐："你谷子伯都说些啥了?"

乐乐说:"也没说啥,他让俺要有音乐的境界和胸怀。"

陈圆圆不懂,就去看方莹。方莹一时也无法体会,摇摇头。

第二天,乐乐真的去上学了。他彻底恢复了,甚至比以前更加开朗了。上课时认真听讲,回到家在方莹的辅导下,专心学习。

苏篷子和陈圆圆在家待了几天,就回了塘沽。一切如前,只是苏爱国发现,乐乐晚上有时很晚才睡着。他躺在床上,目光望着屋顶,不知在想什么。

后来,苏爱国就把小孙子的表现和方莹说了,让她在课堂上观察着,看乐乐有没有走神的时候。

方莹认真地观察,发现乐乐听课很认真,而且提问他时,也能较好地回答上来。

方莹觉得乐乐的内心一定还隐藏着什么。

一个周六,乐乐做完了作业出去了,方莹悄悄地跟了出来。她发现乐乐并没有去找大胖,而是去了村南,心想:这小子又去找谷子了。

果然,等方莹来到河南,发现谷子正和乐乐在河边并肩地坐着。远远看去,他们似乎谈论得非常融洽。

方莹心中有气,她认为乐乐又去和谷子学二胡了。这样一来,他刚刚保持了几天的好习惯就要打破了。因此,她冲了过去,强行地把乐乐拉回了家。

方莹这样做,一是对谷子表现出了反感。毕竟乐乐是个孩子,谷子是个大人。谷子明知道苏家人不让乐乐学二胡,他还和乐乐在一起,这不是成心要害人家孩子吗?至于乐乐,她也非常生气。这个小倔驴,居然没几天就变卦了。

方莹把乐乐拖回家里,推到苏爱国的面前,说:"爹,这小子一点儿都不听话,又和谷子在一起了。"

苏爱国一听，眼珠子就瞪起来了："什么？"

苏爱国一把抓起乐乐，要不是老伴儿拉着，鞋底子就盖在小孙子脸上了。

爱国媳妇把乐乐抱在怀里，袒护着说："孩子这么小，也不能一下子就改了，总得有个过程吧。"

苏爱国气呼呼地说："俺去找谷子，这个兔崽子，把俺孙子带坏了。"

说着，苏爱国就往外走，他的腿脚不太利落，到了院子里，抓起一根棍子，拄着出去了。

方莹不放心，也跟了出去。爱国媳妇劝了小孙子几句，就去做饭了。乐乐想了想，出去了，到了河边，发现谷子不在，就去了谷子家。一进门，就听到爷爷在不停地数落。

乐乐跑了进去，见谷子蹲在凳子上，一句话也不说。

方莹看到乐乐，把他拉在一边，说："别过去。"

乐乐大声说："爷爷，你别吵了，根本就不是你们想的那样。"

苏爱国转头看着孙子，问："啥样？"

乐乐说："俺没和谷子伯学二胡。"

苏爱国问："那你们钻在一起干啥？"

乐乐说："俺向谷子伯汇报学习去了。"

乐乐这话一出口，别说苏爱国，方莹都不相信。方莹瞪着一双亮亮的大眼睛，问："乐乐，你跟他汇报学习去？"

乐乐点点头："谷子伯说让俺经常给他汇报一下，他要看看俺是不是在认真学习。"

方莹望向谷子。谷子点点头，说："是啊，虽然俺们不讨论二胡了，可不知为什么，这孩子俺喜欢，他也喜欢跟俺来往，俺这样做，也是为了帮助你们，还有，他告诉我一个秘密，他说，他经常在想象着枣林里有一座红房子。"

"红房子？"

"对，一座红房子。"

苏爱国虽然不懂乐乐为什么想象着红房子，但他相信谷子。因为谷子是个从不说谎的人。他很少说话，但出口的话从来板上钉钉，没一句胡话。

苏爱国带着一脸愧色走了，虽然他没有给谷子道歉，可是谷子也不在乎，他了解苏爱国的性格。

方莹拉过乐乐，说："乐乐，姑姑对不起你。"

乐乐说："姑姑，俺不在乎，因为你们都是疼俺的，可谷子伯受委屈了，你们不该这么误会他。"

方莹看看谷子，低声说："对不起。"

谷子摇摇头，什么也没说。

方莹拉着乐乐回到家里，发现爱国媳妇正在准备包饺子。方莹说："咋了，改善伙食？"

爱国媳妇朝屋子里一努嘴，低声说："你爹这个倔驴，说得罪了谷子，要给人家赔礼，让包饺子吃。"

乐乐一听，忙说："那俺去喊谷子伯。"说着，乐乐挣脱了方莹的手，飞快地跑了出去。

方莹望着乐乐的背影，轻叹一声："娘，你发现没有，乐乐和他谷子伯，好像比咱们都亲。"

爱国媳妇点点头："其实也好，他爹不在家，你说，哪个孩子不希望有个依赖的人？谷子是个男人，孩子有这种心理是正常的，俺也希望他能从谷子身上得到篷子不能给他的。"

她这话一说，苏爱国和方莹都觉得心酸，想想，乐乐不能天天和亲爹在一起，内心也是非常孤独的。

谷子被乐乐拉来的时候，方莹和爱国媳妇已经开始包了。谷子不好意思地笑笑："俺不会，插不上手。"

爱国媳妇说："你们说话去吧，俺娘儿俩包就行了。"

乐乐说："俺也包。"

爱国媳妇说："不行，小孩子家的，包的不成样咋办？"

乐乐说："谷子伯不嫌。"

谷子说："对，对，俺不嫌，能吃就行。"

爱国媳妇看看方莹，低声说："瞧这俩，就像父子一样。"

这顿饭，纵然苏爱国一个道歉的话也没说，但大家心里都明白，谷子心里也是雪亮，知道他叫自己来吃饭的意思。苏爱国说："儿子不让俺喝酒，要不然俺就陪你喝几杯了。"

谷子说："没事，俺也不贪杯。"

乐乐说："要不让姑姑陪着喝吧。"

方莹说："去，姑也不喝酒。"

爱国媳妇弄了四个菜，谷子本来不想喝的，见菜弄好了，就倒了一杯。

方莹果然陪他喝了一杯，说："谷子哥，这几次乐乐能够转变观念都亏了你，俺就代表苏家敬你一杯。"

谷子除了讨论音乐时口才好，其他时候都不怎么说话，只是说："喝，喝。"

那天谷子本来不想多喝的，但他是个实在人，别人只要劝，他就磨不开面子。虽然后来只有他一个人在喝，还是把打开的那瓶酒全喝了。

一整瓶酒，方莹喝了没二两，谷子喝了八两多。

谷子其实没这么好的酒量，但是那天，不知为什么，他喝得很痛快，很顺心。用乐乐的话说，就是"美女姑姑倒酒，谷子伯一定干"。

一开始，方莹为了赔礼，频频给谷子倒酒，但乐乐这话一说，她便不好意思了，但出于礼貌，只有继续为他倒。谷子心眼实，人家不倒，他自己不好意思拿酒瓶子,只是说"不喝了,不喝了",但方莹一倒了酒,他又端起来喝。

那场酒,把苏爱国馋得够呛。

苏爱国的酒瘾,要远远大于谷子。谷子属于那种可喝可不喝的。

苏爱国因为喝酒脑血栓犯了几次,不敢喝了,何况老伴儿和方莹就在身边,他想去拿酒瓶子,老伴儿不许,说:"干啥?上瘾了?"

苏爱国舔舔舌头:"俺想给谷子倒个酒。"

方莹连忙说:"爹,还是俺来吧。"

方莹也怕苏爱国突然来上一口。

这顿饭,苏爱国只能眼巴巴地看着谷子喝。谷子还不紧不慢地,让苏爱国没少流口水,不住地用鼻子嗅,总算嗅了一肚子的酒气,也满足了。

这天,谷子几乎喝趴在了地上。最后,还是方莹和乐乐把他送回去的。谷子一边走一边歪,总以为已经到了家里。他那两条腿比面条还软,身子几乎完全挂在了方莹的胳膊上。方莹实在拖不动他了,只好把高粱喊了来。

高粱帮着方莹把谷子弄到家里,说:"怎么喝了这么多?"

方莹说:"谷子哥实在,让喝就喝。"

高粱笑着说:"他实在,你就不该劝下去了,该收就收了。"

方莹说:"不是不好意思嘛。"

谷子倒头便睡,这一觉直到第二天中午,才迷迷糊糊醒来,头还有些疼,胃口更是难受。四十出头的人了,谷子也不年轻了,虽然人清醒了,精神头还是没有,想去河边吹会儿唢呐,一下床就觉得有些站不住,只想倒着,就放弃了。

想起昨天的酒,谷子自言自语地说:"俺这是咋了,心里不想多喝,咋没控制住自己呢。"

正想着,乐乐来看他了。

乐乐不但来看他，还给他带了几个包子，说是方莹和他放学时，从崔家路口的包子铺里买的。谷子吃不下，胃里难受，他让乐乐拿回去。乐乐没拿，放下包子跑了出去。

谷子从窗户里看着乐乐的背影离开，忍不住望向自己给他特制的二胡。那把二胡非常小，适合孩子们用。他拿在手中，轻轻地拉了一下，幽幽的声音顿时充满了屋子。

谷子是和乐乐通过音乐交心的，他们虽然年龄上差了几十岁，但彼此却了解对方的心情。谷子知道，乐乐虽然年纪小，可他的内心非常丰富，他深深地埋藏着对父母的挂念，这种情感一旦化作音乐，就会让人心生一种思念之情。这也是乐乐前一段时间一直无法走出音乐境界的原因。

他沉浸在一种陌生但又充满神奇能量的境界里，在这里，他的情感得到了抒发。谷子有些为乐乐担心，因为他了解乐乐的性格，这是个倔强的孩子，说不定以后还会出什么事。

第九章 成长

苏篷子虽然是乐乐的父亲,但他并不了解儿子的内心。

乐乐留守在家,每天和爷爷奶奶在一起生活。他只是个十岁的孩子,内心世界和爷爷奶奶截然不同。因此,乐乐形成了一种习惯,无论有什么心事,从不和苏爱国夫妇说,这也是他容易郁闷的原因。

经过了上次的事情后,苏篷子两口子也在考虑孩子内心世界的成长。于是,就在这年年底回来时,苏篷子给儿子带了大量的动画片,这其中最多的就是《喜羊羊与灰太狼》。

虽然对于这部动画片来说,有不少的孩子喜欢,可乐乐却一点儿都提不起精神来。这几年,苏篷子在外打工的收入越来越多,家里不但买了液晶大电视、安装了空调,还买了小轿车,两口子从塘沽回来也方便了。

苏篷子一回来,就把盛放动画片的箱子放在儿子面前,他以为这些东西一定能让儿子高兴,没想到乐乐丝毫没有什么兴奋的意思,只是淡淡地说了一句:"什么东西?"

陈圆圆说:"你爸给你买的动画片。"

乐乐哦了一声,就去一边玩了。

苏篷子把一盘《喜羊羊与灰太狼》的光碟放在DVD里,然后对乐乐说:"来,儿子看动画片。"

乐乐说:"俺都多大了,还看这东西。"

苏篷子突然意识到儿子比一般的孩子要成熟得多。

果然,电视上动画片的镜头并没有吸引住乐乐的目光。苏篷子朝盛放光盘的箱子踢了一脚。

陈圆圆说:"你赌什么气,还不是怪你吗,非要说这东西儿子一定喜欢,也不看看你自己的儿子,是个什么性子的人。"

苏篷子拉过乐乐,问:"真不喜欢?"

乐乐说:"太幼稚了,俺已经长大了,又不是三岁的孩子。"

苏篷子唉了一声,说:"爹总把你当成小孩子,老以为你还小,没想到俺儿子大了,不是看动画片的年龄段了。"

乐乐说:"有《熊出没》吗?俺喜欢看。"

乐乐并非不喜欢动画片,只是他的心智比较成熟,已经不太喜欢低幼版的了。《熊出没》中的熊大和熊二是他非常喜欢的,甚至光头强这个角色,他也不讨厌。

苏篷子把箱子一扒拉,还就是没有《熊出没》的光盘。他拍拍脑袋,有些遗憾地说:"卖光盘的经理见俺买《喜羊羊》,还问俺要不要《熊出没》,当时俺以为他要推销,就没要,早知道你喜欢,俺就带一堆回来了。"

苏篷子并没让儿子失望。为了让儿子高兴,第二天他就开车去了一趟城里,买了一堆《熊出没》的光盘回来了。

从那天开始,乐乐每天盯在电视机前,一遍遍地看着《熊出没》。有时,大胖也过来看。大胖的爹娘已经回来了,也给大胖带来了礼物,只是依然不如苏篷子出手大方。

大胖看电视之余,也会表示出自己的羡慕之情,对乐乐说:"要是俺爹也这么大方就好了。"

乐乐说:"你和俺不一样,俺年前过生日,爹要带礼物回来,你又不过生日,你爹还不随便买吗?"

大胖说:"还是年前过生日好。"

乐乐说:"俺倒喜欢平时过生日,最好六月七月过。"

大胖说:"为啥?"

乐乐说:"也许爹娘会为了咱们过生日,能回来一趟。"

乐乐这话说完,大胖就不和他说话了。

两个孩子都是留守在家,父母在外打工,因此,他们的心是相通的。

前些年,家里还种着麦子,有时候,在外打工的青年还会回来过麦秋,但这几年,很多家庭已经把地租给别人种了,在外打工如果没什么大事,一年回来一趟。而留守在家的孩子,也只能春节前后和爹娘在一起待几天。

苏篷子每年为了儿子的生日,会提前回来几天,过了年,初五到初七八左右再回塘沽,有些打工者回来的时候已经是腊月二十八九了,过了年甚至有初三就走的,在家待不了几天。

春节后,苏篷子和陈圆圆商量着,想把乐乐带到塘沽去。

苏篷子之所以有这样的想法,是他发现爹娘的身体一年不如一年了。苏爱国甚至走路都迈不动大步子了。苏篷子不想再让两个老人为孩子操心。

当他们和爹娘说出自己的想法时,乐乐第一个站起来了,他说:"不行,俺不走。"

陈圆圆说:"为啥?"

乐乐说:"俺在家读书读得好好的,凭啥去塘沽啊?再说,那里的学生俺一个都不认识。"

苏篷子说:"你在家上学,爷爷奶奶年纪大了,怎么还能照顾你。"

乐乐说:"俺不用他们照顾。"

苏篷子说:"瞎说。"

乐乐说:"真的,俺每天上学放学都和姑姑一起,爷爷奶奶早就解脱了。"

陈圆圆看看方莹，说："你姑姑是班主任，每天有好多事，也不能因为你耽误事务。"

方莹说："俺这里没啥事，学校和八里庄距离近，俺有会的话都是先把乐乐送回来，再回去开。"

陈圆圆说："瞧，这样多麻烦。"

苏篷子还是执意要把乐乐带走，最后苏爱国说："这样吧，孩子也不能一下子就带走，你们总得先去打点一下，等找到学校再说吧。"

苏爱国说这话，其实是不想让乐乐走。他很矛盾。小孙子在家，自己能够天天看着，活着也有些劲头，要是小孙子走了，光剩下他和老伴儿，怕是日子没滋没味了。

他的话苏篷子两口子听出来了，但乐乐没听出来，就大声地叫道："俺不走，死活也不去。"

陈圆圆说："算了，你不去就在家跟着姑姑好好读书，有姑姑照顾你，俺们也放心。"

其实从乐乐的学习上考虑，苏篷子和陈圆圆倒希望乐乐留在家里，只是孩子老在家，他们真的很担心两位老人的身体。

当然，还有一个原因，就是苏篷子和陈圆圆的心理感受。

这些年，他们一年到头很少和儿子在一起，儿子对他们的感情一直淡淡的，若即若离，甚至可有可无，这一点，他们感受得到，也觉得心酸。今年回来，苏篷子为了让儿子开心，买了一堆光盘，没想到儿子根本就不感兴趣，他这才发现，自己长期不和儿子在一起，已经不了解他了。

除了乐乐自己，没有人知道他的心事。他执意不去塘沽，其实是不放心爷爷奶奶。

但他跟随爷爷奶奶留守在家时，思念更多的是爹和娘，当然，这份情感他一直珍藏在心中。等他听说爹要把自己带到塘沽去时，又舍不下爷爷奶奶。一时间，这些年和爷爷奶奶相依为命的一幕幕场景都涌了出来。

十一岁的乐乐，本来心智已经超过了同龄人，再加上音乐将他带入一个情感世界里，让他小小的心灵，不再单纯。

他比爹娘更明白爷爷奶奶的身体，最近这段日子，如果不是方莹来回地接送他，他或许只能和大胖一样，来回步行了。

正月初七，苏篷子和陈圆圆又走了，苏家的院落里一下子清静了下来。他在家的这段时间，乡邻、亲友每天都会来几波。这景象让苏爱国感慨万分，他知道，一切都因为儿子在外打工出息了。有时候，他也觉得心酸，因为儿子一年到头在外拼搏，自己上了年岁，却不能经常看到他，不过看到儿子事业有成，周围的人又如此敬重他，苏爱国也欣慰了。他想起了父亲曾经说过的话，因为家庭成分问题，前些年苏家一直被周围的人冷落着，即便到了苏篷子这一代，小时候也有个"小地主"的外号。尽管给他起外号的三姑是因为一场老过节，但外号还是叫了出来，前些年时不时地挂在大家的嘴边上，不乏戏谑的意思。

苏家和三姑的过节，是一把椅子引起的。

苏家当年家里有两把红木圈椅，新中国成立后，三姑的父亲弄到自己家里一把。当时，苏有财不敢争夺。后来，苏有财一直想讨回这把椅子，到了三姑这一代，三姑把这把椅子当成了宝。每天都盘着腿坐在上面，指望着哪天也跟苏家当年一样，成为八里庄有名望的人。

苏有财临死之前，曾留下两个意愿，一个是让苏家重新抬起头来，给祖宗争口气，一个就是把三姑家弄去的那把椅子再弄回来。

这两个意愿一直在苏爱国的心里放着，关于那把椅子，当年他托付三姑给苏篷子说媳妇时，答应不再要了，虽然苏篷子和陈圆圆的亲事和三姑不沾边，但他总是开不了口，关于另一个意愿，他觉得自己应该满足了，儿子现在就像当年他爷爷一样，成了八里庄的名人。

苏篷子这几年出息了，八里庄的人有目共睹。而且苏篷子讲排场，他每年都要给家里添置一些新玩意儿，他是村里第一个买高档席梦思床的人。

那时候，村里大多户人家还睡土炕。苏篷子过年回来，从兜里掏出一沓钱，摔在土炕上，说："扒。"

春节的时候没来得及，但苏篷子把床订下了，等他去了塘沽后，有人送了沙发来，还顺带着把他家的土炕扒了。

豪华的席梦思床让不少的人有了梦想，但也有人会说："还是睡土炕暖和啊。"

说这话的人是八里庄的几个懒虫，包括后来发家的懒子。

苏篷子去塘沽打工后，不几年就混成了码头上的小头目，经理信任他，招工的差事交给了他，每年他都会从家里带几个人出去。因此，很多人也感激他。

在席梦思床之后，苏家的变化接连不断，电脑、液晶电视、空调、新房子、小轿车，总之，他用一年一个变化来告慰着爷爷的在天之灵，也让八里庄人渐渐对苏家刮目相看。

苏爱国知道，儿子比自己有出息。虽然苏有财临死时，希望他能混出点人样来，可苏爱国窝囊了一辈子，啥能力也没有。

在生产队的时候，经常大比武，比赛割麦子、拉犁、收棒子，等等，每次他都落在后面，甚至还不如"女流之辈"的三姑。

苏篷子终于让他扬眉吐气了，看到春节前后，家里的亲友和乡邻不断，苏爱国那张嘴也一直咧着。

苏篷子走后，院子里冷清了许多。

这一天，苏爱国蹬着三轮车去了地里。

天气还没有转暖，地里几乎看不到一个人。苏家的地已经租出去了，再说，即便种着，这时候也没什么事。苏爱国径自去了父亲的坟前，他是给父亲上坟的。

按照民俗，上坟一般是有日子的，大年初二、清明节、七月十五、十月一，这些都是公共的节日，另外就是忌日。其实这天也不是苏有财的忌日。初二的时候，苏爱国就想到坟上来看看，苏篷子不许，说："爹，您都这岁数了，别去上坟了。"

苏篷子不许他去，苏爱国也没坚持。可是这几天他肚子里一直存着话，想跟爹唠唠，所以，这天他就到了地里。苏爱国那两条腿，的确不如从前了，上了三轮车他才感觉得出来。以前接送乐乐时，他还能从学校蹬到家里，但现在，比去学校要近一半多的路，几乎像万里长征一样。那双腿仿佛不是自己的，怎么也使不上劲。

看来不服老不行了。苏爱国心里说着，还是坚持着把三轮车蹬到了地头上。他知道自己要是不借助三轮车，那两条腿更难把自己送过去。

苏爱国停下脚蹬三轮车，拿起车厢里的拐杖，然后朝地里走去。从地头到苏有财的坟前，只有几十米，这几十米，苏爱国走走停停，总算到了。

苏爱国坐在坟前，喃喃地说："爹，儿子来看你了，儿子这辈子让你失望了，可你孙子出息了，你就瞑目吧，咱苏家不再是前些年了，让亲戚、乡邻都高看一眼……"

苏爱国在父亲的坟前唠叨了半天，这才起身回来。

他站起来时，发现自己那双腿一开始怎么也站不稳，甚至他连站都无法站起来，或许是盘腿时间太长了。后来，苏爱国还是爬了起来，勉强来到三轮车前。

这些年，那辆三轮车就像苏爱国的老朋友一样，经常默默地跟着他。无形之中，苏爱国对这个老朋友多了些依赖感。到了它身边，苏爱国身上也多出了一些力量。在这股力量的支撑下，苏爱国回到了家里。

到家后的苏爱国，往沙发上一坐就懒得动。爱国媳妇说："瞧你一身的土,快起来换一下衣服,一会儿就吃饭了。"

苏爱国嗯了一声,却动不了。

爱国媳妇问:"咋了?"

苏爱国说:"身上没气力。"

爱国媳妇说:"没劲你往外跑干什么?"

苏爱国说:"好久不走这么远的道了,累了一下。"

爱国媳妇拿眼白他:"非要去上什么坟,有孩子们代替不就行了?"

苏爱国说:"不一样,俺有一肚子的话得跟爹说说去。"

爱国媳妇说:"行了,你先歇着,俺喊乐乐去。"

当时,乐乐正在大胖家玩耍。大胖的爹娘初五就走了,给大胖留下了一个遥控飞机。说起来,这也算一件奢侈的礼物了。不过,这礼物是大胖爹回到乐陵买的,他先前给儿子买的是一件书包。

大胖看到书包后就觉得别扭,赌气说:"瞧人家乐乐他爹,每次回来都那么大方,你哪像当爹的。"

大胖爹知道比不了苏篷子,可也不想让儿子太伤心,就在去城里赶集的时候,给儿子买了这个遥控飞机。

这一下,大胖高兴了。因为对他来说,这是一件从未有过的好礼物。

乐乐也挺喜欢,两个孩子在院子里玩耍着,小飞机有时候能飞到偏房的顶上去,让他们非常兴奋。

看到小飞机在空中盘旋的时候,乐乐脑子里突然出现了一个念头:如果自己能坐上它,飞到塘沽去就好了。但随即,念头就熄灭了。他知道,是自己选择留下来的,依了爹娘的意思,就让他跟着去塘沽了。

这几年,随着外出打工者的收入增加,也有一些夫妻将孩子带到外面去,在外面就读。

爱国媳妇进来的时候，两个孩子玩得正起劲。大胖爷爷坐在椅子上，正笑眯眯地看着。虽然又过了一年，但是大胖爷爷似乎还是那个样，他两只手拄着拐杖，脸上泛着神采。

　　对他来说，大胖就是他活着的支柱。他虽然知道自己的身体，却更加清楚，自己不能倒下。初五临走的时候，大胖爹娘也商量把儿子带走的，不过大胖不同意。大胖舍不得最要好的伙伴，就说："俺跟你们去了，怎么和乐乐一起玩。"

　　大胖爷爷更加不同意，说道："你们把孩子带走，不是要了俺的老命吗？"

　　爱国媳妇招呼小孙子回家吃饭，一抬头，看到了大胖爷爷。虽然大胖爷爷面带笑容，可他孤独地坐在屋檐下的那一幕，也让爱国媳妇心里一酸。

　　她知道，自己和老伴儿身体都不好，可毕竟互相有个依靠，而大胖爷爷一个人和大胖相依为命，就不容易了。

　　爱国媳妇本想和大胖爷爷聊几句，又怕引起他的伤感，所以，就带着乐乐回来了。

　　吃饭的时候，爱国媳妇一直低着头。苏爱国看出老伴儿情绪不对，就问："咋了？"

　　爱国媳妇不说话。她不想说出自己当时的感受，因为她想起了刚刚看到大胖爷爷的一幕，她不知道哪天，自己和苏爱国谁先到地下面去，谁先走。走的人算是解脱了，可剩下的一个人，就得像大胖爷爷一样。

　　她偏头看着苏爱国，苏爱国这几天一直没缓过劲来，她有些担心。

　　乐乐吃完饭一抹嘴，还想去找大胖。就在他要转身时，看到爷爷的脸色不对，就问："爷爷，你今天咋了？"

　　苏爱国说："没啥，去玩吧，爷爷就是累了。"

　　乐乐转身走了几步，前脚已经到了门口，身子又转了回来，说：

"俺先看会儿动画片去。"

乐乐没出去,是有点担心。才十一岁的孩子,因为心智的过分成熟,使得他联想得多了些。

乐乐打开了电视,只是他没心情看下去,不时地去观察爷爷的情况。

苏爱国吃饱了饭,想去床上休息一会儿。他勉强坚持到现在,已经坐不住了。

两手在沙发上一按,苏爱国没站起来,又一按,他还是没站起来。爱国媳妇放下碗,托了他一下,没托动,感觉他的身子死沉死沉的。乐乐跑了过去,和奶奶一边一个,把苏爱国架了起来。

乐乐发现爷爷那双腿僵硬,忍不住说:"奶奶,爷爷好像病了。"

爱国媳妇还没说话,老伴儿接口了:"啥病?爷爷能有啥病?"

爱国媳妇说:"你爷爷头晌去给你老爷爷上坟去了,兴许是累的。"

乐乐没再多说,他问:"姑姑没回来吗?"

爱国媳妇说:"你姑去同学家串门了。"

方莹是天快黑的时候回来的,她趁着春节放假,去同学家玩了一天。回来后,她发现乐乐正坐在沙发上出神,电视上放着动画片,可他的目光呆呆地望着门口,就连自己进来也没感觉到。

方莹放下包,用手在他脸前晃了晃,说:"咋了?"

乐乐这才回过神来,说:"爷爷好像病了。"

听了乐乐的话,方莹马上来到东屋里,见苏爱国果然脸色苍白地躺在床上,一点儿精神也没有。

方莹赶紧问:"爹,您觉得怎么样?"

苏爱国勉强笑笑,说:"放心吧,爹没事,就是累了。"

方莹从爱国媳妇的嘴里听说了上午的事,觉得苏爱国不会有太大的事,兴许真的是太累了。

接下来的几天,方莹没敢出去,每天和爱国媳妇轮流照顾着苏爱国。乐乐哪里也没去，他就像方莹的勤务员，方莹要什么，他马上去拿，比如水果、茶叶、毛巾，等等。

闲下来时，乐乐就坐在椅子上。他望着床上的爷爷，不知为什么，总想拉二胡。虽然，他知道自己的二胡还没拉好，但是，他脑子里盘旋着幽幽的二胡声，那声音让他常常在坐在那里出神。

乐乐似乎又回到了曾经有过的状态，他的样子让苏爱国两口子非常担心。

过了几天，苏爱国的体力恢复了，不过他又开始担心乐乐的情况。为了小孙子，他让方莹去问了苏医生。苏医生说："没事，孩子许是想的事太多了，慢慢地开导一下就好了。"

方莹回来后，又去见了谷子。当时，谷子并不在家，方莹给他打了电话。谷子接到电话，就从村南的河边回来了。

这是谷子的习惯，只要不去参加红白事，他大多的时候是去村南的河边吹唢呐，有时候也拉二胡。二胡和唢呐是他最为喜欢的两种民间乐器。

谷子接到方莹的电话，就回了村子，一进苏爱国家的门，就看到方莹正焦急地在外屋里踱步。

方莹抬头看到谷子，忙说："谷子哥，乐乐又像以前那样了。"

谷子说："没事，俺去看看。"

谷子随着方莹来到里屋，见乐乐正趴在桌子上出神。他的两个眼睛瞪得圆圆的，很长时间眼皮才眨上一下，目光望着一个方向，也不知在想些什么。

谷子询问了这几天的情况，有些明白了，说："放心吧，没事。"

他的口气就像苏医生一样。如果不是前两次谷子把乐乐开导好了，方莹是绝不会相信他的。

但是现在，她觉得谷子和苏医生一样值得信赖。

谷子也没多说，把乐乐叫到自己的家里，和他聊了一会儿，问他父亲回来后的一些细节。当乐乐说起爹娘要带他去塘沽上学时，谷子忍不住问："那你为什么不去？"

乐乐说："俺不能去。"

谷子忙问："咋了？"

乐乐说："爷爷奶奶年岁都大了，身体又不好，俺走了他们咋办？"

谷子说："你走了，他们正好不用照顾你了。"

乐乐说："俺不能走。"

他没继续说出理由，谷子也没多问。谷子低头寻思着，渐渐地明白了乐乐的心思，说："你做得对。"

乐乐说："你知道俺是咋想的？"

谷子说："要是以前，俺还真不知道，但现在不一样了，别忘了你的二胡是俺教的。"

乐乐说："谷子伯，还是你了解俺啊。"

谷子说："俺知道你想拉二胡，行是行，但你答应过爷爷奶奶的，不能因为二胡耽误了学业，你现在成绩还没追上去，不能经常拉，等学习稳定了，俺再教你。"

乐乐点点头。

谷子说："其实找个人把心里话说出来，就不憋闷了。"

乐乐说："可除了你，俺找不到，大胖都不行，他不懂俺的心思。"

谷子没再说话，只是摸摸他的头，说："回吧，别让爷爷奶奶挂心，既然留下来照顾他们，就要像个小大人，不能让老人照顾咱。"

乐乐眼睛一亮，使劲地点点头，跑了回去。

乐乐连蹦带跳地跑回了家，他一下子又恢复了活泼快乐的样子，把苏爱国夫妇和方莹看呆了，连刚进来的大胖也不住地摸着脑袋。

方莹说："没想到谷子还真成神医了。"

苏爱国说:"看来,俺这个小孙子,和他谷子伯有缘。"

爱国媳妇说:"篷子不常回来,乖孙子是缺乏父爱啊,要不,跟谷子说说,让乐乐认他叫干爹吧。"

乐乐说:"奶奶,真的吗?太好了,俺不但有亲爹亲娘,也有干爹干娘了。"

方莹说:"你干娘是谁?"

乐乐嘻嘻地直笑:"你啊,俺早就想认你当干娘了。"

方莹突然脸红了,说:"不行,不行。"

方莹虽然三十出头的人了,可一直没结婚。当然,她刚才的"不行"指的不是不能认"干娘",而是乐乐把谷子和自己联系在一起。

乐乐说:"咋了,不成吗?"

方莹没说话。

爱国媳妇明白方莹的心思,就说:"这事以后再说吧。"

方莹回到了西屋,她想起乐乐刚才无意中说的话,眼前忍不住浮现出男朋友的样子。她本来是不想再回到那段记忆的,可是记忆总会隔三岔五地浮出水面。

就在方莹胡思乱想的时候,三姑来了。

三姑是跟在大胖的身后来的,她从大胖的嘴里,听说了乐乐的事,过来看看。

三姑一进门,就把乐乐抱在怀里,说:"乖孙子,让三姑看看。"

三姑排行老三,这名字是从小就叫下来的,连她爹当年都叫她三姑,要论辈分,她和苏爱国同辈。

三姑看了几眼,见乐乐一点事都没有,就说:"孩子不是挺好的吗?"

大胖说:"刚刚突然好了,俺还奇怪呢。"

爱国媳妇让了座,说:"没事了。"

三姑说:"俺看到方莹这丫头急急忙忙地跑,又看到大胖过来,就关了门来了,没事就好啊,这么乖巧的孩子,咋能有事呢。"

说着,三姑问:"方莹丫头呢。"

乐乐说:"俺干娘在西屋呢。"

乐乐说漏了嘴,因为刚才一直想着认方莹干娘的事。三姑笑了,摸着他的头说:"瞧,这孩子长大了一定出息,嘴巴多甜,连干娘都认了。"

乐乐说:"可俺姑不同意。"

三姑说:"咋了,不挺好吗?"又一想,说,"俺明白了,你姑是怕被人喊了娘,以后不好找婆家呢,放心吧,这事三姑兜着了。"

说着,三姑就来到西屋里。

三姑一生有三大喜好,说媒、起名、嚼舌头。因此,村民觉得她的"三姑"名号实在太贴切了。

三姑说媒号称"财迷心"。她父亲那时候也喜欢给人家说媒,就是贪图人家给自己送点东西。到了三姑这一代也一样,谁家的孩子想娶媳妇,找她说媒可以,没点孝敬的不行。不过,三姑那张嘴天生的利落,倒是说媒的天才。

除了说媒,就是起名,也有时候奉送外号。三姑看谁不顺眼,十有八九会赠送给他一个外号,比如苏篷子当年的"小地主"外号,就是三姑赠送的。村里人大多不敢得罪三姑,就怕她无端地送给自己一个外号,当然,更害怕的还是她的第三个能力,嚼舌头。

三姑没事爱扎人堆,往人群里一站,东家长西家短地都来了,那些得罪过她的人,或者她看不上眼的人,就在她的唾沫星子里滚来转去的,想清白都难。

三姑一进门,开始端详方莹,把方莹都瞅得脸红了。方莹说:"三姑,啥事啊?"

三姑笑了:"三姑可是属喜鹊的,只要遇见了,说明你好事临头了。"

方莹也笑了:"是吗?俺有啥好事?"

三姑说:"瞧这闺女,多俊啊,三姑咋给忘下了呢,有空俺给你找一个。"

方莹听出来了,三姑是想给她说个对象。

其实这事,三姑前几天也和她聊过,只是方莹没往心里去,三姑说过后也忘了。

方莹心里头还是有个结没打开。

年前苏篷子两口子回来,方莹不想去方向党家住,就去了三姑家。三姑也和方莹聊过。

三姑是过来人,知道方莹还没放下以前的事,就说:"人啊应该往前看,往前走,不能老是回头,过去的就该像日历牌一样,扯下来就扯下来了。"

这话对方莹的感触很深。

也正是三姑这句话,让方莹彻底放下了那段旧情。虽然当初选择回到乐陵,她已经走出了这一步,但她心里清楚,那时并不彻底。她只是不想在江南等下去了,选择回来,也是为了长远打算,为了生计。

方莹是从农村长大的,她喜欢孩子,喜欢农村,所以,想把一生的精力放在小学教育上。

方莹回到乐陵后,就选择了朱集镇中心小学,因为这里离八里庄近。这几年,也曾有人向她提过找男朋友的事,都被她婉拒了。那时候,方莹还没有完全放下旧情。但自从听了三姑的话后,方莹就已经决定重新开始了。

三姑这人嘴皮子好,腿勤,没几天还真的给方莹找了一个。只是两人一见面,方莹觉得不合适。不是人家没钱,也不是人家长相差。用三姑的话说,就是没缘分。

方莹算是标准的美女，因此三姑在给她找对象的事上，也是两边掂量着来的，她觉得两人条件差不多，才会上门去谈。三姑接连给找了两个，都被方莹给否了。

要说方莹眼皮高，也不是，因为她也说不出人家哪里不好，只是摇头。

三姑以为方莹还是没彻底把旧情放下，方莹说："不是，俺这回是认真的，只是觉得没眼缘。"

方莹下意识中，还是希望找一个有文化修养的人，因为她是教师，觉得只有有文化，才算和自己志同道合。三姑给她找的那两个，一个是民企的老板，一个是公务员。这两个人虽然工作都挺好，收入也稳定，但方莹没同意。

三姑只好说："行，俺再给你寻摸看看。"

第十章 逃学

元宵节一过,乐乐和方莹都进入了规律性的生活、学习中。

苏爱国已经站起来了,而且哈哈大笑着,把方莹和乐乐送到了大门口。

方莹和乐乐都不放心他,他站在门口,左手把拐杖一扔,右手朝他们挥着:"走吧,走吧,俺没事。"

方莹和乐乐一走,苏爱国就倚在门框上。他摸索着去拿地上的拐杖。爱国媳妇赶紧给他拿起来,递到他手上,说:"俺就知道,你是硬撑。"

苏爱国吐了一口气,整个人仿佛泄气的皮球,一下子软了下来。

苏爱国说:"还是老伴儿了解俺啊!"

爱国媳妇说:"俺能不了解你嘛,你是担心咱闺女和孙子没心思上班、上学。"

苏爱国说:"是啊,闺女不去上班,可是会耽误一大帮孩子的啊,乐乐这孩子也懂事了,从他的眼神中俺看得出来,他挂着俺这个当爷爷的。"

爱国媳妇把老伴儿扶到了屋子里。苏爱国刚才提着一口气,完全仗着精神的力量,为了表示自己身体没事,连拐杖都扔了。其实自从那天上坟回来,他元气大损,就一直没恢复过来。

苏爱国躺在床上,松了口气,说:"孩子们回来,千万别说。"

老伴儿说:"俺明白,可你以后也别硬撑了,做给谁看啊,自己受罪。"

苏爱国说:"行,俺听你的。"

苏爱国不想让老伴儿唠叨下去,所以就应了。其实爱国媳妇知道,他这倔驴的脾气根本就没随着年龄的增长而消减,相反越来越大了。虽然以后的事不知道,可难得他能口头上应了。

中午的时候,乐乐和方莹回来了。苏爱国还在床上躺着。他本来想起来的,只是身体酸软,两条腿更是没有力气,下不了床。

乐乐跑到屋子里,看到爷爷还躺着,就问:"爷爷,咋了?"

苏爱国说:"没事,俺睡了一会儿。"

乐乐说:"奶奶做好饭了,下来吃吧。"

苏爱国下不去,即便现在下去,也会被乐乐看出身体的不适来,因此他说:"爷爷刚才吃了一点,不饿了,你们吃去吧。"

苏爱国尽管想掩饰自己,可他的表情和语气都告诉了乐乐。乐乐看出来了,爷爷的精神状态并不好。

下午,到了去学校的点,方莹招呼乐乐。乐乐说:"姑,俺过晌不想去了,你自己去吧。"

方莹问:"咋了?"

乐乐说:"有点不舒服。"

方莹忙问:"哪里不舒服?"

乐乐说:"肚子。"

方莹见他皱着眉头,一副痛苦的样子,就说:"姑带你去苏医生那看看。"

乐乐说:"没事,俺在家躺躺就行了。"

方莹见乐乐说难受,就自己去了学校。

爱国媳妇还真以为乐乐难受呢。方莹一走,她就说:"要不给苏医生打个电话?"

乐乐说:"俺趴一会儿就好了。"

爱国媳妇问:"那你想不想吃点啥?奶奶给你做去。"

乐乐说:"不是刚吃了饭了,俺现在什么都不想吃。"

说着,乐乐来到了东屋,坐在爷爷的床边。

苏爱国说:"咋不去上学?"

乐乐说:"俺肚子难受。"

苏爱国说:"那快上来躺一会儿。"

乐乐说:"没事,俺就在这里坐着吧。"

过了一会儿,苏爱国看出来了,乐乐根本就没肚子疼的意思。他问:"乐乐,是不是故意不去上学?"

乐乐吞吞吐吐着说:"俺……俺真的难受。"

苏爱国说:"胡说,当爷爷傻啊,爷爷看出来了。"

苏爱国一看出来,就急了,把老伴儿喊了进来,说:"快,把孩子送到学校去。"

爱国媳妇说:"孩子难受呢。"

苏爱国说:"难受个屁,这小子成心不去。"

爱国媳妇蹬不了三轮车,她从没蹬过,就打电话把谷子喊来了。

那天,谷子用电动车把乐乐送到了学校门口,两个人一路上谁也没说话。下了车,乐乐往学校里走,谷子凝望着他。乐乐回头看看谷子,张口欲言,谷子一摆手。乐乐又闭住了嘴巴。

乐乐知道,谷子明白自己的心思,他们之间已经不必要说什么了。

爱国媳妇打电话时,已经简单地说了乐乐的事,谷子真的猜出来了。不过,他什么也没说,甚至连乐乐这样做是对是错都没表态。

乐乐到了学校,方莹愣了,问他肚子还疼不疼,他摇摇头。直到放学回家,方莹才从苏爱国的嘴中听说,乐乐是装的。他的肚子一点事都没有。

当时,方莹很生气,瞪着乐乐说:"是不是过年过的,玩野了,不想上学了？"

乐乐没说话，他不想把自己的心思告诉别人。

方莹说："难道你不知道爷爷奶奶的期望吗？"

乐乐说："俺知道。"

方莹哼了一声："以后再这样，姑可就生气了。"

接下来的几天，方莹对乐乐看得非常严，乐乐找不到太好的理由，只能天天跟她去学校。

有一天上课的时候，天上下起了小雨，淅沥沥的雨一落下来，敲打着外面的树叶。丝丝的雨，斜落在窗户上，很快，外面就成了朦胧的一片。乐乐望着外面有些担心。他担心这样的天气，爷爷奶奶如果出来，肯定会不安全的。下了课，乐乐就悄悄地跑回了家里。他到家的时候，浑身已经快湿透了，不过刚好，他一进院子，就看到奶奶滑倒在地。

乐乐赶紧把奶奶扶到屋子里。爱国媳妇低声说："别告诉你爷爷。"

乐乐嗯了一声。

爱国媳妇又问："咋这时候回来了？"

乐乐说："俺……俺肚子不好受。"

爱国媳妇说："胡扯，肚子不好受，你能跑回来？"

乐乐说："俺有点饿了，早上没吃饱。"

爱国媳妇说："那俺去给你做饭。"

乐乐拉住奶奶的手，说："等等吧。"

爱国媳妇说："没事，俺小心走路就行，再不做饭就晚了，你们下午还上课呢。"

乐乐跟着奶奶来到厨房，他站在奶奶的身后，认真地看着奶奶炒菜，而且不时地询问着，比如该放多少油，多少盐，等等。

奶奶突然问："你问这么多干啥？"

乐乐说："等俺长大了，给你们做饭啊。"

中午，雨不下了，方莹也回来了。一进院子，方莹就吆喝乐乐，见乐乐跑了出去，她松了口气，说道："俺问过警卫，有个孩子说肚子疼出了大门，俺一猜就是你，乐乐，你肚子是真疼还是假疼？"

乐乐说："真疼。"

方莹说："胡扯，肚子疼得话，你能跑回来？"

乐乐说："姑，俺说谎了，其实是俺饿了，想回来吃点东西。"

方莹说："以后不能这样了，吃饭的时候一定要吃饱。"

午饭后，方莹要带着乐乐去学校。其实，离上课的点还有一段时间，只是方莹还有作业没批完，想提前去。乐乐就说："姑，你先去吧，俺找大胖去，和他一起走。"

方莹本来是不放心的，又一想，大胖经常一个人来回走，有他做伴，乐乐应该没事。想到这，她就点点头，自己去了学校。

乐乐果然去找了大胖，却没和他一起去学校，而是让他告诉方莹，说自己脚崴了。

乐乐知道大胖实在，撒谎的话说不出，就假装和大胖上学去，突然身子一栽歪。大胖问："咋了？"

乐乐假装难受的样子，说："俺脚崴了。"

大胖说："那咋办？俺背你吧。"

乐乐说："好几里路呢，你咋背？等咱俩到了，还不放学了？"

于是，乐乐就让大胖给自己请假，然后回了家。

乐乐不去上学，是担心奶奶。爷爷这几天身体一直没恢复，奶奶除了伺候他，还得按时做饭，挺不容易的，何况她本身也有心脏病，要是突然犯上来，谁能管她？

乐乐的担心不无道理，也幸亏他下午没去上学，爱国媳妇的心脏病真的犯了。本来，医生曾经叮嘱过她，让她少操劳，只要不干体力活，静养是没事的。

可是这一阵,爱国媳妇每天都挺忙的,又得照顾苏爱国,还得替乐乐和方莹做饭。那天下午,爱国媳妇想抓一只鸡炖了。要不是那只鸡,或许她就坐不在地上了。那只鸡不老实,每天不下蛋,还到处乱跑。正因为它不下蛋,爱国媳妇才动了炖它的念头。

只是那只鸡跑动非常灵活,把爱国媳妇拖得满院子转,而且还故意等她走到近前,然后翅膀一扑棱,就从爱国媳妇的眼前飞过去了,到了她的身后,还咕咕地叫几声,似乎在向爱国媳妇示威。

爱国媳妇抓不着它,一急,心脏病就犯了,当时坐在院子里,倚在墙角上,身子慢慢地往下倒。

也就在这时候,乐乐回来了,赶紧扶正了奶奶,然后去拿药。

爱国媳妇有常备的心脏病药,吃下后,好了些,爱国媳妇这才问:"乐乐,咋没去上学呢?"

乐乐说:"俺脚崴了。"

爱国媳妇就去看他的脚:"瞎说,刚才看你来来回回地跑动,脚没事呢。"

乐乐说:"刚刚一跑,好多了。"

乐乐不去上学,这事在方莹看来,是绝对的大事。苏篷子两口子临走前,把乐乐的学习交给了她,她觉得自己要是管教不好乐乐,是对不起苏家的。因此,方莹从学校回来,就给乐乐上了政治课。

爱国媳妇这一次也不偏袒孙子了,有点火上浇油的意思。当然,她也是想为孙子好。

等爱国媳妇把乐乐的情况一说,方莹急了,拉着乐乐来到电话前,说:"给你爹打电话。"

乐乐说:"俺不打。"

方莹说:"你不打俺打,这孩子,怎么学的不听话了呢。"

说着，方莹就想给苏篷子打电话。苏爱国这时候正躺在床上，他脾气不好，见乐乐三番五次地不上学，就指着他说："你这个兔崽子，想把爷爷气死啊。"

　　乐乐不说话，他不想把自己的心思告诉他们。

　　苏爱国也不知从哪里来了一股劲，忽地一下坐了起来，左手抓住乐乐的胳膊，右手就抡了起来。

　　如果不是谷子突然出现，苏爱国那一巴掌就甩下去了。

　　谷子抬腿进来了，正看到这一幕，就说："等一下。"

　　苏爱国胳膊停在空中，看看走进来的谷子，说："这小子不听话，老是逃学，俺得好好地教训他。"

　　方莹本来想给苏篷子打电话的，见苏爱国动了真火，就拦在他和乐乐的面前。

　　方莹虽然觉得乐乐该训，也不想让苏爱国动真格的。

　　爱国媳妇对谷子说："他伯，你来了也好，就好好劝劝乐乐吧，俺这个孙子啊，有些事还真听你的。"

　　谷子说："婶，这事你们误会乐乐了。"

　　谷子正想说，乐乐大叫道："伯，不许说！"

　　谷子抬头望着他，发现他的眼睛里满是恳求的神色。

　　谷子说："乐乐，伯了解你，可你也得让爷爷奶奶知道你的心思吧，不然他们会着急的。"

　　苏爱国哼了一声："不学习能有啥误会的，俺得好好教训这小子。"

　　他虽然嘴上说，但体力已经支持不住了，倒在了床上。

　　谷子拍拍他的手，说："叔，您就放心吧，乐乐是个好孩子。"

　　说到这，他望着乐乐，嘴巴动了动，还是闭上了。他觉得，孩子需要尊重，既然他不想让自己说出原因来，他就不能说。

　　方莹听了谷子的话后，一直低头寻思着。她不知道乐乐到底是什么原因逃学,总之,他不但逃学,还学会了撒谎,在她这个当老师的心里,乐乐一点儿都不冤。

爱国媳妇说:"谷子啊,你说俺们误会乐乐了,咋回事?"

谷子说:"婶,孩子有孩子的想法,咱们得尊重他,这件事俺不能告诉你们,不过也请你们放心,乐乐不是个坏孩子,他不但不坏,还比同龄人更懂事,更有孝心。"

说到孝心的时候,他语气重了一下,是在提醒苏爱国等人。

乐乐咳嗽了一声。谷子忙说:"好了,俺不说了,让乐乐到俺家坐坐吧,俺跟他好好拉拉。"

谷子带着乐乐来到了自己家里,他给乐乐倒了一杯水,然后问:"委屈了?"

乐乐说:"俺又没做坏事。"

谷子说:"你虽然没做坏事,但在爷爷奶奶和姑姑眼里,却是个坏孩子。"

乐乐说:"俺不在乎。"

谷子看看他,说:"其实你还是在乎的,对吗?你很在乎他们对你的看法,但又不想告诉他们。"

乐乐说:"俺心里不舒服。"

谷子说:"那就告诉他们。"

乐乐说:"可俺说了后,爷爷奶奶肯定不许俺在家伺候他们。"

谷子说:"俺知道。"

乐乐说:"这两次,幸亏俺在家,奶奶都滑倒在外面了。"

谷子眉头皱了皱,说:"这样还真不行。"

乐乐咬着嘴唇说:"俺不能上学了,要照顾爷爷奶奶,不能让他们有什么好歹。"

谷子摇摇头:"乐乐,你不该有这样的想法,因为你还小,你能给家里做什么事呢？再说，你爹娘在外打工挣钱，还不是为了将来你有钱读好大学，有钱娶个好媳妇吗？"

乐乐说："可爷爷奶奶呢，他们陪了俺这些年，身体都这样了，谁管？"

谷子不说话了，只是轻叹一声。

乐乐喃喃地说："俺也知道他们是好心，可俺在学校里也待不下去，一下雨俺心里都是他们的影子。"

谷子点点头。

就在这时，方莹从外面进来了。她眼圈红红的，走到乐乐的面前，拉过他的手，将他抱在了怀里。方莹是跟着谷子和乐乐前后脚过来的，她没有进来，一直在外面听着两人的对话。刚才谷子的话已经提醒了方莹，只是她怎么也想不到一个十一岁的孩子能有这么丰富的思想，能随时随地地想着自己的爷爷奶奶，所以，她听了两人的对话后，她完全明白了。

方莹摸着乐乐的头发说："乐乐，姑误会你了。"

乐乐说："姑，俺知道自己逃学不好，可一下雨，俺就心里挂着爷爷奶奶，在学校里也学不下去。"

方莹说："你能有这样的心思是好的，只是你还是个孩子，爷爷奶奶都期盼着你好好读书，你不能辜负他们。"

谷子也说："是啊，家里的事是大人的事，你年纪太小了，不能承担这么多的责任，你现在最大的任务就是好好读书，只要成绩上去了，说不定爷爷奶奶心情一好，身体也都好了。"

乐乐喃喃地说："俺知道，可是奶奶有心脏病，要不是……"

他不想说出那一幕来。

抬头望着方莹，乐乐用恳求的腔调说："姑，别告诉爷爷奶奶好不好？俺答应你，以后会用心学习的。"

方莹的眼泪唰地一下流了下来。她使劲地点着头。

方莹答应了乐乐,回到家后,真的没和苏爱国两口子提起这件事,只是说乐乐会好好学习的,同时也告诉他们,自己会尽量地给他补习功课。

小学的课程主要是语数外,这些课程对方莹来说,也没有什么辅导的难度,她虽然是语文老师,但小学的英语和数学知识都难不倒他。

晚上,方莹将这两天乐乐耽搁的课程给他补回来了,这才对他说:"去休息吧。"

乐乐回到了东屋,躺在床上,他瞪着大眼望着屋顶。爱国媳妇说:"睡吧。"

乐乐嗯了一声,闭上眼睛。他觉得谷子和方莹的话也有道理,或许学习是报答爷爷奶奶的最好方式,他如果每天在家伺候他们,别说他们不答应,成绩下去了,也无法向他们交代。

想通了这一点,乐乐很快就进入了梦乡。

爱国媳妇看看睡梦中的小孙子,爱怜地给他盖了盖被子。

苏爱国叹息一声。

爱国媳妇说:"怎么了?"

苏爱国说:"没什么。"

爱国媳妇说:"白天里你那一巴掌要是下去,还不把孩子给打坏了。"

苏爱国说:"哪能呢,你又不是看不出来,俺只是想吓唬吓唬他。"

爱国媳妇说:"你这头倔驴,收得住胳膊吗?"

苏爱国说:"其实咱俩心里都清楚,这孩子心里在想什么。"

爱国媳妇不说话了,半晌,她才叹息一声:"能有这样的孙子,俺就是心脏病死了也瞑目了。"

苏爱国说:"别瞎说。"

爱国媳妇说:"下雨的时候,这孩子一回来,俺就觉得不对劲,他说崴了脚,俺就寻思着崴了脚咋能跑回来呢?看他说话吞吞吐吐的,俺一想,就知道他是牵挂着咱们。"

其实,乐乐并没有瞒住爷爷奶奶。苏爱国两口子毕竟和小孙子在一起生活了这些年,对他太了解了。

爱国媳妇看看小孙子,担心吵醒了他,朝苏爱国嘘了一声,做了个手势,两人就休息了。

爱国媳妇躺下时,苏爱国见老伴儿似乎一咧嘴,就问:"咋了?"

爱国媳妇说:"没事。"

下雨的时候,爱国媳妇滑倒在地上,胯骨受了伤,不过她没吱声,担心把儿子儿媳从塘沽折腾回来。还有乐乐和方莹,都不得安宁,老伴儿已经病倒了,她再躺下,这个家就乱了。她不在乎自己这把老骨头,她知道,就是摔不出伤来,说不定哪天她也得栽在心脏病上。

第二天早上,爱国媳妇想起床做饭,才觉得胯骨疼得更厉害了。她摸索着下来床,来到外面,发现方莹已经起来了。方莹看到爱国媳妇,就说:"娘,你别管了,从今天开始,俺每天早起做饭吧。"

爱国媳妇说:"那怎么行,你晚上还得备课,还是娘来吧。"

方莹说:"没事,俺习惯了就行了。"

以前方莹要备课到晚上十一点左右,另外她还喜欢看书,所以,早上不习惯早起,但昨天知道了乐乐的事后,觉得自己该为这个家多做点什么,除了辅导乐乐的功课,和来回接送他外,她想应该先把做早饭的活接过来,这样的话,爱国媳妇就不用起早了。

从这天起,方莹真的承担了做早饭的任务,而且还告诉爱国媳妇,晚上这顿饭可以等她回来再做。晚上没有课,不必要像中午那样赶时间。爱国媳妇不是不想做饭,问题是她那些天身体真的不太好,就只好依了方莹的话。

方莹把一天中的两顿饭接了过来,以此来开导乐乐。乐乐觉得姑姑这样做,就是想让自己把爷爷奶奶的事放下,专心学习。他想了想,爷爷奶奶不用早起,不用做晚饭,真的就去了大半的事务,于是松了口气。

又一个雨天到了。快中午的时候,爱国媳妇见雨还不停,就对苏爱国说:"俺去给孩子们做饭。"

这时候,苏爱国的身体已经好多了,爱国媳妇的胯骨也没大碍了。

苏爱国说:"要不俺来吧。"

爱国媳妇白了老伴儿一眼,说:"你这辈子做过的饭手指头都数得过来。"

几十年来,苏爱国就做了几顿饭。

说着,爱国媳妇就往外走。苏爱国看到老伴儿的身子有些歪,就问:"你的腰咋了?"

苏爱国以为媳妇的腰出了问题。爱国媳妇说:"腰没事,是胯,前一阵下雨时摔了一下。"

苏爱国急了:"你咋不早说呢?"

爱国媳妇说:"说啥?当时你躺在床上,谁伺候俺啊。"

苏爱国不说话了,他知道老伴儿是不想折腾儿子儿媳。

爱国媳妇接着说:"没啥大不了的,不是已经好了吗?"

苏爱国说:"是不是摔裂了?"

爱国媳妇没说话,"要不了命,来,搀俺一下。"

爱国媳妇要下台阶,担心外面滑,又摔倒在地上,苏爱国过去搀扶住他。老两口儿互相搀扶着来到了厨房里,苏爱国看着老伴儿在锅灶前忙碌着,苏爱国不禁一声感叹。

爱国媳妇说:"这事千万别和孩子们说。"

苏爱国没说话。

爱国媳妇说:"说了也没用,都过去这些天了,胯上的伤都好了。"
苏爱国说:"你啊……"
说到这里,苏爱国说不下去了,朝自己的嘴巴子来了一巴掌。爱国媳妇说:"后悔当初躺在床上了?"
苏爱国说:"是啊,俺要是像现在一样,就能照顾你了。"
爱国媳妇呸了一声:"就你?这辈子你照顾过俺几回?"
苏爱国说:"好了,别说了,孩子们快回来了。"
苏爱国的话刚说完,方莹和乐乐就冒雨回来了。
雨不大,淅淅沥沥的没完没了,两人裹在雨披里蹿了回来。
乐乐一下车,就往厨房里跑。
爱国媳妇问:"饿了吧?"
乐乐摇摇头,又跑了出去。
他不是饿,而是想看看奶奶,有没有事。刚刚回到家里,他就看到了从厨房冒出去的烟,知道奶奶正在做饭。他进去看了一眼就跑了出来。虽然只有一眼,但他还是看清楚了,奶奶和爷爷都在,都没事。

方莹承担了做饭的任务,包括周六、周日,但是,爱国媳妇年龄毕竟大了。就在夏季的一天,再一次滑倒在地上。这一次,苏爱国也在身边,只是没拉住她。
爱国媳妇不但倒了,还把老伴儿给拉倒了。两位老人都倒在了地上。由于两个人互相拉扯,倒地的时候,爱国媳妇身体并没摔到,不过被苏爱国一压,胸口挤了一下子,躺了两天才起来。
刚好第二天就是周六,乐乐不上学,就在家里照顾奶奶。
爱国媳妇不住地说:"不是奶奶腿脚不行,是被你爷爷推倒的。"
爱国媳妇这样说,是想告诉孙子,她还没事。
乐乐说:"爷爷为啥推你?"
爱国媳妇说:"俺说该做饭了,他偏说下着雨,你们回不来这么早,让再等等，俺就骂了他一声倔驴，他驴脾气一上来，就把俺推倒了，要不然，俺才伤不了呢。"

乐乐就朝爷爷望去。

苏爱国假装生气，说："谁让你骂俺，俺就倔咋了？"

乐乐说："爷爷，奶奶骂你一句你就受不了啦？"

乐乐真的信了奶奶的话，他毕竟是个孩子。再说，他不知道自己的秘密已经不是秘密了。

苏爱国哼了一声："说俺倔驴，你和你爹不都是倔驴了？"

乐乐说："驴又咋了，也不能推人啊，奶奶这岁数的，还不摔出毛病来？"

苏爱国说："好，好，俺以后不推她就是了。"

苏爱国觉得戏演得差不多了，不能继续下去了，要不然，乐乐这头小倔驴，还不知道弄出什么事来。

方莹一直没插嘴，她从苏爱国两口子的神色和语气中，听出他们像是一唱一和，所以，对他们的话也没怎么信，只是觉得心里有些歉疚，毕竟老人是为了给她和乐乐做饭才这样子的。

方莹说："要不，以后中午饭也等俺回来做算了。"

爱国媳妇说："闺女啊，可别把娘当成废人啊，娘还没事。"

方莹说："其实等俺回来做还是有时间的。"

爱国媳妇说："俺早点把饭做好了，你们吃了饭也有休息的时候，要不就太赶了，再说，俺要是连顿饭也不做，还有啥事干。"

方莹还想说话，苏爱国摆摆手："别说了，让你娘做顿饭吧！"

方莹去了西屋，备课去了。

这时候，乐乐跑了出去。但他并没去找大胖玩，而是去了厨房。以前，他有好几次站在奶奶的身边，认真地学习做饭的手艺，那天他便尝试着给奶奶炖了一个鸡蛋羹。

虽然看起来简单,但做起来就复杂多了。他的个头不高,使用锅灶的时候,得踏在小板凳上,一不小心还差点摔倒。打好鸡蛋,把煤气罐打开。开煤气罐的时候,他的心怦怦地跳,因为奶奶曾经警告过他,小孩子一定不能随便开这东西,而且,这东西是非常危险的,必须记住打开的顺序。

乐乐壮着胆子,还是把煤气罐打开了,然后把锅放在上面,又倒了水,这才把打好鸡蛋的碗放在锅里。

不多时,他觉得鸡蛋羹差不多了,就打开盖,用筷子试了一下,还不熟。又等了一会儿才把煤气关上,再一看,鸡蛋羹过火了。乐乐有些沮丧,不过他还是将自己的作品端到了奶奶面前。

苏爱国两口子都以为小孙子出去玩了呢,没想到他变魔术般弄出一碗鸡蛋羹来,就问:"你做的?"

乐乐非常自豪地说:"不是俺还有谁。"

爱国媳妇用勺子尝了一口,嗯了一声:"还不错,就是没放盐。"

乐乐哎呀了一声,一拍脑袋:"把大事忘了。"

爱国媳妇笑着说:"这已经很不错了,盐没放,火候也过了些,不过屁大的孩子还能做饭,奶奶已经很高兴了。"

苏爱国板着脸说:"不行,以后可不许再摸煤气罐了。"

乐乐嘟着嘴说:"俺小心点还不行吗?"

听到说话声,方莹从西屋过来了,知道乐乐做了一碗鸡蛋羹,就说:"以后还是别做了。"

乐乐见大家都把自己当成了孩子,非常沮丧。

爱国媳妇看出小孙子不高兴来了,忙说:"不管怎么说,这是奶奶这辈子吃过的最好的一顿饭。"

爱国媳妇不是随便说说,在她心里,真的很满足,因为她体会到了乐乐的那份孝心,尽管这是一碗并不完美的鸡蛋羹,却蕴含着浓浓的情意。

第十一章 拐杖

爱国媳妇在床上倒了几天就起来了，当然，她也是为了让方莹和乐乐安心上学去，才坚持着下了床。

苏爱国把自己那根拐杖递到老伴手里，说："小心些吧，保护好自己，也好让孩子们安心。"

爱国媳妇说："俺用你的拐杖，那你呢。"

苏爱国说："俺再找根棍子就是了。"

苏爱国本想出去找棍子，没想到刚一出门，发现门外放了一根拐杖。这根拐杖是乐乐放在这里的。事实上，这是大胖爷爷的。

年前大胖爷爷的拐杖放在屋外面，被风一刮，骨碌到墙根底下去了。天亮后大胖爹也没仔细找，就去了城里，回来时又带了一根。不过，大胖已经给爷爷找到了拐杖。大胖爷爷觉得还是原来的拐杖顺手，摸着也光润了，那根新的就一直在家放着，也没人用。乐乐一早起来，想起了爷爷和奶奶的身体，觉得如果没个拐杖，他们走路都不安全。所以，他打开大门后，就去了大胖家，把大胖爹买的拐杖拿了来。

苏爱国握着拐杖，不知为什么，就觉得乐乐站在身边，而且，他已经长大了，正搀扶着自己。

那把拐杖，在苏爱国的眼里，无疑就成了乐乐。

苏爱国的腿脚虽然不太好，但是有两个地方是他必去的。尽管他已经拄着拐杖走路了,还是会经常出门,到那两个必去的地方站站。

第一个地方就是父亲的坟地。

苏爱国不像一般人那样,在节日里上坟,他想起父亲,或者觉得有什么要和父亲唠唠时,就去地里待一会儿。

那天,苏爱国拄着拐杖,一口气走到了地里。

或许是拐杖上传递的力量吧,一路上,他总觉得小孙子搀扶着自己。

来到父亲的坟前,苏爱国把拐杖一放,慢慢地坐在地上,喃喃地说:"爹,俺来看你了,你重孙子很乖,很懂事,他虽然年龄小,可像个小大人,知道孝顺,你就放心吧,这孩子将来肯定有出息的。"

从坟地里回来,苏爱国在家里待了一会儿,又出来了。

他那天很兴奋,或许是那把新拐杖的缘故,让他在家里坐不住,就像一个刚买了新车的人,非要出去兜一圈才是。

苏爱国当然不能像开车兜风那样潇洒,不过他还是神清气爽地来到了村头。

父亲的坟地在村西,他所来到的村头在东。到了村头,就是一条宽广的柏油路,向北直通朱集镇,向南不远就是崔家路口,崔家路口有一条东西大道,向东通往庆云县,向西十里便是乐陵城区了。

八里庄的村头有一棵老枣树,那是苏爱国的父亲苏有财栽下的,那棵老枣树和苏爱国同岁。

抚摸着沧桑的树干,苏爱国颇有感慨地说:"老伙计,咱们都老了。"

在苏爱国心中,觉得这棵老枣树就是他自己,因为当年父亲种下它,就是要纪念他的出世,也正因此,苏爱国才习惯了到老枣树下待一会儿。

苏爱国喜欢喝酒,但不太喜欢抽烟,不过老枣树底下是他习惯抽烟的地方。有时候,他会蹲在这里,背靠着老枣树,点着一支烟,吧嗒吧嗒地抽着,目光顺着眼前的烟雾,伸向远方。

苏爱国习惯到老枣树下,是为了眺望远处的路。因为,这条路是儿子苏篷子打工回来的路。

乐乐很清楚爷爷的心思,所以每到周六、周日,他都会陪伴着爷爷到这里来。

乐乐也常常眺望远处,只是他和爷爷不同。乐乐每每放了学,就会去村南的河边坐着,望着对面的枣林。当然,晚上他也会坐在门口看星星。

有时候,他甚至会一颗颗地数着。

这个习惯他是从奶奶那里学来的。

他小的时候,奶奶有时候坐在大门口眺望星空,乐乐就问:"奶奶,你看什么?"

爱国媳妇就说:"找你爹啊。"

乐乐就问:"俺爹在哪里?"

爱国媳妇朝空中一指:"瞧,天上的星星,你爹就在里面。"

乐乐就朝天上望。他发现天上有数不尽的星星,又问:"到底哪一颗是俺爹啊?"

爱国媳妇就说:"哪颗往这边来,就是哪一颗。"

乐乐默默地望着,有时候也会问:"爹什么时候回来呢?"

爱国媳妇说:"等到星星靠近了,你爹就回来了。"

后来,爱国媳妇由于心脏不太好,就很少晚上看星星了,尤其陈圆圆跟着苏篷子一起外出打工后,爱国媳妇心宽了许多。不过乐乐却渐渐地养成了习惯。

那天晚上,乐乐睡到一半。不知为什么,他再也睡不着了,就披了衣服走了出来。

外面,满天的星星,正在眨啊眨的,好像一只只眼睛。乐乐打开大门,一个人坐在门口,眺望着远方。他喃喃地说:"爹,娘,你们在哪里,正在看着俺吗?"

尽管已到了夏季，但是夜风还有些凉。

乐乐一颗颗地数着天上的星星，渐渐地就觉得有些困了。他身子朝后一倒，倒在一个软软的怀里。原来，方莹也出来了，方莹说："回屋睡吧。"

乐乐嗯了一声，打个哈欠。

他知道，只要家里没什么事，爹和娘不到春节是不会回来的。但是，他还是习惯了眺望星空，期待着那一天早点到来。

很快，暑假到了。临放假前，学校里接到电视台的一个消息，记者要去天津采访一些打工者，可以带上一个留守儿童随同。

当时，方莹本来想报乐乐的，她希望乐乐能趁着这个机会去看看父母。但是乐乐拒绝了，他推荐了大胖。

大胖非常高兴，尽管他要有几天的时间不能和乐乐在一起玩。

方莹也没坚持自己的初衷，她明白乐乐的心思。他不想去，就是想趁着暑假的机会，好好陪陪爷爷奶奶。

方莹猜透了乐乐的心思。乐乐真的是这样想的，放了暑假，每天他除了把该做的作业做完，就在奶奶身边跑前跑后的。每次苏爱国出去，他都跟着，真的成了苏爱国的拐杖。

苏爱国从方莹的嘴里听说乐乐放弃了去塘沽看爹娘的机会，忍不住替他惋惜。有一天，趁吃饭的时候，苏爱国对乐乐说："你这个傻孩子，人家电视台去塘沽，你咋不跟着呢。"

乐乐说："车上就空一个位子，又不能都去。"

苏爱国说："可这事你姑一说就行，校长也知道咱家的情况。"

乐乐说："大胖比俺更需要，再说，留守的孩子又不是俺一个人。"

苏爱国叹息一声，他觉得这个机会非常好。

爱国媳妇也表示了惋惜，她说："你这孩子，一年到头，和爹娘在一起待不了几天，多好的机会啊，咋不去呢。"

方莹说:"乐乐的心思,你们还不知道吗?"

苏爱国夫妇当然知道,只是从小孙子的角度看,他希望孩子能够去塘沽待几天。

但是,乐乐不这样认为,他觉得自己平时没多少孝顺爷爷奶奶的机会,暑假时间充裕了,该在他们面前尽尽孝心了,虽然他很想念爹娘,但他更明白爷爷奶奶比爹娘还需要自己。

乐乐最好的伙伴除了大胖,就是方香。暑假里,乐乐很希望方香能够来八里庄。但他去了方向党家多次,方向党总是送给他几句唉声叹气。后来,方向党见乐乐又去,就说:"俺比你还想见方香呢,可是高三婷不让俺见,咋办?你说咋办?"

方向党还想依赖乐乐,虽然乐乐只是个十一岁的孩子,方向党却觉得他颇有些头脑,总能做出让自己意想不到的事情来。

"多大的事啊。"乐乐正要一拍胸脯,说"包在俺身上了",那只手没落到胸脯上,却落在了方莹的手里。

方莹正好进来,就抓住他的手,说:"可别胡说,上次的事还小吗?"

方向党看到妹妹,忙说:"让他去,这小子俺信得过。"

方莹白了他一眼,把乐乐给拉回来了。

在方莹的阻挠下,乐乐这一次没有进城。方莹有自己的想法,她觉得方香属于方向党和高三婷的家务事,这事法律已经有定调了,乐乐要是一掺和,说不定就把水给搅浑了。

那几天,乐乐内心非常孤独。后来,他只能去找谷子。虽然他们之间相差三十岁,却成了交心的朋友。只要谷子不外出当差,乐乐就去他家里,欣赏他的乐器,或者去河边和他并肩坐着,在他的唢呐意境中徜徉着自己的思绪。

天很蓝,空旷的天际容易让人产生无限的遐思。乐乐喜欢看天,无论白天，还是晚上。他喜欢将思想放飞，让它像燕子一样在空中盘旋。

他听奶奶说过，燕来不过三月三，燕走不过九月九。

自从燕子一来，他就经常观察它们。河边是燕子常来的地方，因为燕子要筑巢，要来河里衔泥。

看着它们一次次地往复，乐乐眼里就有了一个燕窝的形象。

还记得小时候和大胖因为燕窝闹过别扭。

大胖的家里有一个燕子窝，就在外屋的梁上。有时候，乐乐去他家玩，会看到燕子从敞开的门里飞进去，又飞出去。一天，他拿了一个杆子，想把燕窝捅下来，大胖不干了，说："不能捅。"

乐乐说："咋了？"

大胖说："这是燕子的窝，它们还要孵小燕子呢。"

乐乐说："叽叽喳喳的，多烦人，捅了。"

乐乐就在大胖的反对下，把燕窝给捅了。那之后，大胖有五六天没理他。乐乐觉得心里空落落的，他没想到一个燕窝让他丢掉了友情，于是到了星期天，他来到大胖家，发现大胖正在仰着头看着燕子的新窝。

原来乐乐捅下燕窝后，燕子又搭了一个，而且看上去比原来的更美观了。

原来的燕窝是在旧的基础上筑的，现在的燕窝几乎是全新的，新鲜的泥土气息在屋子里弥漫着。

大胖看到乐乐，就张着手臂护着，不许他往里走。乐乐说："俺不捅了还不行吗？"

两个孩子又在一起玩了，也会常常一起抬头看着燕窝，直到看到燕窝里孵出了雏燕。

乐乐觉得很好玩，尤其是燕子妈妈回来时，小燕子们一个个伸着头，张着嫩黄的嘴巴，去燕妈妈嘴里啄食的情景，记忆在他的脑海里。

不过那时，他感受很少。这几年，他常常将自己比成一只小燕子，仰着头，等着燕妈妈的归来。

他很庆幸，自己当时没有和大胖闹僵，否则燕窝就会一直被他捅下去，小燕子也会失去幸福的巢，甚至不会出生。

他清晰地记得，有一次，两个人正在抬头看着，一只小燕子居然从巢里栽了下来。大胖用他肥厚的小手准确地把雏燕捧在了手里，不住地说着："阿弥陀佛。"燕子的羽毛还没有长全，摸上去身子温温的，看上去嫩嫩的很可爱。乐乐有了一种据为己有的念头，他想起了扔在自家柴房的鸟笼子。

鸟笼子是苏篷子小时候用的。他听爷爷说过，父亲小的时候贪玩，常常让他帮自己摸鸟。苏爱国禁不住儿子的央求，就给他做了一个鸟笼子，但是没帮他摸鸟。

后来，那只鸟笼就被苏篷子扔在了柴房里。

乐乐一转身，就跑回了家里，把鸟笼子提了回来，对大胖说："快把小燕子放进来。"

大胖瞪大了眼睛，说："小燕子不能离开妈妈。"

乐乐说："有啥不行的，俺会养着它。"

大胖说："不行。"

乐乐说："那就把它爸爸妈妈都抓起来。"

大胖的脑袋摇得像拨浪鼓，捧着小燕子倒退着。从大胖的眼睛里，乐乐看到了距离，那是友情的距离。他不想失去这份友情，只好把鸟笼子一扔，说："俺不玩了还不行吗？"

大胖说："那你帮俺把小燕子放上去。"

大胖晕高，乐乐却不怕。搬了桌子来，上面又摆两张椅子，就猴子一样上去了，把小燕子放回了窝中。

后来，乐乐从书本上学到，燕子是益鸟，要学会爱护它们，就松了口气。大胖非常神气，对他说："瞧见了吧，当时要不是俺，你就犯大错了，警察会把你抓起来的。"

乐乐假装不在乎:"让他来抓,看俺敢不敢。"

他嘴里虽然这样说,但之后一直对燕子很好。

春天里,燕子又回到了大胖家。他有时看了,会抬着头默默地望着。

其实不但大胖家,他家里也住过燕子,只是自从翻盖了新屋后,门窗玻璃防护得严,燕子进不来,就去别处筑巢了。

有一次,他问奶奶:"燕子还是去年的燕子吗?"

爱国媳妇说:"是啊,燕子认路,它去年在哪里住过,今年还要回哪里筑巢。"

乐乐说:"咱们家没燕窝了,它们去哪里呢?"

"去别人家吧,筑新窝去了。"

乐乐观察过,这两年村子里新房多了,正房里燕窝几乎没有了。那些燕子从南方回来,先是停在院子里的晾衣绳上,然后叽叽地叫。显然,它们发现今年的房子和去年不一样了。它们盘旋着,在半空一直叫着,很久才会离去。也有不忍离去的,就在偏房里筑巢,甚至有在门洞里的。

去年,燕子就在乐乐家的门洞里筑过巢。

燕子衔泥时常常会落在地上,也会拉一下屎,正好在过路的地方,苏爱国很反感,就说:"你说它在哪里筑巢不行,偏偏在门洞的正中。"

有一次,燕子屎正好落在苏爱国的脸蛋子上。乐乐呵呵地笑,爱国媳妇也笑。苏爱国就拿起棍子,说:"俺捅了它。"

乐乐忙说:"爷爷,不能捅,燕子是好的动物。"

苏爱国当然不是真捅。

乐乐担心,于是将爷爷的三轮车放在燕窝下,又搬了两把椅子,站在上面,在燕窝下面做了一个隔板。这样一来,泥巴和燕子屎就落在了隔板上,不至于把门洞的地面弄得一塌糊涂,更不会落在人身上了。当然,每隔一段时间,乐乐会帮燕子们清理一下垃圾。燕子起初还是一副害怕的样子,他一上三轮车,燕子们就飞了出来,在晾衣绳上叽叽喳喳地叫。似乎是哀求，又似乎是向老天告状。

不过，后来看到乐乐并没有伤害燕窝，它们就胆子大了，有时乐乐再清理垃圾时，它们就在窝里，也不躲避。

乐乐感觉自己做了一件非常了不起的事，他把大胖叫来，欣赏自己的杰作。大胖说："这还是你家原来的燕子吗？"

乐乐说："肯定是，它们认家。"

大胖说："你这办法好，俺回去也弄个。"

大胖家的燕窝就在正房的外屋里。由于大胖家住的还是老房子，因此，燕窝一直在着。

燕子选择筑巢，需要靠近檩条的地方。以前的房子，都是檩条的，上面铺着苇板，燕子会选择一根檩条，然后借着檩条和苇板，把巢筑起来。这几年的房子都有了吊顶，或者楼板的屋顶，别说门窗严实了，燕子进不来，就是进来了，也不能筑巢了。

大胖回去后，又回来了，他自己做不到，还得乐乐帮忙。

乐乐索性帮到了底，替他剪了纸箱，做成一个吊篮样的东西，挂在燕窝下面，这样一来，大胖只需要到时候解开绳子，把吊篮清理一下就行了。

乐乐的创意得到了大胖爷爷的赞许。大胖爷爷说："还是乐乐聪明啊，俺活了一辈子，燕子屎掉进碗里也不是一次两次了，咋没想到这办法呢。"

乐乐说："那是爷爷身体不好，没法上去。"

大胖爷爷说："瞎说，俺像你这么大的时候身体也不好吗？"

乐乐就笑："当然不是了。"

大胖爷爷摸摸他的头，说："现在的孩子，是越来越聪明了。"

第十二章 燕子

夏夜闷热,八里庄有很多人搬着凳子,坐在大门口乘凉,乐乐便是其中的一个。午夜后,村民已经陆续地回家睡觉了,街道两边闲坐的人越来越少,有时候会只剩下乐乐一个人。

他双手托着腮,凝望着天空的星星,耳边仿佛传来谷子的唢呐声,音乐就像长了翅膀的燕子,将他的思绪带上了天空,带向远方。

有一天,乐乐和谷子坐在河边。他望着空中的燕子,问谷子:"伯,你喜欢燕子吗?"

这话让谷子的思绪,一下子回到了记忆的甬道里。

有一年,秋天刚刚离开,老根就拎着竹竿来到谷子的家里。

房子很矮,也很旧,被油烟遮盖了本来面目的梁上有一个燕子窝。泥垒的窝紧紧地贴着屋顶,几根羽毛混在杂草中,朝外探着头。

老根把竹竿举了起来,还瞄了瞄准。就在这时候,谷子从里屋出来了。谷子本来蔫蔫地耷拉着头,左手里还提着一个酒瓶子,一抬头看到老根,突然间小眼睛里就迸射出两道怒光。

那时候,老根刚娶了桃叶,谷子心情不好,正在用酒麻醉自己的神经。

"出去!"谷子狮吼了一声。老根没动,一脸阴云地说:"谷子,燕子已经南下了,就让俺把这破窝捅了吧!"

谷子将酒瓶子一举,大喝一声:"出去!"瓶里的酒顺着窄窄的嘴巴,汇成了一条细线,顺着谷子绷紧的手腕、胳膊淌了下来。

老根走了,他不想在谷子失去理智的时候惹他。不过后来,他还是来过几次,只是那段日子,谷子很少清醒过,老根没有找到和他说话的机会。

想到这里,谷子叹息一声。
乐乐问:"咋回事?"
"老根,当年他想捅了俺家的燕窝。"
"他捅了吗?"
"他敢!"
说完,谷子沉吟半晌,接着说:"只是后来,他还是做到了。"
那天,大门上着闩,老根是从院墙的缺口里跳进来的。谷子家的院墙是土垒的,斑驳的墙皮就像被羊群啃过的草原。
一想到院墙,谷子就忍不住想起爹来。谷子爹是个泥匠。
前些年,十里八村,无论谁家盖屋,只要谷子爹咳嗽一声,干活的人,屁都不敢放。大墙一起,谷子爹把泥板往腰里一别,肚皮上涂了两道灰突突的泥痕,就像打撒了麻汁酱。谷子爹倒背着手,来到北墙和东墙的夹角处,上身往后一仰,头微微歪着,左眼一闭,右眼瞄着墙线。这时候,大家的心都提在嗓子眼上。

"还不赖,挺齐的。"谷子爹一说,所有人都松了口气。随后,谷子爹又来到北墙和西墙的夹角处,大家的心又都提了起来。

那时候,鲁西北的墙,经过了一段坯垒的历史,后来,有一段时期是土垒的,一层泥一层土,谷子爹站在大墙上,手里拎着一根棍子,来回地拨着两边的泥土,让大墙保持着齐整。随着大墙的不断拔高,谷子爹也高大了不少。谷子爹的杆子指在哪里,泥土就落在哪里,很多人都说谷子爹像一位将军。谷子爹听到后就呵呵地笑。

当时的泥匠,非常吃香,谷子爹走到哪里,都会被人家高看一眼,吃饭的时候,也会被主家请到正中的位置。谷子爹不爱说话,但一喝上酒,嘴上就没把门的了,粗糙的手不住地挥着,手背上的泥巴还没洗净呢。

"你们请俺来就对了,俺的眼光,比木匠吊线还准。"谷子爹自豪地说着,旁边的人都连连称是。

有一次,谷子爹感冒了,裹了三层被子,还说骨头缝里有冷风嗖嗖地钻。凑巧,老根家盖房子,老根媳妇来请谷子爹。谷子爹刚坐起来,又趴下了,说:"弟妹啊,俺起不来了,你能不能迟几天再盖?"

老根家的房子是不能迟盖的,因为有人给老根的儿子说了个媳妇,定准了半月后来相亲,没新房子,老根心里不踏实。

谷子说:"要不俺去吧。"

谷子爹就骂了他一句:"去个屁,你小子走路还不稳呢,就想掌杆?"

其实,谷子早就想掌杆了,他很羡慕爹,不用去端那些压手的铁锨,不用去推那些沉重的土车,不用去一担子一担子地挑水。谷子不听谷子爹的,他还是偷偷地去了老根家,而且抢上了"掌杆"的位置。只可惜,谷子晕高,大墙还没到齐腰高,谷子那两条腿就开始发软,接着打战,人从上面溜了下来。后来,谷子爹裹着被子站在墙上,愣是把老根家的大墙踩了起来。

眼看着谷子成年了,谷子爹决定教他"掌杆"的手艺,谷子却怕得要命,从此离大墙远远的,挑水和泥可以,上墙是万万不肯的。谷子爹不住地叹息,因为那时候的女孩子,喜欢有手艺的,谷子什么都不会,能娶上媳妇吗?

谷子想到这里,嘴角流露出苦涩的味道。

乐乐和他心灵相通,就问:"伯,那时候,就没人给您说媳妇吗?"

谷子叹息一声:"其实还是有的。"

十九岁时，三姑给谷子说了一个女孩子。一见面，女孩子就问谷子："你会啥手艺？"谷子说："什么都不会。"女孩子就站了起来，迟疑一下，又问："听说你爹会踩墙，是个掌杆的泥匠，那你呢？"

　　谷子说："俺晕高，只会挑水、和泥。"

　　女孩子听完，就头也不回地走了。接下来的几年，谷子先后和十里八乡的几个女孩子见过面，结果都和第一个一样。

　　谷子爹为谷子的婚事着急，有时候指着谷子的鼻子骂，骂他不争气。谷子前几年还闷着头很自卑，可有一天，他终于可以理直气壮地为自己辩白了。

　　那一天，三姑又带了一个女孩来。一进院子，谷子爹就和谷子迎了上去。女孩瞥一眼谷子，就开始打量谷子家的房子。谷子爹说："闺女啊，俺这个儿子，就是个庄稼把式，也没啥手艺。"女孩目光瞥着那排土垒的北屋，半晌说："怎么还住这种房子？"

　　女孩子这句话，就像一块石头，把谷子的心压得沉沉的。谷子爹凝望着当年自己一脚脚踩起来的房子，不住地叹息。女孩子走后，三姑说："争口气，把房子翻盖了吧。"

　　谷子有话说了："你老是怪俺不争气，这次可不是手艺的事了，是咱家的房子太破旧了，您看看，谁家给孩子娶媳妇不盖混砖的屋？"

　　谷子爹瞪了谷子一眼："盖个屁，有个窝就不错了。"

　　其实，谷子爹也曾动摇过，亲友们也愿意帮助谷子爹，把旧房子翻盖了，给谷子娶一门媳妇回家来。谷子爹不想翻盖的真正原因，是屋顶上的燕子窝。

　　不知从哪年开始，梁上多了一个燕子窝，每年春天，一对燕子出现在院子里的晾衣绳上，接着从敞开的门里，飞进里屋，钻进窝中，到了秋天，那对燕子就会带着它们的孩子离开这里。谷子爹常常坐在门槛上，看着燕子从屋里飞出去，远远地飞上天空，不多时，又飞了回来，落到晾衣绳上，嘴巴上叼着一点细泥。接着，燕子从谷子爹的头顶飞过去,落在屋顶的巢上。当谷子爹看到燕子就像泥匠一样在修筑着自己的巢时,他很动容。

谷子知道了爹的心结,做出了大胆的决定。他趁爹不在时,用杆子把燕子窝捅了下来,又很快地处理了地上的泥草。谷子爹从外面回来,听到两只燕子的尖叫声。那声音似乎充满了愤怒。谷子爹抬头看着燕子,见它们在院子的上空盘旋着,似乎发生了什么。谷子爹一只脚刚迈进门槛,就看到梁上的燕子窝不在了。那一天,谷子的屁股上多了两道红痕,那是谷子爹用木棍打的。当然,谷子已经成年了,要是和谷子爹打架,谷子爹未必打得过他,可谷子是个孝子,他不敢还手,只是不住地辩解。谷子说:"俗话说,一檩穷,二檩富,三檩卖豆腐,咱家的燕子窝搭在一檩上,有个屁用。"谷子爹低下了头,显然,谷子这句话对他的打击很大。

接下来,燕子继续了它们的筑巢行动,它们依然选择了一檩。谷子想再次把燕子窝毁了,他刚抄起竹竿,就被谷子爹夺了过去。咔嚓一声,谷子爹把竹竿折断了。他瞪着眼睛说:"滚!"谷子真的滚了,而且一滚就是一年。

这一年,谷子进了城,跟着同村的一个包工头在城里盖房子。一年后,谷子回到谷子爹身边,父子俩都冷静了不少。谷子看到,燕子又来了,而且在加固着去年的巢。

"爹,俺有个折中的办法。"谷子说,"咱们在墙外面加一层砖吧,盖成砖包皮。"谷子不想刺激谷子爹,但也不想因此娶不上媳妇。

谷子的建议的确很折中,不需要翻盖房子,屋内的原貌可以保持下来,只不过是将外墙重新包装一下。当时,在鲁西北,很多盖不起混砖房的村民,把坯房外贴一层砖,也就是多一层包装,好看。谷子爹点点头,同意了谷子的意见。当年秋后,谷子的房子改建成了"坯贴砖",从外面看,像混砖的屋,好看是好看,其实明眼人一下就能看出来,因为后贴的砖,为了省料,大多是竖砖,就像贴饼子一样,贴在墙上的。

　　缺少了踩墙过程的修建,谷子爹非常失落。整个冬天,都沉浸在一种郁闷的气氛里,连大年三十的鞭炮声,也没把谷子爹的笑容给引出来。谷子爹是最喜欢放鞭的,在那之前,他几乎年年都像小孩子一样,把大年震得啪啪地响。

　　正月初六,三姑带了一个姑娘来,比谷子小三岁。女孩一进屋子,就说:"俺怎么觉得这家的房子怪怪的?"三姑说:"房子就这样了,你看人怎么样。"女孩瞥一眼谷子,说:"听说你在城里工作?"谷子说:"是。"女孩又问:"那你是干什么工作的?"谷子说:"建筑工。"女孩一脸的失望:"盖房子的啊,俺还以为你在哪家单位上班呢。"女孩连椅子都没坐热,一抬屁股就走了。

　　谷子的亲事还是没有着落。三姑说谷子傻,既然姑娘认为他在城里上班,他就该含混地说过去。那个时候,上班族被称为端上了铁饭碗,谷子知道自己没那本事,他不想欺骗人家。

　　院子里的柳树刚刚换完绿装,燕子就来了。两只燕子在树梢上盘旋着,俯冲下来,落在晾衣绳上,然后又上了屋檐,叽叽喳喳地叫着,冲上树梢。谷子爹本来坐在门槛上,听到燕子的声音就抬起头,跑到院子里,朝着燕子不住地招手。早在十几天前,谷子爹就每天张望着天空,他有一种担心,担心燕子找不到家。此时,他的担心应验了。

　　燕子似乎认出了谷子爹,它们再次俯冲下来,落在晾衣绳上。谷子爹欣喜地把屋门开到最大,还朝屋里指着,燕子终于飞了进去,落在了它们曾经一点一滴地筑起的巢里。

　　谷子爹那燕子窝似的疙瘩脸上泛起了笑容,那个中午,谷子爹打开一瓶过年都舍不得喝的酒,把自己灌醉了。躺在床上,谷子爹的手还在下意识地舞动着,就像踩墙时指指点点的样子。

　　一晃几年过去了。这年,谷子爹接到了老根的通知,村里要建一个小枣加工厂,想将谷子的房子当仓库。老根找谷子做工作,说:"谷子啊,你一年年地到处瞎混,到现在也没混上个媳妇,俺琢磨着是工作的问题,只要你答应把房子拆了,俺就许你在厂子里工作,以后你收入稳定了,媳妇还算事吗?"谷子动心了,但想起爹,眉头就像包子褶皱在了一起。

"俺的工作好通,问题是俺爹。"

"好吧,你爹那里,俺去做工作。"

老根硬着头皮来见谷子爹。他刚一张嘴,就被谷子爹骂了出来。谷子爹不傻,这段时间,他看到老根屋前屋后地转,就知道他们在打房子的主意。

老根碰了壁,他不愧是个当领导的,虽然是最小的官,还真的有些头脑,眼珠子一转,咬着谷子的耳朵说了一句话。

谷子一愣,问:"这样做成吗?"

老根说:"咋不成?这是你爹的心结,只要打开了,啥都好办了。"

谷子一回到家,就瞥一眼屋顶上的燕子窝。老根的主意有点损,他让谷子把燕子窝捅下来。虽然谷子以前干过这事,但上一次,燕子没孵雏燕,这一次,雏燕刚刚出生,从下面都可以看到几个嫩黄的小嘴。一旦父母飞回,雏燕们就都伸着脖子,张着嘴巴,叽叽喳喳地叫着,将嘴巴探进父母的嘴巴里,啄食吃。

谷子犹豫了半天,还是举起了杆子。

杆子靠近了燕子窝。几只小燕子好奇地望着晃动的杆子,哪里知道灾难就在眼前。谷子的心在狂跳着,胳膊有些发软,他担心正在午休的爹从里屋的炕上跳下来。

那是几只可爱的小生命啊,它们的无辜,它们的幼小,让谷子的手腕在不停地晃荡着。但是,当他想起加工厂可以给自己提供稳定的工作后,终于狠下心来了,有了收入,意味着就会娶上媳妇。谷子一闭眼,手送了出去。几团泥草,洒了谷子一脸,谷子下意识地用衣服兜住了几只落下的乳燕。燕子还没有长全羽毛,它们甚至还站立不稳,在谷子的怀里跌滚着。谷子将它们放在地上,抓到它们时,感到掌心温温的,一时,谷子看着那几只燕子,有一种罪恶的感觉。

两只凄厉的叫声将中午划破了一道口子,雏燕的父母飞了进来,当它们看到自己的巢被毁掉后,又飞到院子里,盘旋着,叽叽喳喳地朝屋内叫着。

便在此时,谷子爹醒了。他似乎从燕子的叽叫声中听出了什么,大步奔了出来。当他看到地上的泥草后,一张脸顿时变得灰白,两只眼睛里满是凄然和绝望的神色。谷子倒退着,出了屋子,逃也似的跑了出去。直到第二天,谷子才在老根的怂恿下,悄悄地回到家里。他不敢进屋,慢慢地推开大门,探着头。谷子发现院子里多了些泥草,两只燕子正停在晾衣绳上,注视着屋内。屋内,谷子爹正站在梯子上,在靠墙的位置,为燕子搭了一个新巢。谷子走进去时,巢已经完成了。谷子爹正在用泥板细细地抹着巢的外沿。他的动作非常轻盈,一遍又一遍,似乎一位紫砂壶大师,在小心翼翼地打造着自己的作品。谷子爹把泥板往腰里一别,下了梯子,抓起一把羽毛和软草,重新上了梯子,把它们铺在巢里,这才将几只雏燕一个个地捧回巢里。

然而,就在谷子爹下来时,梯子突然滑了,谷子爹掉了下来。谷子赶紧冲过去,谷子爹瞪了谷子一眼,抬头看着新巢。谷子要把爹送到医院里,谷子爹摆摆手,抬头望着。很快,两只燕子从外面飞了进来,落到巢上,雏燕争相啄着它们嘴中的食物。谷子爹松了一口气,谷子也松了口气。

谷子爹摔折了腿,之后身体一天不如一天了。没几年,谷子爹便去世了,他去世的时候正是秋天,燕子刚走。谷子爹在弥留之际看到老根走进屋,突然间胸脯在急促地起伏着,嗓子里也在发着异常的喘息声。这几年,老根一直想着谷子的房子,因为谷子爹的存在,他一直没有成功。谷子靠近谷子爹,问他还有什么话说,谷子爹指着老根,一字一句地说:"你给俺保护好燕子窝……"

谷子爹走后,老根果然多次和谷子提起房子的事,但是每次都被谷子拒绝了。

一晃,春天就到了。这一天,老根又来到谷子家。老根瞥一眼屋顶的燕子窝,对谷子说:"谷子,你爹去世几个月了,房子的事可以谈了吧。"

谷子摇摇头:"我爹临走前说的话已经很明白了,你也听到了。"

老根忙说:"你咋和你爹一样固执?你想想吧,这几天给俺一个答案。"

谷子沉思着,走了出来。

一股暖暖的风扑面而来,谷子遥望着南方的天际,他知道,燕子马上就要来了。

谷子从箱子里翻出了唢呐。谷子爹除了是个泥匠,还会吹唢呐。唢呐是他的祖传手艺,只是以前谁家有红白事白帮忙,只赚了腮帮子疼,对生活一点儿补助都没有,谷子爹就把唢呐压在了箱子底。谷子满肚子的心事,想找个倾诉的方式。他不喜欢说话,突然就想起了唢呐。

谷子小的时候,爹没事就吹唢呐。他听着听着就入了迷,后来,爹把吹唢呐的技巧传给了儿子,并说:"这东西养不了家,但俺不能把祖宗留下来的东西丢了,你好好学吧……"

回想到这里,谷子拿出了唢呐,望着古铜色的唢呐,轻叹了一声。

乐乐说:"俺爹的唢呐看上去不如伯的好。"

谷子说:"俺这是家传的,你爹的唢呐刚买了十几年,还缺乏岁月的沉淀。"

乐乐说:"说不定俺家的唢呐也能传下去呢。"

他说这话时,眼睛里亮亮的。谷子拍拍他的肩膀,说:"先专心学习,别辜负了爷爷奶奶的期望。"

谷子知道,通过自己这段回忆,乐乐又沉浸在音乐的意境中,他必须提醒他，唢呐或者二胡，都可以学习，只是在他这个年龄，尽量不要耽误了学业。

乐乐问："伯，俺听你的唢呐就像听故事，您是怎么练出来的呢？"

谷子说："以前俺也不懂，只是用技巧吹，后来，每经历过一次大事，俺的感触就多一分，再后来，俺逐渐明白了，唢呐就是心声。"

乐乐哦了一声，然后静静地听着。

谷子继续说："俺除了和你在一起，很少说话，俺平时就用唢呐来倾诉心声，时间一长，渐渐地发现，俺的喜怒哀乐都能从唢呐声中表现出来。"

乐乐不住地点着小脑袋，尽管他觉得谷子的话也有没听懂的地方，还是觉得触动了自己。

谷子轻叹了一声："爹的死对俺打击很大，然后就是娘的死。"

说到这里，谷子忍不住想起了娘弥留在尘世的最后一段日子。

那天，一阵咳嗽声从屋内传出来。谷子爬了起来，对娘说："娘，你饿了吗？俺去做饭。"谷子娘欠了欠身子，又咳嗽了两声，说："娘不饿。"

谷子爹死后，谷子娘就像失去了精神支柱一样，也倒下了。半年前，邻村有人给谷子娘看过，说谷子娘大限到了。谷子不信这个，说："扯淡，俺娘会长命百岁的。"

虽然刚打了春，但天还有些冷，谷子娘把棉衣脱了。谷子吓坏了，说："娘，快把棉衣穿上，别冻坏了。"谷子娘就笑："傻孩子，都啥节气了，还冻人，娘不冷。"

谷子娘不是不冷，是心里暖和。谷子娘不但心里暖，眼里也放着光。老根头天来看谷子娘，吓了一跳，把谷子拉到一边，低声说："谷子，俺看你娘的情况不对。"

谷子问："咋了？"

老根说:"怕是回光返照。"

谷子说:"扯淡。"

谷子没把老根的话放在心上。

谷子娘天天在床上躺着,前一天居然自己下了床,从板柜里翻出多年没穿的衣服,梳了头,洗了脸,还抹了雪花膏。谷子傻呵呵地笑,说:"娘,过年时也没见你这么打扮过。"谷子娘说:"好日子就要到了,马上到了。"谷子娘兴奋了一天,晚上连饭也没吃,就早早地睡了。所以谷子一早听到动静,就问娘饿不饿。谷子娘说:"谷子,快拿擀面杖来。"谷子问拿擀面杖干什么,娘就说:"屁话,敲梁啊。"又说:"二月二,龙抬头,今天是二月二啊。"谷子苦笑。谷子知道这天是二月二,就是没放在心上。

在乡下,前些年流传着二月二敲梁的风俗,据说在二月二这天的日头没出前敲梁,梁上会哗哗地往下落银子。当然这是传说,没有人看到谁家敲出了银子,除非他家的梁上挂着一串。

谷子六岁时第一次敲梁。那天早上,他正迷迷糊糊地睡着,让娘从被窝里拉了出来。谷子娘问儿子想吃糖不,谷子说想。谷子娘就摸索着下了床,把擀面杖拿了来,递到谷子手里,说:"去敲梁,敲梁就有钱买糖了。"谷子问:"咋敲?"

谷子娘说:"要一口气说上三遍'二月二龙抬头,金子银子往下流',中间不能歇气,还有要敲第二根梁,第二根是富贵梁。"谷子为了吃糖,就站在炕上,仰着头,举着擀面杖,边敲边念着。那时谷子小,一口气念不了三遍。谷子娘就骂:"你个小崽子,连梁都敲不了。"

从那以后,谷子接连敲了六年的梁,但是谷子岁数小,总不能一口气喊上三遍。谷子娘遗憾地说:"可惜啊,按照敲梁的风俗,家里只要有十二岁以下的孩子,大人就不能敲。"

谷子娘心里老惦记着敲梁的事,因为谷子一晃就到了说媳妇的年龄,谷子娘盼着抱孙子呢,可是说媳妇需要钱。谷子娘攒了一辈子,手里也没几个钱。

谷子十七八岁时，三姑给他说了一门亲事，姑娘要见见谷子。谷子娘对三姑说："谷子这孩子长相不受看，但手艺不赖，你就跟女方说，他会吹唢呐，祖传的。"

其实别说谷子，连他爹都没把吹唢呐当成手艺，但娘觉得这是件值得显摆的事。

谷子学别的不行，但唢呐学得快，后来还真的成了十里八乡的唢呐王。

三姑回了姑娘。姑娘说："俺找的不是唢呐，是人，见不到人可不能应。"谷子对娘说："见就见，早晚得见。"

谷子就和姑娘见了面。姑娘倒没挑剔，因为姑娘腿上有毛病，对长相要求不是很高。谷子娘问："闺女，你觉得俺家谷子咋样？"

姑娘说："还行吧，人看着老实。"

谷子娘说："对，对，俺家谷子可老实了。"

姑娘说："人看了，再看看房子吧。"

谷子家那三间北屋，是乡亲们帮着用土踩起来的，虽然后来贴了砖，可不结实，二十多年了，被水冲垮过一间。姑娘看了房子，说："不是混砖的啊。"

谷子娘说："也有砖，外面贴了一层。"

姑娘说："屋顶也不行，不是起脊的，矮了，是七檩，怎么也得九檩吧，现在都有出厦的了，算起来十一檩呢。"

谷子娘就连连说是。姑娘说："光说是有什么用，就你这三间破屋还想给儿子说媳妇，谁到你家来？"

后来，谷子又相过几个，都没成。

一晃，谷子就二十二了。乡下人结婚早，那时男孩子差不多十八九就结婚了，早的还有十六七的。儿子媳妇没着落，娘一急，就急出了病来。

谷子娘病了半年，突然间状况见好。谷子很高兴，听娘说要敲梁，就急了，说："娘，你身子这么虚，别敲了。"

谷子娘说："你的岁数超了，敲不了，娘今年正五十，到了岁数，快把擀面杖拿来。"说着，谷子娘坐了起来。谷子没动。谷子娘就骂："兔崽子，你听不听娘的话？"谷子只好下了床，摸索着拿来擀面杖。天色还早，屋子里漆黑一片，谷子娘却两眼放光，一把就把擀面杖抓了过去。

谷子娘拄着擀面杖站了起来。谷子说："娘，别敲了。"谷子娘说："屁话，不敲哪有钱给你说媳妇？就你这懒样，不找个媳妇好好过日子，早晚会饿死的。"谷子没说话。

谷子喜欢唢呐。自爹去世后，谷子就天天练唢呐。爹死前一手抓着谷子，一手抓着唢呐，说："孩子，这东西是咱家祖传的，你就是饿死，也不能丢了。"谷子说："爹，你放心吧，俺一定会好好吹。"

爹又说："记住，唢呐不能离身。"

谷子应了，爹点点头："吹一段给爹听听。"谷子就坐在炕沿上吹。谷子爹听着听着，就闭上了眼睛。

谷子的性子和父亲差不多，不喜欢干庄稼活。其实，谷子也不是懒，他喜欢唢呐，早上去地里，有时到了田头才发觉，忘了带农具，而唢呐一直在后腰上。娘就骂他，说什么时候他能忘了带唢呐啊。谷子忘不了，唢呐形影不离地跟着谷子，谷子到哪里，唢呐就到哪里。

谷子娘病后，谷子家的地就荒了。老根看不下去了，就把地收了回去。十里八乡的，谁家有红白事都请谷子，谷子的收入也够吃够喝了。

不过谷子娘一病，谷子花了不少钱。把娘准备给他娶媳妇的钱都花了。谷子娘心疼，就常常捶打自己的胸口，说早知这样，俺就不看病了。谷子说："娘，你别说这样的话，媳妇以后可以娶，可你的病不能等啊！"

家里没有钱，谷子娘就把希望放在二月二这天。

谷子娘扭头看看外面，又抬头望着屋梁。足足有三分钟，谷子娘一动也不动。谷子听得出来，谷子娘在调着呼吸，积攒着气息。终于，谷子娘把擀面杖举了起来。

"二月二，龙抬头，金子银子往下流……"

谷子娘嘴里念着，擀面杖不停地敲打着屋梁。谷子娘大病未愈，气息毕竟很短。才喊了两遍，谷子娘就喘不过气来了，只好放下擀面杖，大口大口地呼吸着。谷子说："娘，别敲了，躺下再睡会儿吧。"谷子娘固执地说："不行，不敲不行。"说着，谷子娘深吸了口气，又敲了起来。这一次，谷子娘仍不成功。谷子站了起来，抓住谷子娘的胳膊，说："娘，把擀面杖给俺。"谷子娘猛地一晃身子，喝道，闪开。谷子一下子坐在炕上。谷子呆了，没想到谷子娘身上有这么大的劲。

外面，天开始灰蒙蒙了，远处传来鸡叫之声，屋子里的摆设已现出了轮廓。谷子娘猛地举起了擀面杖，再次敲起来。

"二月二，龙抬头，金子银子往下流……"

这一次，谷子娘一口气喊了三遍。谷子娘大笑起来。笑着笑着，谷子娘的声音突然戛然而止。"娘，你怎么了？"谷子问。谷子娘拄着擀面杖，一声不吭。

"娘，你到底怎么了？"谷子再问。谷子娘身子一动也不动了。

"娘！"谷子大叫了一声，抱住谷子娘。谷子娘已经再也听不到谷子的声音了。

天亮了，一股哀绝的唢呐声从谷子家传了出来，久久地笼罩在八里庄的上空。谷子娘成功地敲完了梁，但是，她并没有改变儿子的命运，相反，把自己的命搭了进去。

第十三章 白雪

闷热的夏天过去后,秋天没待多久,很快就被冬天赶跑了。

秋天对于鲁西北的季节来说,仿佛是一个匆匆的过客,天还闷热着,往往人们在收玉米或打枣的不经意中,才发现秋天。

乐乐和八里庄的村民一样期待秋天。他期待秋天,并非因为秋天的田野里遍布着丰收的景象,而是知道,秋天过去,冬天就要来到了。冬夜会带给乐乐更多的思绪,而每每爹和娘就在他的这种思绪中,和年一起回到了八里庄。

从很小的时候,乐乐就像其他的孩子一样,期盼年节的到来。一般孩子们期待年节,是为了年节能够给他们带来新衣服、美食和无忧无虑的快乐。尽管这些年,新衣服和美食不再是春节的专利,但在春节的时候,这样的机会每天都是。

乐乐从小就和其他的孩子不同。有一次,陈圆圆曾经问他:"喜欢过年吗?"

乐乐说:"喜欢。"

陈圆圆接着问:"和娘进城吧,娘给你买新衣服。"

如果是其他的孩子,或许听到这句话后便雀跃而起了,但乐乐表情平淡得很,娘的话并没打动他。

乐乐说:"俺又不是女孩子,要什么衣服?"

陈圆圆说:"男孩子就不穿衣服啊?"

"谁说不穿了。"

陈圆圆当然知道，儿子指的"不穿衣服"是对衣服不感兴趣。他喜欢男孩子喜欢的那些玩具，比如枪啊什么的，而且思想特别，一般男孩子喜欢的枪他不是很喜欢，总希望自己能拥有一支与众不同的枪。

陈圆圆只有一个儿子，因此，她不希望儿子太顽皮了，那样会不安全，她希望儿子能够像女孩子那样，安安静静的，不管什么时候，她也放心。

乐乐也喜欢静，那是他在无限畅想的精神世界时。

他喜欢看童话故事，如果陈圆圆要带他进城，他有两个地方必须要去，一个是书店，一个是玩具城。

看着书店里琳琅满目的故事书，乐乐的思绪早就跑到某一个童话故事中去了。

从陈圆圆给他买下某一本童话故事书开始，他的手就紧紧地握住它，再也不想拿开。回到家，他真的安静得像小女孩，趴在床上看书。有时候，他会看得眼里亮晶晶的，把自己完全想象成了童话故事中的角色，以至于陈圆圆喊他吃饭都听不到。

陈圆圆出去打工后，基本上就没再给儿子买过童话故事书，她觉得儿子已经过了看童话故事的年龄，该多用心学习了。所以，他即便带着儿子去书店，也会有意识地引导孩子看一些作文书。

其实童话故事对孩子的写作也是有益的，陈圆圆不是不知道，是担心儿子进入角色，脱离了现实世界。她是当娘的，自然了解儿子的心理，她常常想起儿子闷头看童话故事的样子。

很多童话故事，免不了会有神话色彩，就像《西游记》一样，里面的人物有着神奇的能力，都带着魔力。吃饭的时候，乐乐还没从童话故事里出来，他会用手指点着一碗菜说："你中了俺的法术，要沉入海底三千年。"

有时候，筷子握在了手里，会突然一转，朝着馒头一指，满眼里放光，说道："变。"

陈圆圆担心儿子胡思乱想，所以，连《西游记》也不鼓励儿子看，虽然《西游记》是孩子们普遍喜欢的。

乐乐六七岁时的一天，刚看完《西游记》，就去了院子里，也不知从哪里找来一根棍子，就舞动了起来。嘴里还念叨着什么"七十二变，火眼金睛"什么的，突然间棍子脱手而飞，砸在了玻璃上。把窗户玻璃给砸碎了一块。当然，那天乐乐的屁股上挨了苏爱国一鞋底。

陈圆圆并不是怕儿子挨打，是担心他本来就顽皮的性子，让人不放心。乐乐自从看了《西游记》，就常常在街道上奔跑，甚至有一两次，陈圆圆发现他站在了偏房上。

陈圆圆招呼乐乐下来，乐乐却摆出孙猴子的姿势，叫道："俺老孙来也。"

说着，他作势就要跳下来。

那天可把陈圆圆吓坏了。这也是她后来一直坚持让孩子看作文书，而不支持他看童话故事书的原因。陈圆圆觉得，作文普遍来自现实，但童话故事就不一样了，充满了神话色彩。

冬天很快就来到了八里庄，和冬天一起到来的并非在外打工的爹娘，而是雪。

漫天遍野的雪总会提前一步，光临八里庄，然后落满八里庄的屋顶、墙头、树冠和街道。

雪是在寒夜里来的，它们一来到八里庄的头顶，就从四面八方包围了过来，就像一群夜袭的队伍，又悄然无声。

不过，它们很少能够躲过乐乐的眼睛。

乐乐的小手伸向天空，他看不到星星，只能握到一片片凉爽的感觉，他知道，雪来了。

乐乐喜欢雪。他甚至觉得雪天就像美丽的童话，可以在他的眼前勾勒出一个银装素裹的世界。

方莹是经常看天气预报的，对于她来说，这场雪一点突然性都没有。她已经料到了雪的到来。半夜里，她睡醒后想起什么，裹了羽绒服出来，果然看到乐乐还坐在大门口。

他伸着小手，望着天空，就像一个小小的雕像。方莹把乐乐拉回屋里，问道："这么冷的天，怎么还不睡觉？"

乐乐说："俺睡不着。"

方莹说："去睡吧。"

乐乐去睡觉了，方莹也躺在床上。她想起刚刚在雪夜里看到的一幕，摇摇头，轻叹了一声。

第二天，方莹一早起来做饭，并没有喊乐乐，她想把饭做好后再喊他起来。当她做好饭从厨房出来时，听到外面传来唰唰的声音。她顺着声音来到门外，发现一把扫帚正朝远处伸去，和扫帚一起出现在雪地上的，还有一个蠕动的小小身影。

那一刻，方莹看呆了。她揉揉眼睛，等确定正在扫雪的人就是乐乐时，快步跑了过去。

乐乐不但扫除了自家门口的雪，还把大胖家门口的雪也扫了。

方莹跑过去后，抓过他手中的扫帚，然后将他的小手紧紧地焐在手里，问道："冷不冷？"

乐乐摇摇头。他虽然不承认，但是，方莹看到他的小脸冻得通红。

方莹看看大胖的门口，说："大胖爷爷又不出来，不用扫了。"

乐乐的目光从脚下移向了村口。他喃喃地说："大胖和俺一样，爹娘都在外打工，俺把路扫干净了，他们就会回来了。"

方莹这才明白乐乐扫雪的意义。

乐乐扫雪是一种寄托，他把所有的思念寄托在雪中。他以为把大雪扫出一条道来，让这条道笔直地通向公路，甚至通向远方，爹娘就回来了。

当然，他知道自己的想法很幼稚，却一直坚持着，幻想着，幻想着一辆轿车从村头缓缓地开过来。

饭后,方莹带着乐乐去了学校。一路上,方莹没说话,乐乐也没说话。电动车前后都有上学的孩子,他们坐在电动车上,似乎都很兴奋。

雪的确给孩子们带来了快乐。送孩子的家长却小心翼翼的,紧张得要命。他们担心孩子们在车上动作幅度大了,车轮一滑,就会摔倒在路上。

孩子们的思想很单纯,洁白的雪给了他们丰富的想象空间,他们展开双臂,就像长出翅膀的鸟儿,在贴地飞行着。即便到了学校,一个个心思还在窗外的雪上。

下了课,同学们跑到教室的外面,有的堆起了雪人,有的玩起了雪仗。

乐乐却站在门口,望着院子里的树。树上有大片大片的雪叶,一阵风吹来,雪片一团团地飘落了下来,有的落在地上,有的落在他的脸上。

阳光从树枝间透了过来,天晴了,无数细微的银光在乐乐的眼前跳跃着,就像一片片闪烁的鳞片。

雪,本来就会给人无限的想象空间,站在雪地上,仿佛置身于童话世界里。太阳再一出来,那耀眼的光芒让孩子们更兴奋了。

一个女生突然说:"俺是白雪公主。"

另一个男生说:"那俺是白马王子。"

关于白雪公主和白马王子,十岁出头的年纪,还不可能了解得太深,只是他们的想象却很丰富。

上课铃一响,方莹就走进教室。她的目光在学生们的脸上扫动着,经过乐乐的脸时,微微一停,然后说:"这堂课咱们临时变动一下,改成作文课,下面同学们以'雪'为主题,写一篇作文。"

安排完作文，方莹就开始在教室的走廊里踱步，她来回地走着，目光扫着每一个学生。很多学生听说要写雪，再次兴奋了起来，眼睛都闪烁着光芒，显然刚刚在教室外的活动还没有让他们的神经舒缓下来。

方莹看一眼乐乐，此时的乐乐，正低着头，似乎在沉思着。

大胖和乐乐同桌，他是最怵写作文的，忍不住小声问："咋写？"

乐乐说："写心里想的。"

大胖说："俺就想放学后踏着雪回家了。"

乐乐说："也行。"

大胖说："今天早上有人把俺门口的雪扫了，俺写行不行？"

乐乐没说话。

看来，大胖并不知道雪是乐乐扫的。

大胖接着说："可俺不知道是谁，咋写？"

乐乐说："那就别写了。"

大胖说："你说俺该写啥？"

乐乐拍拍脑袋，说："你心里想什么就写什么。"

大胖哦了一声，埋头写了。他写得非常慢，不过很认真的样子。

很快，乐乐也进入了写作状态。教室里一下子肃静了不少，只剩下唰唰的笔在纸上走动的声音。偶尔，有学生会抬起头来，朝窗外的雪看上一眼；也有人会闭上眼睛，面带微笑，似乎在想象着雪给他们带来的快乐。

这一次的作文，把孩子们的心灵世界呈现了出来。大多的学生还是围绕堆雪人和打雪仗来描写，也有写好人好事的，就是雪地里有人滑倒，另一个人过去把人家扶了起来的故事；也有个别的孩子，从雪联想到了雪糕，季节一下子跨越到了夏季。乐乐的作文带着他的思绪飞向了塘沽。他的作文题目是"塘沽也在下雪吗？"，通篇充满了询问。一开始，他在问天，甚至问雪，有没有降落到塘沽，然后又问雪有没有封了出租屋的门。因为,大雪封门,那些打工者就很难出门工作了。最后,他又问自己的爹娘,雪天里是不是还得上工?塘沽的雪大不大?

　　雪并没有凝固乐乐的思绪,相反更让它活跃了起来。
　　方莹把乐乐的作文放在了最后。她之所以这样,是预感到乐乐的作文会与众不同,她想好好地看一看,通过这篇作文,进入到一个孩子的内心世界。
　　纵然上面的作文,也有几篇不同程度地打动了她,但等她打开乐乐的作文本,一下子就震惊了。
　　雪,不同的雪,仿佛来自另一个世界的白。一片耀眼的白,白茫茫的一片,童话一样的语言,无限悠远的意境,让她的心一下子被触动了。
　　尤其那语言中带有的浓浓的感伤和情怀,让方莹的眼泪无声地流了下来。如果不是亲眼看到,她又怎能相信,一个十一岁的男孩,竟然有如此丰富的内心。
　　当然,雪,也触动了方莹内心中的那份情感,和她一直埋藏着的一段往事。
　　她合上作文本,眼前浮现了十年前的一幕。
　　那也是一个雪后的上午,当时,她正在大学的校园里散步。由于脑子里想着在图书馆里看到的一本书,突然,脚下一滑,她倒在了雪地上。这时候,一只白皙的手递到了她的面前。方莹顺着那只手,看到了它的主人。那是一个文文静静的男生。
　　后来,他成了她的男友。
　　大学毕业后,她留在了那座城市。因为那里是男友长大的地方。
　　不久后,两人先后找到了自己的工作,男友进入一家外资公司工作。虽然彼此工作都很忙,但一到周末,两人总会在茶楼或者咖啡厅见面。这样的日子没过多久,男友出国了,外企老板将他派到了国外去。老板在国外也有一个公司。

在国外,男友发展得很好,因为不想丢失那个难得的工作机会,一直不肯回来。

方莹等了几年,最终还是决定和男友分手。

离开江南的时候,也是一个雪天。方莹背着皮包,一步一步地踏着雪地往前走。她希望身后能够有一个人跑上来,挽留住自己,只可惜,直到她坐上火车,那个她希望出现的人也没出现。

轰隆隆的火车冲向了茫茫的世界里,她感觉到整个人像进入了童话世界,一切都那么虚幻。

然而,那不是虚幻,而是现实。

回到乐陵后,一晃又是几年过去了。方莹终于放弃了那个虚幻的梦。

然而,乐乐的作文,又一次将她带入到那个曾经的世界中,直到下课铃响了,她还沉浸其中。

放学后,乐乐看到方莹的神色和平时不一样,就问:"姑,在想什么?"

方莹驾驶着电动车出了校门,没说一句话。

乐乐说:"姑,你是不是有心事啊?"

方莹说:"没事。"

乐乐说:"俺看出来了,你一定有心事。"

方莹没说,她不想将自己的心事告诉一个孩子。这是成年人世界才应该有的情感,乐乐太小了。

那几天,方莹旧日的那段情感时不时地影响着她的内心,让她常常躺在床上发愣。

这天是周六。吃了早饭,方莹开始辅导乐乐功课。乐乐按照她所说的,做了几道题后,遇到了一个难题,想请教一下她。但他唤了两声,方莹一直托着腮坐在那里,不知在想什么。

乐乐用手碰碰她，问："姑，你到底有什么心事啊？"

方莹缓过神来，说："刚才你喊俺了？"

乐乐说："都喊半天了，你走神了，一直没听到。"

方莹忙说："啥事？"

乐乐说："没事了，俺自己想出来了。"

说着，他唰唰唰，将那道题做了出来，并拿给方莹看。方莹见他将一道非常复杂的数学题做了出来，欣慰地说："不错，有进步。"

乐乐合上本子，问："现在您能告诉俺了吧。"

方莹说："告诉你什么？"

乐乐说："为啥走神啊。"

方莹说："这是大人的事，你一个小孩子，不许问。"

乐乐说："可你是俺姑啊，俺不能看着你天天这样下去。"

方莹叹息一声："姑真的没事，只是想起在江南的事来了。"

乐乐说："俺知道了，你还是没把以前的男友忘掉。"

方莹脸色一正："小屁孩，胡说八道什么？"

方莹的表现，更让乐乐确定了自己的猜测。本来他是随便问问，但看到方莹有些急切的样子，说明自己触动了她的心思，于是，他嘻嘻一笑："姑，都过去了，你老想着他干什么，再说，他那么没良心。"

方莹轻叹了一声，没说话。

方莹原本就决心把旧情忘了，只是下了无数次决心，没想到旧事又浮上了脑海。

方莹之所以再次想起这段旧事，其实已经不再对男友有什么依恋的情感了，只是被乐乐的作文触动。因为，男友出国后的几年内，她在江南经常想起他。江南很少有下雪的时候，而男友所在的国外，冰天雪地却是常有的，因此，一看到天气预报上说，国外的某某城市有雪，她就担心他，想知道他冷不冷，手冻坏了没有。

她记得男友第一次去国外后，不久寄回来一张照片，照片上他的手有几处冻裂,她很心疼。因为男友生活在南方,那只白皙的手,从来就没在零下的空气里待过。

从那之后,有过一段时间,她的眼前一直晃动着那只手。她无法忘怀,因为自己和他的第一次接触,就是因为那只手,是它把自己从雪地上拉了起来。

现在,方莹知道,自己想忘记以前,就得从那只手开始。

她走到外面的雪堆前,俯身抓起一把,凉丝丝的感觉从掌心透到心底。她慢慢地张开手,让那些雪散落下去。她抬起头来,朝空中吐了一口气。她要告诉自己,从这一刻开始,她放下了,彻底放下了。

身后乐乐走了过来,他静静地看着这一幕,直到方莹转过头来,他才上前说:"是不是俺的作文写得不好?"

方莹说:"不是,你写得太好了,是姑看过最好的一篇学生作文。"

"真的?"

"真的,它来自生活,包含着真情,又富有想象的空间和浓浓的思念,最为难得的是,你一个小小的孩子,居然能在恶劣的天气里牵挂在外打工的父母……"

说着,方莹顺手把乐乐揽在怀里,拍拍他的脊背说:"你长大了。"

方莹觉得乐乐长大了,乐乐也觉得自己长大了。而且,他觉得自己应该做一个大人才能做的事。

有一次,三姑来。乐乐无意中将方莹这几天的表现说了出来。三姑是过来人,当然明白方莹的心事,就说:"你姑是想起以前的男朋友了。"

乐乐生气地说:"那人没心没肺的,哪值得姑去想。"

乐乐觉得姑太可怜了,人家撇下她远走高飞,她还恋恋不舍的。

于是,乐乐就去找方莹,大声说:"姑,那人有什么好?"

他这句突兀的话把方莹说愣了,问:"谁?"

乐乐说:"你以前的男朋友啊。"

方莹这才明白了他的意思,就说:"俺的事不用你管。"

乐乐说:"你是俺姑,俺不管谁管?"

乐乐说这话时,小胸脯挺着,就像一个大男子汉一样。

方莹有些感慨,轻声地说:"姑已经把他放下了。"

乐乐摇头:"别骗俺了,你要是把那人放下了,还会像丢了魂一样吗?"

方莹笑了:"好吧,姑答应你不再想这件事了。"

方莹说得非常轻松。事实上,她的确决定了,要把那段旧情彻底放下。当然,她很奇怪,自己为什么要对乐乐说,他还是个孩子。

方莹答应了乐乐后,乐乐并不放心,每天都要观察她的神色。方莹这一次说到做到,真的不再受这件事影响。她很快就调整好心态,整个人也像往常一样了。

乐乐这才放心了。又一天,三姑来找方莹,方莹正在休息。乐乐听到脚步声跑了出去,见是三姑,就说:"三奶奶,有事吗?"

三姑说:"你姑呢?"

乐乐正要说"在屋里",但还是随口问:"找她有事吗?"

三姑说:"俺给你姑寻了个对象。"

乐乐虽然岁数不大,可也懂对象是什么,忙说:"不行不行。"

三姑说:"啥不行?"

乐乐说:"还用说吗,俺不让姑出嫁。"

三姑拿手轻轻地捏了捏乐乐的耳朵,说:"这孩子,说啥话呢,难道你喜欢让你姑老在家里?"

乐乐突然冒出一句:"长大了俺娶姑。"

乐乐这话有些突兀,甚至连他自己都不知道为什么会冒出这样的话来。

三姑一愣之后，咯咯地笑，笑完不住地摇头，然后说："你啊，你啊……"

乐乐从三姑的话音和神色里看出来了，人家有些嘲弄自己的意思，就拍着胸脯说："俺说话算数，不算数是小狗。"

三姑说："那你等着以后变小狗吧。"

说着，三姑就想进屋。乐乐又把她拦住了，说："三奶奶，话还没说完呢。"

三姑瞪了他一眼："小屁孩，别瞎掺和。"

乐乐急了，张着小手就拦在门口。只是他多大的人啊，被三姑一扒拉，就跑到一边去了。

乐乐心里不服气，就跟在三姑的后面冲了进来。

方莹起来了，给三姑让了座，见乐乐冲了进来，一副赌气的样子，就说："咋了？"

三姑摇头一笑："小屁孩，不理他。"

乐乐说："谁是小屁孩，俺不小了。"

三姑说："那你说，啥叫结婚？"

乐乐说："不就是女人嫁给男人吗？"

三姑又问："你还知道什么？"

乐乐说："反正女人一嫁给男人就有小孩了。"

三姑笑了，方莹也笑了。方莹问："三姑，咋跟他说这些没用的。"

三姑说："这小东西，刚才拦着俺不让进来，俺说要来给你提亲，他非要说长大了要娶你。"

方莹扑哧笑了，一指乐乐："他这样说的？"

三姑说："是啊。"

方莹就转过头去看乐乐，乐乐一拍胸脯："俺就是这样说的。"

方莹一摆手："去去去，一边玩去。"

乐乐看出来了，不但三姑，连方莹都不把他说的话当话，就大声说:"俺说话一定算数的。"

方莹把乐乐推了出去,门关上了。

乐乐有些赌气,就自己出来了。到了外面,他觉得心里郁闷,不由自主地来到了谷子家,谷子问:"咋了?和谁生气?"谷子看出乐乐的脸色不对。

乐乐和谷子无话不谈,因为他们都把对方当成了知己。

乐乐说:"三奶奶嘲笑俺。"

谷子询问了刚刚发生的事,听乐乐说完,也笑了。乐乐说:"谷子伯,你也笑俺?"

谷子说:"乐乐,你怎么有这样的想法?"

乐乐说:"俺知道姑是个好女人,俺不想让她嫁给不认识的人,俺不放心。"

谷子说:"你有这样的想法是好的,可你想过没有,等你再长上十几岁,你姑就是小五十岁的人了。"

乐乐说:"咋了?"

谷子说:"你不能让你姑等这么长时间。"

乐乐说:"可俺喜欢姑,一定会说话算数的。"

谷子点点头:"俺知道,只是你想过没有,女人最好的年龄都在这几年了,你忍心让姑一直等下去?"

乐乐不说话了。事实上,他刚刚也是有些冲动,总觉得自己的话也站不住脚。

谷子说:"走吧,跟伯出去散散心,别想这些遥远的事了。"

乐乐跟随在谷子身后,走了出来。他虽然对婚姻的事不怎么懂,但也觉得谷子的话有道理,尤其是最后那句话,让他联想到许多。他也知道,自己的婚姻还是很遥远的事,可姑的婚姻不能再遥远下去了。

街道上的雪已经渐渐化开了。落在屋顶上的雪分为两大部分,在屋脊前面的，基本上消失了，屋脊后面的，还散成一片趴在上面。

出了村子，两人习惯地来到了村南的河边。放眼看去，远处还是一片银白色，河岸上、河岸下，雪装扮着一个银白色的世界。

由于地上还有雪，因此两人都站在河边。河里结着一层冰，冰上浮了一层雪，看上去干干净净的，一点儿尘埃也没有。只是偶尔雪上面落着一些鸟爪子印，或者是兔子的爪印。

乐乐望着河面，望着冰上的雪，半晌才问："伯，河里的鱼还活着吗？"

谷子说："活着。"

乐乐又问："它们不会被冻在冰里吧？"

谷子说："一般不会，冰只有一层，下面还是水。"

乐乐说："它们被封在下面，会不会很闷？"

谷子说："应该吧，不过一过了年，冰就化了。"

谷子的话让乐乐一下子想到了过年，想到了爹娘。

从这一天开始，雪融化的速度似乎快了。乐乐经常去河边观看，他发现河里的冰在渐渐变薄。他知道，年就要来了。

年一来，爹娘就回来了。

日子就像一个长途跋涉的旅者，终于一步跨进了腊月，又一步跨到了腊月十六。

腊月十六是乐乐的生日，然而这一天，他一点儿都快乐不起来。爹娘在前一天的晚上打来电话，告诉苏爱国，腊月十六赶不回来了。

苏篷子打电话时，乐乐就在屋子里，当苏爱国重复了苏篷子的话后，乐乐一脚踢在椅子上，然后赌气地往外走。方莹上前抓住他的胳膊，说："乐乐，别这样。"

乐乐说："说好了回来给俺过生日，为什么不？"

方莹说："塘沽那边这一阵正忙，爹娘没时间回来。"

乐乐说:"一年到头,就忙这几天吗?"

方莹说:"爹娘又不是不回来,再说,你已经是大孩子了,过不过生日咋了。"

乐乐赌气地说:"俺就要过。"

乐乐的小倔驴脾气一上来,就什么也不顾了,一头扎进了院子,等方莹追出来,他已经没了影。

方莹追出来后,发现乐乐已经朝村南跑去。她正想继续追,耳中听到村南的方向传来唢呐声,想了想,回去了。她知道谷子就在村南。乐乐跑向村南,一定是找谷子诉苦去了。

谷子真的在村南的河边站着。他凝望着远处,正幽幽地吹着一曲唢呐。乐乐就在唢呐声中跑到了他的身边。

此时,河里的雪还没有完全化掉,尤其河岸下太阳不易照射的地方,还有一片一片的雪铺在那里。天气尽管已进五九,只是空气还是非常冷。

谷子收了唢呐,帮乐乐紧了紧身上的羽绒服,问:"出什么事了吗?"

谷子之所以这样问,是他清晰地听到乐乐的粗喘声,知道他是匆匆跑过来的。乐乐把爹娘不回来的事一说,谷子苦笑一下:"你啊。"

乐乐说:"咋了?俺不该生气吗?爹娘不守信用。"

谷子说:"你先回答俺,你爹娘不能回来,是为了什么?"

乐乐说:"加班,还不是工作忙嘛。"

谷子又问:"那他们忙着工作又是为了什么?"

乐乐说:"挣钱呗。"

谷子再问:"他们忙着挣钱又为了谁?"

谷子这样一问,乐乐不说话了。

谷子虽然没什么文凭,但他是活在音乐中的人,乐乐和他交心太久了,因此,他知道乐乐心里在想什么,也知道该怎么消掉他心中的怨气。

很快，乐乐就阳光了起来，指着河底的雪说："瞧那些雪，像一片片的棉花，多好啊。"

谷子望着那些雪，不知为什么，想起了一个人。

刚刚，那个人的影子就在天边的云朵上挂着，此时，她似乎活生生地站在河岸下。

那是个叫小雪的孩子。

十年前的一天，刚下了一场大雪。雪后天气虽然晴朗了，但空气格外的冷。谷子把自己裹在棉袄里，偎着椅子看电视。这样的天气里，没有人愿意出去。谷子也一样。

雪是头天晚上来的。雪来的时候，谷子也在东屋里看电视。谷子把音量放得很小，怕吵到西里间的枣儿和小雪。

枣儿是她收养的女儿，那年十岁。虽然人在东屋里，可心还挂着西屋的两个孩子。谷子耳中听着外面的声响，想从风力的大小来判断当时的气温。

风在窗台上来回地敲击着，似乎一个怕冷的孩子，也想挤进来取暖。谷子把瘦弱的身子裹在棉袄里，瞥一眼窗户上的塑料布。那上面本来有一块玻璃好好的，谷子把它卸了下来，装在了西里间。风撞击着塑料布，发出刺耳的声音。谷子受不下去了，打开窗户说，进来吧，俺屋里也不暖和。谷子说这话时，其实是把风当成了孩子，一个被父母遗弃的孩子。

这念头让他想起了当年收养枣儿的一幕。

谷子有过两场情感经历，之后就再也没有恋爱过。一天，他在村南的河边吹唢呐。当呜呜的唢呐响起时，他的心也似乎在吧嗒吧嗒地掉眼泪。他感伤自己，感伤命运，就在那时候，他听到一个隐隐的婴儿啼哭声钻进唢呐声中。谷子当时以为是幻觉，后来，他停下唢呐，啼哭声还在。于是，他踏着河岸，顺着啼哭声的方向走了过去。

就在一棵枣树下，他看到了一个襁褓，和襁褓中微微露出的小脸。树叶轻轻地摇晃着，一串红宝石似的小枣儿乎垂到了婴儿的脸上。枣和婴儿的脸一样的红润。

谷子将孩子抱了起来，他转头四顾着，却没有看到一个人影。

于是，谷子就把婴儿抱了回去。他拜托老根，甚至三姑，让他们打听婴儿的母亲是谁，只是没有人知道婴儿从何而来。后来，有人说："谷子，看来，这孩子是从天上落下来的，你就收养了吧。"

谷子找不到婴儿的母亲，只好收养在身边。

那是个女孩，也就是枣儿。

当时，谷子在给孩子起名时，有许多的想法，她第一个念头就是麦子。后来，玉米听说了，就对他说："谷子，孩子不能叫麦子。"

玉米是麦子的姐姐，而麦子是谷子念念不忘的人。

谷子想了想，觉得自己思念麦子，就不该给孩子起这样的名字。否定了麦子这个名字，谷子同时也否定了心中想到的另一个名字，那就是"桃叶"。

老根听说谷子要给孩子起名桃叶，也急了，说："谷子，你再怎么着，也不能让孩子和大人重名吧？"

老根不乐意，谷子也没坚持。他就去找三姑，三姑爱起名，谷子当然知道，只是他一开始总往麦子和桃叶的身上想。

谷子刚抱着孩子走到半路上，就遇到了三姑。三姑问："谷子，这是去哪儿啊？"

谷子忙说："正想去找你。"

三姑心思多快啊，见他眼睛望着襁褓里的孩子，就说："俺明白了，你是想让俺给孩子起个名吧？"

谷子嗯了一声。

三姑就"花"啊、"草"啊、"梅"啊、"秀"啊地说了一大堆，谷子都不乐意。谷子觉得这些名字没有一个比桃叶好，比麦子好。

在谷子心里，桃叶象征着桃花，象征着美丽。而麦子，象征着成熟，象征着芳香。

三姑在那里说，谷子在这里摇头。

最后，三姑说："你这人，三姑起了一辈子名，还没碰到你这么难伺候的主，算了，孩子不是在枣树下面捡的吗？就叫枣儿吧。"

谷子喃喃地说："枣儿，枣儿……"

他一开始，也觉得枣儿这个名字超不过麦子和桃叶，但因为没有合适的，他每天面对着孩子"枣儿""枣儿"地叫，自然也就叫顺了嘴。后来一想，"枣儿"不错啊，乐陵是小枣之乡，枣儿那张脸又红扑扑的，看上去光润得很，就叫枣儿吧。

一晃枣儿就长到了十岁，成了一个乖巧懂事的孩子。那天，小雪来找枣儿玩。

小雪是桃叶的女儿。

谷子的房子共三间，从中间屋里进来，往两边一分，各由一个门通到东里间和西里间。谷子的东里间比外面暖和不了多少，家里唯一的蜂窝煤炉子蹲在西里间，谷子心想，自己挨了冻不要紧，千万别冻坏了枣儿和小雪。

看到小雪，谷子的心里就有一种软绵绵的东西在流动。

小雪是老根和桃叶的女儿，谷子一想起桃叶嫁给老根就心疼。

一天，桃叶来找谷子，吞吞吐吐的，半天没说出一个字来。谷子瞅着桃叶的胸脯一起一伏的，心里也像揣着一只兔子。谷子伸出满是油渍的袖子，在炕沿上擦了几下，说："桃叶，快坐下。"桃叶坐了下来，张了张嘴，还是没说话。谷子是光棍一个人，这些年也不是没人给牵线，可是谷子同意，线那头的不同意。姑娘们要么嫌谷子穷，要么嫌谷子长得不打眼。别看姑娘们嫌弃谷子，谷子要求也不低，谷子放出风去了,说要找就找和桃叶一样的。

谷子是真心喜欢桃叶,打十年前就喜欢。后来,有很多人以为他喜欢麦子,其实,只有他自己知道,他喜欢桃叶要远远超过麦子。喜欢麦子,是因为桃叶改嫁给了老根,他只能面对现实。至于麦子,其实他更多的时候是将她当成知音,一个能听懂自己音乐的女孩子。

那时,桃叶还是何瘸子的儿媳妇。

桃叶十八岁时嫁给了何瘸子的儿子何哑巴。何哑巴爱喝酒,喝醉了就打桃叶。谷子是何哑巴的邻居,半夜里常听到院子那边传来哭哭啼啼的声音。谷子脾气大,就跳下床,冲到院子里,一句句地往院子那边扔狠话。谷子一嚷,何哑巴家的狗就叫。谷子天不怕地不怕的,就是怕狗。谷子小时候被狗咬过,狗一叫,谷子的腿就哆嗦。桃叶的哭声从院子那边飞过来,像一根根刺直往谷子的心头扎,后来,谷子豁出去了。谷子爬上梯子,跳到何哑巴的院子里。

那天,谷子的两条腿都受了伤,一条是摔的,一条是被何哑巴家的狗咬的。不过谷子没觉得疼,倒是看到桃叶身上青一块紫一块的,心里不好受。谷子不住嘴地骂着:"狗×的何哑巴,你不是人。"

谷子是个不爱说话的人,那时候,他一天说不了几句话,一年到头大半的话都是骂何哑巴的。

何哑巴听不到谷子说什么,他不但哑还聋,但是他爹何瘸子听得到。何瘸子叫着谷子的名字说:"谷子,俺儿子打媳妇,碍你事了?"谷子抄起一条棍子就想跟何家父子急,桃叶吓坏了,就拦住谷子说:"谷子哥,你别管了,快回去吧。"

谷子知道,自己越插手,何哑巴越欺负桃叶。可是谷子看不了桃叶受屈的样子。后来,谷子就天天诅咒,说来也真应了,不出两年,何哑巴喝醉了酒,钻到汽车轮子底下去了。

何哑巴入土那天,是谷子吹的喇叭。谷子当时已经是十里八乡的唢呐王,要论吹喇叭的功夫,有谷子在,就没人敢说第一。

何瘌子不想让谷子吹，老根就说："咱八里庄有谷子在，你不请他，谁还敢来？"何瘌子只好去了谷子家。何瘌子往谷子的桌子上放了两瓶酒，说："谷子，卖力些，让哑巴平安上路吧。"

那天，谷子吹得真够卖力的。谷子的唢呐一响，其他的器乐都哑了，喇叭声像一只只小鸟，钻到天上，然后烟花一样四下里散去，很快，十里八乡的百姓来了三四千人。村里人都说，何哑巴走得挺隆重，都赶上城里人开追悼会了。

谷子两手端着唢呐，半蹲着，一步一吹，一吹一步，在前面领路。谁都听得出，谷子的唢呐是喜庆调。何瘌子也听出来了，叹息着说："哑巴死了，谷子乐了。"

谷子真的很高兴。谷子吹着唢呐，两条眉毛不停地动着，十指像灵蛇一样忽起忽落的。原本是阴雨霏霏的天，谷子的唢呐声一响，云彩都开了，天也蓝了。谷子大摇大摆地走在送殡的队伍前，两只眼里闪着五彩的光，仿佛踏在通往幸福的大路上。

谷子觉得幸福的日子不远了，可是他没有想到，何哑巴死了，何瘌子不许桃叶另嫁，并放出话来，谁想娶桃叶就替她还三万块钱的抚养费。谷子像霜打的茄子，蔫了。谷子哪来这么多钱。

其实，何瘌子有一半的原因，是想刁难谷子。他当然知道谷子对桃叶好，也知道儿子死了，谷子就有机会了。他开出了价码，那三万块钱的条件，就像一道门栓，把谷子挡在了外面。不过，没挡住老根。后来，桃叶嫁给了老根。老根娶桃叶，真的想把她救出虎口。那段时间，何瘌子每天看着桃叶，也不是没有胡思乱想，不过当老根把三万块钱放在眼前时，他的小眼睛顿时睁大了。

桃叶嫁给老根那天，也是谷子吹的喇叭。

老根说："谷子，俺知道你心里有桃叶，可是你也知道自己没有钱，你过不了何瘌子那一关，你就把桃叶交给俺吧，俺替你疼她。"老根是想了几天才决定的，一个是他老婆也去世了，第二个是他觉得自己拿出三万块钱来，不能替谷子帮这个大忙。他知道桃叶是个好女人，嫁给谷子，兴许就享不了福。那时候，谷子吹喇叭赚的钱，勉强够一个人生活的，再填上一口人，以后再有个孩子，谷子养得住吗？所以，就决定自己娶了桃叶。

当他把自己的决定告诉谷子后，谷子那张脸就像紫茄子一样。他激动，气愤，然后朝着老根大叫。老根说："谷子，不是俺不仁义，是不想让桃叶出了火坑，再跳进冰窟里去，你能给桃叶幸福吗？你说，如果你能，俺之前说的话就当放屁。"

谷子知道自己不能，他养不了桃叶。

老根拍拍他的肩膀，说："到那天给俺们吹喇叭吧。"

谷子没说话，当时，他就像个雕塑人一样，坐在椅子上，呆呆地看着老根的背影在眼前消失。

一晃就到了老根和桃叶成亲的日子。那天一早，谷子跑到了河边，像孩子似的哇哇哭着。后来，高粱找到了谷子，说："谷子，老根让你去吹唢呐。"

谷子木头一样站了起来，提着唢呐往回走。快到村边时，高粱说："谷子，该吹啦，乡亲们都竖着耳朵听着呢。"谷子就把唢呐往嘴边一放，呜呜地吹了起来。唢呐声响到哪里，哪里就像下了一场雨，湿漉漉的。

全村的男女老少都在等着听谷子的唢呐。村民们从老根的里屋门，一直堆在大门口，又挤到了村口。大家都仰着头，望着从村口走来的谷子，自觉地让出中间的道来。谷子走得很慢，从河边到村口不到半里路，到老根家也才一里地，谷子两条腿沉沉的，唢呐声也沉沉的，听得所有人的心都沉沉的。

从那天开始，谷子每天都在河边坐着，一坐一天。谷子想到痛苦处就吹唢呐，吹完就呜呜地哭，哭完再吹。河水呜呜咽咽地淌到耕地里，有人在田间灌溉，用舌头舔了舔手背上的水珠，说："是咸的。"

桃叶嫁给老根才一年，就生下了小雪。

小雪出生那天，下着大雪，老根一早就请了接生婆。可是那天有些冷，接生婆颤抖着手，好不容易才把小雪接下来。小雪落地的时候，谷子就在老根的大门外站着。谁也不知道谷子是什么时候来的，谷子站在那里，浑身上下都裹满了雪。

小雪问世的哭声传了出来，谷子笑了，笑得泪汪汪。过了一会儿，老根送接生婆出来。接生婆说："这孩子来得不容易，得起个好名字。"老根说："大妹子，你就给起个呗，要不俺还得麻烦三姑。"接生婆还没说话，谷子就脱口而出："叫小雪吧。"谷子一发话，把老根和接生婆吓了一跳，这才发现雪中的谷子。老根哼了一声，说："是谷子啊，你也不怕冷。"谷子说："不冷，俺一点儿都不觉冷。"老根甩甩袖子，回屋里取暖了。不过后来，老根还真让孩子叫小雪了。

当然，也有人说，小雪的名字没定前，老根还找过三姑。三姑好给人起名，就掐着手指头算，算来算去也没算到什么好名字。老根盯着她的手指头，说："再掐就肿了，到底有没有想法？"

三姑心里一动，说："就叫五指吧，要么叫十指。"

据说老根当时很生气，说："出去出去，胡扯，这种名字俺自己不会起啊。"

小雪五岁时，老根大病了一场。老根本来比桃叶大了十几岁，前妻死后。老根娶了桃叶，不怎么出门了，他把村里的大小事交给了高粱，连乡里开会也让高粱替。老根病后，高粱就成了村里的一把手。之后，谷子仍然天天在河边坐着，不过谷子不哭了，唢呐声也像欢快的小鸟，扑棱棱地到处飞。因为桃叶常来河边洗衣服。

桃叶到河边洗衣服的时候，喜欢带着小雪，小雪就坐在谷子身边，歪着小脑袋看着他吹唢呐。谷子问："喜欢吗？"小雪点点头。谷子说："俺天天给你吹好不好？"小雪就使劲地点头。谷子看看桃叶，似乎没在意他的话。谷子就走了过去，蹲在桃叶身边说："小雪喜欢唢呐。"桃叶嗯了一声。谷子说："俺想天天给她吹唢呐。"桃叶又嗯了一声。谷子说："你别光嗯啊，到底啥态度？"桃叶说："你喜欢吹就吹吧。"说着，桃叶就招呼小雪一声，端着洗衣盆走了。谷子望着桃叶的背影，摸着脑袋直发愣。

那一阵，老根的身体越来越不好。谷子就去找老根，谷子吞吐了半天，才说："俺求你件事。"老根正躺在床上，有气无力地问："啥事？"谷子又吞吐着说："小雪这孩子喜欢听俺吹唢呐，俺想天天给她吹。"老根笑了，说："那你就吹吧，这种事来问俺干啥？"谷子只好直说了："俺想让小雪去跟枣儿做伴。"说着，谷子那张炉膛脸就更加红了。老根说："是这样啊，俺明白了，你还是去问桃叶吧。"

谷子想和桃叶说，但走到她身边，他又觉得说不出口。后来，他想了个倾诉的办法，把自己的心声通过唢呐表达了出来。谷子相信，桃叶一定能听懂。

这天，谷子正在吹着，桃叶来到了河边。桃叶眼圈红红地说："谷子哥，俺求你一件事。"谷子把唢呐往后腰上一别，说："你说吧，不管什么事，俺一定答应你。"桃叶说，俺想让小雪去你家住。谷子先是一愣，又是一喜，说："真的啊？"桃叶说："她爹病了，俺想去城里找点活干。"谷子双手一张，就想拦住桃叶瘦弱的肩膀。谷子说："孩子这么小，你咋能出去呢？"桃叶说："她爹住院花了不少钱。"谷子明白了。他宁可自己受苦，也不愿桃叶出去受罪，只可惜，他没钱，要不然当时就全给桃叶了。桃叶抬起头来，眼圈红红地说："谷子哥，俺求你了，俺去城里找活，放心不下的就是小雪，让她跟枣儿做个伴吧。"谷子咬着嘴唇点点头。

从那之后，小雪就常来和枣儿玩。桃叶白天去城里，晚上回家。寻思着桃叶回来了，谷子就把小雪送回去。但是那两天，赶上下雪，大雪封了回村的公路。桃叶没回来，不过给谷子打了电话，谷子就让小雪住在了自己家里。也正是从那之后，小雪就经常住在谷子家。

一个凌晨，小雪和枣儿还在熟睡中，谷子接到了桃叶的电话，就出去了。

正是柳絮满天飞的季节，桃叶站在一棵柳树下，穿着一件葱绿色的上衣，显得格外清丽。谷子望着桃叶咽了一口唾沫，然后走到她面前，说："孩子睡得正香。"桃叶说："小雪有啥事就给俺打电话，俺想出去打工。"

"真的要出去吗？"说完，谷子又说，"你放心，不会有事的，你一个人在外要照顾好自己，别太累了，吃得好好的，俺希望你回来时像小猪一样壮。"

谷子从桃叶的眼神里看出来了，她的决定不能更改，因此，他只能叮嘱她照顾好自己。他那段话，或许是他一生中说得最多的一段话。

桃叶点点头，然后看着谷子。谷子也看着桃叶，谷子见桃叶的眼里有一种色彩，有些腼腆，就低下头来。突然，桃叶抱住谷子的脸亲了一口，谷子激动得浑身的鲜血像马驹子一样，到处流窜。谷子喜欢那种感觉，他闭着眼陶醉了半晌，张张手，想抱住桃叶，却抱了个空。

"俺知道你一直喜欢俺，但俺只能给你这么多。"这话还在谷子的耳边回荡着。谷子一时不肯睁眼，担心一睁眼，这个美好的感觉就像梦一样。

过了一会儿，谷子慢慢地睁开眼，再一看，桃叶已去得远了。他摸着自己的脸，甚至不知道刚才那一幕是真实还是幻觉。

谷子拼命地往村口追，还是没有追上。谷子望着公路上远去的汽车，在河边坐下，摸摸脸，嘿嘿地笑了笑，拿出唢呐吹了起来。谷子吹的是一首欢快的曲子，唢呐声带着谷子的那颗心，顺着公路追了下去。

小雪醒来后就找桃叶，这是谷子最头疼的。谷子忙给小雪吹唢呐。谷子一吹，小雪就捂着耳朵说："不听不听。"

从那以后，小雪天天问："叔，俺娘什么时候回来？"谷子不知道该怎么回答，其实他和小雪一样，也盼着桃叶回来。后来，谷子只好骗她说："快了，下雪的时候。"

雪、冬天、春节是连在一起的。雪来了，冬天到了，春节还会远吗？谷子觉得，只要下了雪，桃叶就回来了。

之后，小雪不怎么哭了，她常常跑到村外坐着，望着河水出神。谷子不放心，就陪在她身边，也望着河水出神。

小雪说："叔，下雪的时候俺娘真能回来吗？"

谷子说："会的。"

小雪又问："叔，什么时候才下雪啊？"

谷子说："冬天。"

小雪抬头望着天空，伸着手，似乎要捧一把飘落的雪花。然后，小雪失望地放下手，目光投向了极远的地方。谷子一看到小雪眼睛里湿湿的，心里就酸酸的不是滋味。

小雪突然问："叔，你也想俺娘吗？"

谷子默默地说："想，和你一样想。"

小雪说："叔，想就吹唢呐吧，俺想听。"

谷子就吹起了唢呐。

谷子的唢呐吹来了夏天，吹来了秋天，吹来了冬天。

冬天刚来，桃叶就给谷子打电话："小雪怕冷，一定要给她多穿衣服，别冻感冒了。"

谷子说："俺知道，她是冬天生的，下着雪生的。"说完，谷子问她："还回不来吗？"

桃叶说："一时还回不来。"

谷子沉吟了一下，说："没事，你放心吧，小雪挺好的，和她通电话吗？"

桃叶说："不通了，俺怕孩子哭，俺也会哭。"

谷子也怕她们哭，就说："那就算了。"

谷子挂了电话，就想，冬天来了，万一下了雪怎么办？谷子说下雪时桃叶会回来，其实是欺骗小雪的。谷子没有别的办法，他只能给小雪一个美好的等待。一晃大半年过去了，说不定哪天真的下了雪，到时候桃叶还不回来怎么办？

谷子害怕下雪，但雪还是悄无声息地来了。

谷子裹紧大衣，来到院子里，看了看西间屋的窗户，又来到西间屋，往炉子里加了一块煤球，然后坐在床沿上，看着被窝里的小雪。小雪的脸红扑扑的，睡得很舒服。谷子给两个孩子掖了掖被角，正要出去。这时，小雪似乎梦到了桃叶，叫道："娘，俺乖，俺一直听叔的话。"谷子的眼睛马上湿润了。

天还没亮，谷子就起来了。

雪还在下着，院子里已经铺了厚厚的一层。谷子俯着身子扫雪。雪下了一层，谷子就打扫一层。谷子想，不能让小雪醒来看到雪。

谷子已经记不清打扫多少遍了，雪还在下。谷子的衣服湿透了，浑身冰凉冰凉的，他想进屋暖一会儿。谷子一回头，看到小雪穿着白色的毛衣坐在门槛上，那件毛衣是桃叶给她打的。小雪咬着嘴唇，紧紧地抱着自己的胳膊。谷子吓坏了，忙说："孩子，外面冷，快进屋去。"

小雪望着地上，说："叔，下雪了。"

谷子一呆。

"下雪了，娘要回来了。"说着，小雪突然飞快地朝外面跑去。谷子忙跑了出来。村中的街道上积着厚厚的雪，小雪两条腿没在雪里，拼命地往村口跑。谷子追上小雪，抱住她说："孩子，外面冷，快跟叔回家。"

"不，娘回来了，俺要去接她。"小雪边跑边说，很快，就融进了漫天的雪里。

第十四章 麦子

一晃，小雪长大了，枣儿也长大了。两个孩子都去了外面读书，她们的出走，也似乎带走了谷子对桃叶和麦子的那段情感。

但对于麦子的回忆，谷子一直无法忘怀，那幽幽的唢呐声中，常常会浮现出她的影子，她的故事。

枣儿是麦子的女儿。这事谷子也是在枣儿要上大学前才知道的。

原来，就在十八年前，麦子怀了孩子，但当时的她还没有结婚，担心自己的名声不好，偷偷地生下孩子后，就想把孩子送人。她想起了谷子。

那时的麦子，真的有些喜欢谷子，只是她在和父亲只言片语的对话中听出来了，父亲嫌谷子家穷。

父亲想了解谷子太方便了，因为麦子的姐姐玉米就嫁到了八里庄。

麦子是在一天去八里庄的路上，被人拉到了麦子地里，然后就有了孩子，那个人后来成了麦子的丈夫。

麦子生下孩子后没俩月，就把孩子抱到了河边。她知道这里是谷子常来的地方。果然，她看到谷子的身影出现在村头，于是，她把婴儿放在了枣树下面，然后躲了起来。等到她看到谷子抱着孩子离开后，这才回了家。后来，麦子嫁到城里去了，只是她没对任何人说起这件事。包括她的丈夫，并不知道当初麦子怀了他的孩子。

枣儿知道自己的身世后，感慨于养父和母亲的那段情感经历，她居然做了一个大胆的决定，要嫁给谷子。

谷子就是被枣儿的大胆举动吓走的。他不敢留在八里庄,因为他知道,只要自己离开,枣儿才会安心地去上大学。那时候,枣儿刚刚收到大学的录取通知书。

离开八里庄后,谷子进了城,他隐姓埋名,躲在一家工地里。但是,他也会常常在夜深人静的时候想起麦子,想起麦子飘香的季节。

谷子记得有一个麦子飘香的季节,自己每天窝在家里,不敢去村南,担心看到熟透的麦子,甚至嗅到空气中那一缕缕的麦香。

一大早,八里庄的村民就顺着收割机的脚印去了麦田,可谷子还在床上躺着呢。阵阵呼噜声从半敞的窗口钻了出去,打着旋子地往天上飘,似乎要飞到很远的地方,又似乎那呼噜声像有形的烟云,缭绕出一个清秀的面庞来。谷子闭着眼睛,那被油浸过似的枕头,紧贴着他黑红的腮帮子。睡梦中,谷子咧着大嘴嘿嘿地笑着,一口闷不住的黄牙都挤了出来。

谷子梦到了麦子。一片金黄的麦田里,麦子默默地站着,月牙似的眼睛笑眯眯地望着谷子,突然咻咻一笑,跑开了。"麦子,等等俺。"谷子撒开脚丫子就追。谷子追着、喊着,发现麦子的身子轻盈得像一朵云,他一抬头,天上真的有一朵云。麦子飞了起来,飘上了云端,和那朵云融在一起,越去越远了。

慢慢地睁开眼,望着头顶黑黝黝的檩条,谷子才知道,他又做梦了。

这个梦,谷子做了不知多少次,他一醒来,就会心头失落落的,干什么都没心思。尽管这样,谷子还是很喜欢这个梦,因为梦中有麦子,有麦子身上清新的芳香。

又到了麦熟的季节。谷子脸也不洗,就趿拉着拖鞋走了出来。太阳已经爬上了树梢,被风吹得晃晃悠悠的,谷子也有些晃,他还没有从虚幻的梦中走出来,眼前都是麦子的身影。

一路上,突突的机动车,在谷子的眼前喷着烟雾,让谷子有一种梦游的感觉。

一股麦香扑鼻而来，沁人心脾。麦子的脸庞就在前面，咔咔地笑着，谷子那两双小眼突然张开了，像是夜空中的两颗星星，在闪烁着。他从腰间掏出了唢呐，麦子，俺给你吹唢呐，你听，你听……

谷子突然加快了脚步，朝村南跑去，他短小的两条腿居然追过了一辆撒欢的三轮车。扶着车把的大栓正吹着呼哨，大栓家包了十几亩麦田，麦田里还间种着枣树，小日子是越来越好了。以前，大栓拉着牛车收麦子，这几年，光三轮车就换了两辆，开旧了一辆又买了一辆。谷子贴着三轮车跑了过去，大栓一扭头，看到他别在身后的唢呐，就打趣他说："谷子，晨练啊。"

谷子没听到大栓的声音，别说大栓，就是三轮车也仿佛成了哑巴。那一刻，谷子的耳边只有麦子咯咯的笑声。

村南的小河，弯弯曲曲的，从上空看去，仿佛一条白色的绸带缠绕着八里庄。这条小河是谷子心灵的栖息地，谷子从十几岁开始就在这里吹唢呐。

望着熟悉的河水，谷子突然一阵感伤，他慢慢地坐了下来，抬起头，看着天上流动的云，他常常觉得，那朵云就是麦子，而这条小河，就是麦子抛下的绸带，她要永远缠绕着八里庄，不，是他。

谷子将唢呐拿在手中，看着那把陪伴了自己多年的唢呐，谷子的眼前又浮现出麦子的影子，仿佛她就站在河边，正朝自己笑着，细细的眉毛下，含笑的眼睛像月牙一样。

麦子，是第一个听懂谷子唢呐的人。

十几年过去了，那天，谷子一大早就被谷子娘拉了起来。谷子娘拧着谷子的耳朵说："你小子除了睡还知道什么，都麦秋了，还不把麦子收回来？"

谷子懒洋洋地伸了伸胳膊说："娘，俺想吹唢呐。"

谷子娘看看谷子，摇了摇头，没再说什么。谷子爹去世那年，什么都没给谷子留下，除了这把唢呐。谷子爹活着的时候，也常常来河边吹唢呐,那些年,村子里平静得很,没有电视,甚至连放电影的都少,一到晚上,整座村子除了狗叫声,再也听不到什么了,村民们虽然大多听不懂谷子爹的曲子,可是,他们都喜欢听,当谷子爹卖力地吹着唢呐时,村头上、过道里、大门口,甚至房上、树上、院墙上,都伸着不少的耳朵。到了后来,渐渐地,一到晚上,村民们就围在电视机前,看着新鲜的节目,谷子爹的唢呐声再传来,就有人发牢骚了。谷子爹临死前,将唢呐放在谷子的手里,紧紧地握住他的手。不只他留下的那席话,就是他颤抖的嘴唇和浑浊的眼神,谷子也看懂了。从此,谷子就常常凌晨起来,吹醒八里庄新的一天。

  谷子爹去世的悲痛总算被日子带走了,接下来,谷子又陷入了找媳妇的愁闷中。看谷子娘的样子,比谷子还急,每天都要跑东家奔西家,七大姑八大姨,凡是能沾边的亲戚,没有走不到的。女孩子倒是相了几个,可没一个看上谷子的。

  那天,三姑领来了一个。谷子娘本想表示一下客气,给她倒了缸子茶水,女孩子指着茶缸问:"你家就用这东西喝水吗?"那茶缸还是当年谷子爹给拉练的队伍吹唢呐后,人家赠送的,通体的军绿色,谷子爹喜欢得不得了,没少在人面前显摆,谷子娘也觉得自豪。家里除了这个军绿色的茶缸,还有两个缸子,谷子娘见人家女孩子有意见,就把另一个缸子拿了过来。这两个缸子都有些年头了,不但漆掉了不少,里面还赖着一层洗不掉的茶垢,军绿色的是谷子爹常用的,谷子爹去世后,谷子一直用着,白色的是谷子娘喝茶用的。女孩子瞥一眼两个茶缸,站了起来,头也不回地走了。

  接下来的女孩子倒是没跑,是谷子跑了。这一次,媒人不是三姑,是老根。谷子和女孩子是在老根家见面的,老根家的房子是一排新盖的瓦房,敞亮,沙发上面垫着海绵,坐上去软软的很舒服。那时候,村民家里大多坐的是椅子,甚至是凳子,沙发还很少见。谷子往沙发上一坐,他原本就矮,坐下去几乎看不到人。女孩子一进来,两眼就手电筒一样,在屋子里扫着,在沙发上找到了谷子,再看看其他人,对上了号,说:"你就是那个会吹唢呐的?"谷子咧着大嘴嘿嘿一笑。老根就说:"你们单独了解一下吧。"

女孩子说:"不用了解了,他不走俺走。"

谷子忙说:"还是俺走吧。"于是,谷子就回来了。

谷子娘为谷子的婚事发愁,谷子自己也郁闷。那段时间,谷子的唢呐也不开心,每天都发着低闷的声音,听得老天都阴沉沉的。

正是麦秋,村民们最担心天气了,有人就骂谷子,说:"你别吹了,每天阴沉着个脸,一把破唢呐,闹得人都笑不出声。"

那年的麦秋,好多进了场的麦子着了雨。雨连续下了十来天,麦子捂出了芽。村民们骂骂咧咧的,谷子娘的心口病犯了,倒在炕上。谷子把苏医生请来,谷子娘总算脱离了危险。苏医生对谷子说,:"你娘身子虚,要多吃鸡蛋。"谷子就去了苏堂开的代销店,想买几斤,把兜翻出了洞,也没找出一块钱来。谷子想赊账,苏堂媳妇不赊,说:"你小子把麦秋给吹没了,还想赊鸡蛋?没门!"

谷子从代销店出来时,遇到一个收废品的。收废品的汉子带着一个女孩,正在过道口吆喝着,一眼看到谷子腰里的唢呐,就说:"小兄弟,你的唢呐卖不卖?"谷子懒得搭理他,唢呐是谷子爹留下的,怎么能当废品卖呢?谷子朝过道里走了几步,又站下了,想起医生说的话,又想起谷子娘虚弱的身子,他回过头来,望着汉子,说:"俺给您吹一段唢呐吧,给一块钱就行。"收废品的笑眯眯地看着谷子,似乎没听清他在说什么,又似乎在看一个怪物。谷子说吹就吹,幽幽的唢呐声,就像怨妇低吟,呜呜咽咽的。天渐渐阴沉了下来,闷得让人喘不过气。许多村民从家里出来,站在过道口上骂。谷子听不到那些刺耳的骂声,他已经融入了唢呐声中。

终于,一曲吹完。谷子慢慢地收回挂在天上的目光,朝收废品的汉子望去,见他正在收拾着推车,拉着女孩往村外走。突然,女孩跑了回来，站在谷子的面前，两只眼湿漉漉的，一只小手从兜里掏出两块钱，放在谷子的手里，低声说："俺叫麦子，这是俺偷偷攒的，都给你，对了，你的唢呐，俺听懂了……"

天晴了。谷子的心情也亮堂了起来，空气中似乎传来幽幽的麦香，谷子提着鼻子深深地吸着。

几年后，也是一个麦收季节，在村南的河边，谷子正在嘟嘟地吹着，一个姑娘出现在眼前，大红团花的衬衣裹着纤细的身子，两条乌黑的鞭子搭在胸前，月牙似的眼睛笑眯眯地望着他。唢呐声慢慢地停下，谷子望着她，感觉有些面熟，就说："俺好像见过你。"姑娘哧哧一笑，说："那你想想，俺是谁？"谷子望着她的脸，直到她的双颊出现了两片红霞，突然想起来了。

"你是麦子？"谷子欣喜地叫着，他伸着手，真想抓住她的手。姑娘朝后退了退。谷子赶紧收回手，他发现麦子长成大姑娘了。麦子扑哧一笑："看你这傻样，怎么，几年了，你还一直吹唢呐？"

谷子望着村路上那一辆辆载满麦子的马车，点点头。麦子说："俺姐嫁到了你们村，俺是来帮姐收秋的。"远处，传来一个女子的喊声。谷子扭头看看，是玉米，高粱刚娶的新媳妇。谷子正想着什么，麦子像一朵云般飘进了麦田中，很快就不见了，但她咯咯的笑声在谷子耳边飘荡了许久。

从那以后，谷子的心里就多了麦子，坐在河边吹唢呐时，眼前总是浮现出她那双月牙似的眼睛，耳边回荡着她的笑声，无论春夏秋冬，嗅一嗅，仿佛总有一股麦香扑鼻而来。谷子的心像花一样开了，唢呐声不再呜咽，而是像欢快的河水，潺潺地，流淌进村民的心里。但没过几年，麦子不来了。谷子问过玉米，才知道麦子已经嫁到城里去了。

谷子的心仿佛一下子堵上了块石头，闷闷地说不出的难受。他来到河边，抬头望着，空中飘荡着一朵白云，就像麦子的脸，却虚幻得让人捕捉不到。谷子又开始吹沉闷的曲子了，那曲子让人听了说不出的忧伤。没有人知道谷子的心事，他在想麦子。就连做梦都在想，这梦一做就是十几年。

天渐渐黑了，谷子耷拉着脑袋回到了家里，一抬头迎到了谷子娘的叹息声："你啊，这么大的人了，成天揽着个唢呐睡，就没想过挣点钱娶媳妇？"谷子说："想，可光俺想有啥用，人家女孩子也想才对。"娘就说："你还是进城找份工吧，有了钱才有女孩子想你，瞧人家玉米的妹妹，听说嫁了个搞建筑的。"谷子娘说的是麦子。谷子早就听说了，麦子的男人本来也是乡下人，一开始跟着包工头在城里转悠，转着转着，自己居然也成了包工头。听说城里的楼越来越多，活也越来越多了，谷子想进城看看。

谷子是一路穿村过庄，走着进城的，耳边到处是突突的机器声，麦田里，一台台收割机像剃头刀子一样，开过去后，便是光秃秃的一片。清新的麦香在鼻端缭绕着，谷子忍不住又想起了麦子。

晌午的时候，谷子来到城里。

接连几天，工作一点着落都没有。招工的公司不是没有，可谷子不喜欢那些工作。每走进一家，负责招聘的人都会问谷子，会什么技术吗？谷子就说会吹唢呐。人家再问还有吗？谷子摇摇头。人家也摇摇头。谷子明白人家的意思，就出来了。晚上，谷子踏着自己的倒影，在城市的街头溜达着。尽管已是六月份的天气，谷子还是觉得有些凄冷，抬头看看两边的高楼，远不如家里的几间平房亲切。谷子溜达到广场上，坐在小亭下的石凳上。

周围一对对青年男女依偎着，说着情话。一个中年人走到谷子身边坐下，闲聊了起来。当听说谷子会吹唢呐时，中年人告诉他，西城有一家礼仪公司在招工。谷子在小亭子里躺了一夜，第二天一早去了西城，找到了那家公司。和谷子一起参加应聘的，有十来个人，唱歌的、跳舞的都有。谷子一进去，所有人都朝他望来，保安走了过来，警惕地跟着他。谷子说："你怕什么，俺是来应聘的，不是来闹事的。"保安还是不放心，等他填了表，这才退开。谷子的表演被安排在最后，想是负责招聘的人觉得他可有可无，果然，等到谷子要表演时，就快晌午了。负责人看看表，说："招聘到此结束，感谢大家对本公司的信任。"谷子一听就急了，扯着嗓子喊："那咋行，俺还没表演呢。"正巧有位会跳舞的女孩来晚了，于是，负责人就说，你们一起吧，一个吹，一个跳，即兴表演就行。

谷子左右看看，没找到空闲的椅子，就盘膝坐在地上，吹起了唢呐。谷子卖力地吹着，虽然，他觉得城里的生活对自己来说很陌生，但是，这几天也看得他怦然心动，有些向往。他知道，自己现在需要的是一份工作。

嘟嘟的唢呐声，奏出无形的音符，缭绕着，盘旋着。一曲吹罢，唢呐声还在应聘大厅里久久不绝地回响着。谷子站了起来，发现主管的目光盯在跳舞的女孩身上，端着茶杯的手停在半空，两只眼已经看呆了，似乎从没注意过他。

当唢呐的回响停止时，女孩也收住了舞姿。"好，好。"主管带头鼓掌，周围掌声如雷。女孩上前问："俺可以签约吗？"主管马上说："可以，当然可以。"谷子一听，跑上去问："那俺呢？"主管看看谷子，似乎刚想起有这么个人，两眼迷茫地说："你刚才表演的什么？"谷子苦笑了一下，人家居然没听。

这天晚上，谷子坐在广场的小亭下，默默地望着星空。谷子娘曾和他说过，每个人在空中都有一个位置。谷子在想，哪一颗星星是他，正想着，中年人又来了。中年人看看谷子失落的表情，就知道他应聘失败了。两人闲聊了一会儿，中年人递给谷子一份报纸，告诉他，上面有一则庆典消息，是古董行的，经理就是礼仪公司的老板。

转过来的一天，谷子又进了城。谷子找到位于南城的古董行。这天是古董行开业一周年庆典的日子，礼仪公司的演员前来助兴，其中，就有和谷子一起应聘的跳舞的女孩。谷子想进入表演班子，人家不许，他就坐在台下，吹响了唢呐。

谷子的唢呐声像一只只喜鹊从天上飞下来，鸣叫着，给古董行带来喜庆的氛围。许多人转过头来，望着谷子，还以为经理故意安排了这样的庆典形式呢。经理推开众人走到谷子面前，当时，谷子一边吹一边望着经理，他心里很忐忑。经理本来皱着眉头，但很快脸色舒缓下来，他站在谷子面前，倒背着手，耐心地听着。谷子松了口气，卖力地吹着，一个人抢了所有表演者的风头。

唢呐声结束，谷子站了起来，战战兢兢地问："经理，您看俺的唢呐还行吗？"经理点点头，说："好唢呐。"谷子欣喜地问："那俺可以留下了？"经理说："你留下干什么，俺说的是唢呐，看上去它有些年头了吧，你想卖多少钱？"谷子连连摇头，多少钱也不卖。谷子绝不会卖掉唢呐的，因为，唢呐是他的生命。

踏着人行路上红红绿绿的方砖，谷子慢慢地走着，抬起头，看到城市的上空飘着一朵白云，那朵白云忽然一闪，隐没在高楼的后面，谷子感到了从未有过的失落。

小区里，有个女孩子跑了出来，十来岁的样子，两条弯弯细细的眉毛下，一双月牙似的眼睛，笑眯眯地望着谷子。谷子停了下来，望着女孩。女孩看看谷子身后的唢呐，问："这是唢呐吗？"谷子点头。女孩说："小时候，俺妈常画给俺看，这几年不画了，可俺记住了它的样子。"正说着，一个女子的声音传来，在招呼女孩回家，谷子抬起头来，看到胡同口站着一个女人，三十多岁的样子。谷子心里猛地一震，麦子，她是麦子？女人看到谷子，似乎在想着一件非常久远的往事，半晌才说："是你啊。"她看了看谷子腰里别着的唢呐，笑了："怎么，这么多年了，你还在吹？"谷子忙说："俺一直吹，一直……一直想再吹给你听。"尽管谷子早已知道麦子嫁到了城里，又尽管他已经猜测出，刚才的小女孩就是麦子的女儿，但他还是忍不住，因为，麦子是唯一听懂他唢呐的人。

麦子摇摇头,摸着女孩的脸说:"走吧,跟妈回家看韩剧去。"麦子刚转过身,谷子就叫住了她。谷子从腰里抽出唢呐,近乎恳求地说:"麦子,俺……俺想再吹一曲。"说着,谷子就把唢呐放在了唇上。十几年来,谷子经常做着同样的梦,那个梦境此时又出现在眼前,蓝天,白云,月牙似的眼睛,咏咏的笑声,清新的麦香……

唢呐像一位说书先生,在叙述着一件故事,一件说不上凄美,却又让人无限怅然的故事。

一片白云从高楼后飘了出来,仿佛一位倾听的观众,和他对视着。

唢呐声越来越低,慢慢地停住。谷子将唢呐别在腰上,目光从天空的白云上拉了回来。此时,他的眼前已是一片雾水。他转过头,发现麦子不见了,不过女孩还在。女孩坐在台阶上,两只小手托着红扑扑的脸蛋,一双月牙似的眼睛里有雾水在闪动着。

记忆是谷子的素材,是他情感流淌的海洋。正是因为记忆,让谷子的唢呐充满了灵性,充满了故事的味道,能够打动听众。

离开八里庄不久,谷子就回来了。因为枣儿撒谎,要是他不回来,自己就寻短见。谷子知道枣儿是个敢说敢做的人,所以,为了养女的安危,他连夜赶回了家。到了家里他才知道,枣儿是骗他的。不过,枣儿不再逼他,而是答应他去好好读书,临走前还扔给他一句话,让他早点找个相中的女人娶了。

对于谷子来说,相中的女人只有桃叶。但是,桃叶嫁给了老根,他只能远远地看着,默默地祝福着,让自己那颗心冷静下来。至于麦子,是他灵魂的伴侣,或者说是知音。

只可惜,麦子在他心中也不是曾经的麦子了,她不再像当年那样纯粹,纯粹的眼睛像月牙一样明亮。

谁才是自己相中的女人呢?谷子自己一点儿方向都没有。

不过，后来，有人跟他开过一个玩笑，让他的心莫名其妙地扑腾了一下。和他开玩笑的人就是乐乐。

那天，乐乐和谷子在村南坐着，两个人望着河中的冰，似乎都在期待着什么。

后来，乐乐说："伯，你在想什么？"

谷子问："你呢？"

乐乐说："俺在等春节，等俺爹娘回来。"

乐乐和谷子在一起时，永远不会隐藏心事，因为，他把谷子当成了知己，交心的朋友。

谷子说："俺在等麦秋。"

乐乐说："还在想麦子姨吧？"

谷子没说话，但还是摇了摇头。

乐乐说："人家已经不喜欢你了。"

谷子叹息一声："其实，麦子已经不是以前的麦子了。"

乐乐似乎懂了，说："谷子伯，你是不是在寻找一个像麦子那样懂你的人？"

谷子微微点头，说："俺也说不清，只是觉得，冥冥之中，应该有一个人像麦子一样的。"

乐乐突然脑子里跳出一个人影来，就说："那你做俺姑父吧！"

乐乐的话就像锤子一样，把谷子的心砸得跳动了一下。他忙说："别瞎扯，你姑知道后会生气的！"

在谷子眼里，方莹是高不可攀的圣洁女神。

第十五章 姑父

乐乐并不是随口说说，事实上，那段时间，谷子在他心目中的形象越来越高大，无形之中，他就把谷子和方莹进行了一番比对。乐乐虽然是个孩子，却也懂得一些"般配"的道理，自从说了要娶姑姑的话后，乐乐冷静了下来，觉得自己和姑姑是不可能的，但谁会可能呢？

于是，谷子很自然地成了他心目中的第一人选。他觉得，谷子和姑姑应该是非常好的一对。

乐乐和谷子说这话时，是无心说的，谷子没在意。

晚上吃饭的时候，一家人坐在一起。乐乐抬头看看对面的方莹，突然间白天说的那句话就冒了出来，忍不住说："姑，俺给你找个对象行不行？"

乐乐这话把苏爱国两口子给逗乐了。爱国媳妇伸手在小孙子的脑门上一点，笑骂："小屁孩，胡扯什么。"

苏爱国哈哈一笑，没说话。

方莹瞪了乐乐一眼："吃你的饭。"

乐乐嘻嘻一笑："俺是认真的！"

方莹说："你有完没完？多大的孩子，管起大人的事来了。"

乐乐说："咋了，俺就不能当媒人？俺还想创一个什么鸡的纪录呢。"

方莹说："吉尼斯。"

乐乐说："管它什么鸡，反正俺有想法了。"

方莹啐了一声:"胡说八道!"

别说方莹,就是苏爱国两口子,也没把乐乐的话当回事,都觉得这孩子是淘气惯了。

乐乐看出来了,把馒头一放,说:"俺说的是真心话。"

方莹说:"吃饱了就去温习功课,别在这里胡咧咧。"

乐乐说:"俺还寻思着让谷子伯当俺姑父呢,算了。"

乐乐这话一出口,方莹的脸腾地红了,说:"小东西,你胡说什么。"

说着,方莹把手扬了起来。乐乐咬了一口馒头,跑了出去。

方莹哼了一声:"胡说八道,看俺不撕烂你的嘴。"

方莹没认苏爱国干爹前,还对乐乐一直很严厉,但自从认了亲戚后,她对乐乐更多的是关切和爱护,很少像今天这么生气。

苏爱国两口子对视一眼,都没说话。

方莹吃完了饭,来到西屋。乐乐正趴在桌子上,书本压在胳膊肘下,两只眼睛望着墙上的照片出神。因为这间屋子是苏篷子和陈圆圆的房间,因此,墙上挂了几张他们的结婚照。

方莹说:"乐乐,以后不许再胡说八道了。"

乐乐说:"俺真是这样想的。"

方莹一瞪眼:"有完没完?"

乐乐吐吐舌头,开始看书。

温习完功课,乐乐回到了东屋,打个哈欠就钻进了被窝。苏爱国和老伴儿还没休息,两个人看看小孙子,都摇摇头。

等乐乐睡着了,苏爱国才说:"这孩子,和谷子经常长在一起,看来除了谷子,他眼里没啥好男人了。"

爱国媳妇说:"要俺看啊,谷子这人还真不赖。"

苏爱国说:"你可别和孙子一样。"

爱国媳妇说:"俺只是实话实说,谷子人咋了?虽然模样一般,可人实在,没什么是非,说不定和方莹还真有缘分。"

苏爱国说:"你怎么也胡说八道起来了,这话让闺女听到会多伤心?谷子是啥条件啊?咱闺女要模样有模样,要才华有才华,人品、素质、工作都是谷子不能比的。"

爱国媳妇说:"俺知道,不就是随便说说嘛,再说咱闺女年纪可不小了,十里八村找不到一个她这岁数的姑娘了。"

苏爱国说:"是啊,闺女是该出嫁了,可光咱们着急没用,孩子自己沉住气了呢。"

爱国媳妇说:"要俺看,不如让三姑试探试探她对谷子的意思。"

苏爱国说:"扯淡,这还用试探嘛,吃饭的时候闺女已经有反应了。"

爱国媳妇说:"那不一样,也许她觉得乐乐在胡咧咧呢,等她冷静下来,说不定还真答应了。"

苏爱国把灯一拉,说:"越说越没谱了,睡觉。"

很快,东屋的三个人都睡去了,而躺在西屋的方莹却失眠了。

她不知道,为什么乐乐的一句话会影响了自己。她从来没有失眠的习惯,即便学习到深夜,只要头能挨上枕头,很快就会进入梦乡。但这一晚,她辗转反侧,就是无法入睡。

一闭上眼,谷子那憨憨的样子就出现在眼前,接着耳边响起乐乐脆生生的声音。

方莹摇摇头:"怎么可能呢。"她自言自语着。尽管她对谷子非常了解,但是,她从来没想过自己会对谷子用心。她苦笑一下:"自己这是怎么了?"明明不可能,为什么还会去想,乐乐啊乐乐,你真多事。她觉得这事和乐乐有关,这孩子的一句话就像一块石头,落在了方莹的心湖中,砸起了一片片的涟漪,让方莹直到凌晨三点左右才昏昏睡去。

很快，天亮了，对面屋子里传来乐乐的喊声。方莹忽地一下坐了起来，她觉得头有些晕，再看看表，居然晚起了半小时，平常这时候她已经把饭做好了。

乐乐起来了。东屋的桌子上有一个马蹄表，一到这个点就会叮叮地响。爱国媳妇听到铃声，把乐乐喊了起来。

乐乐看看表，匆匆地穿衣服。爱国媳妇说："今天不用太急了，你姑还没起呢。"

乐乐急着说："啥？俺姑没起，饭也没做啊？"

爱国媳妇说："不着急。"

乐乐嗷地一嗓子，就把西屋的方莹吵了起来。

爱国媳妇在小孙子的鼻子上捏了一下，说："这孩子，一点都不知道疼人。"

乐乐说："咋了，俺把姑喊起来不该吗？"

爱国媳妇没理他，下了床，洗了把脸就去做饭。方莹已经起来了，以前她会简单地化一下妆，但这一次，她觉得来不及了，直接往厨房里奔。方莹一进厨房，就发现爱国媳妇正在忙着。方莹忙说："娘，还是俺来吧。"

爱国媳妇说："没事，俺闲了这些天，做顿饭没什么。"

方莹就帮着她把锅放好。爱国媳妇回头看看她，问："乐乐的话是不是影响到你了？"

方莹微微点点头，回了西屋。

坐在穿衣镜前，她看着里面那张清秀的脸，摸摸自己的披肩发，轻叹一声。

方莹虽然不像一般的女孩子挑剔，但她觉得自己是个高雅的女士，内心自然有找对象的标准，像谷子这样的男人，怎么能看在眼里呢。

之后的日子里，这件事已经成了一家人闲谈的话题。乐乐、苏爱国夫妇，三个人总会不由自主地聊起谷子来。

苏爱国的意见很坚决，他认为谷子配不上方莹。

爱国媳妇觉得男人和女人在一起是缘分，也许他们有缘。

乐乐还是那句话，甚至称呼谷子时，已经用上了"姑父"俩字。

每次听到他这样称呼，方莹都会急得脸红，然后瞪他一眼。乐乐知道方莹疼爱自己，也不怕她，就说："俺叫谷子伯姑父不显得更亲热嘛，就像俺叫你姑一样。"

方莹说："别把他跟俺扯在一起。"

乐乐说："为啥不能？俺看挺好的。"

苏爱国生气地说："兔崽子，再胡咧咧俺把你的嘴巴拧烂了。"

说着，苏爱国还真把手伸过来了。

乐乐身子往方莹这边躲，一边躲一边说："要拧也该是姑拧，这是姑和姑父的事，关你什么事。"

苏爱国气得吹胡子瞪眼，说："你也不看看，谷子和你姑差了多少。"

乐乐说："俺觉得挺好，姑比姑父长得好看，可俺姑父比姑岁数大。"

爱国媳妇气乐了："这孩子，啥都不知道。"

谷子比方莹大十二三岁，这也是苏爱国觉得不可能的原因之一。他曾经和老伴儿说过，谷子是有优点，人实在，可是抛开两人的相貌不论，就是年龄也不般配。爱国媳妇也觉得两人在年龄上差得太多，之后就不再主张了。

这事没多久，马上就要过去了。但有一天，三姑来了。

三姑来的时候，正是个周六，方莹和乐乐都不上学。一家人刚吃完饭，三姑就扯着兴奋的嗓音进来了。

三姑一进来就说:"好啊,好啊。"

苏爱国说:"好啥?你又不是喜鹊,叫几句还能给俺家带好事来?"

三姑说:"俺想过了,这件事要是成了,就是一件大好事。"

苏爱国说:"啥事啊?"

三姑说:"方莹和谷子的事呗。"

苏爱国生气地说:"怎么你也胡咧咧这件事。"

三姑笑着说:"俺觉得挺好的。"

方莹说:"三姑,你听谁说的,再说,俺也没和你说啊?"

三姑说:"乐乐告诉俺的,这小子说你不好意思自己开口,托俺给你保媒……"说着,三姑就找乐乐。别说三姑,方莹也想找,她很想在乐乐的屁股上狠狠地拧上一下。可是就在三姑喊着好进门的时候,乐乐悄悄地溜了出去。

乐乐多机灵啊,三姑一进门他就猜出来了,寻思着家里要出"大事",赶紧跑了出来。

乐乐是周五的晚上去的三姑家。他和苏爱国撒谎,要去大胖家,其实是去找三姑了。

当时,三姑正品着茶看电视。乐乐进去了,在屋子里转悠。三姑没把他当回事,觉得一个小孩子,不过进来玩玩,一会儿就走了。三姑正看得入迷呢,发现乐乐在自己旁边坐下了。

三姑就说:"你小子不是来玩的吧?"

乐乐说:"大事。"

三姑说:"啥大事?"

乐乐说:"大喜事。"

三姑笑了:"你小子才多大啊,有什么喜事,洞房花烛夜,金榜题名时,你说你占了哪一个?"

乐乐说:"俺哪个也不占。"

三姑伸手在他的额头上一点，说："去，去，找大胖玩去，三奶奶这岁数了，还跟你一个小屁孩在这胡闹。"

乐乐说："俺是给你提供机会来的。"

三姑笑了："俺要什么机会啊，又不考学，又不结婚的。"

乐乐说："就后面这句，你不是爱说媒吗？俺给你提供两个人，你去给他们牵线。"

三姑笑骂："小东西，说来说去还是你的事啊，不行，你年龄太小，三奶奶可不做这种缺德的事。"

三姑以为乐乐说的是自己和谁家的闺女呢。乐乐赶紧告诉她，他说的不是自己，而是谷子和方莹。三姑一听，就连连摇头，她觉得谷子根本就配不上方莹。

乐乐急了，说："三奶奶，你是不是要砸自己的招牌啊？"

三姑说："这话啥意思？三奶奶从来不砸自己的招牌。"

乐乐朝外看了一眼，小声说："是俺姑让俺来的，她不好意思开口，才……"

说到这，乐乐朝三姑一眨眼。三姑眉头挑了起来，但很快摇摇头："不对啊，方莹这丫头虽然年纪偏大了，可这么好的人，按理是不愁嫁啊，怎么急着嫁给谷子？谷子是啥条件啊，没底子，没能力，就会吹个破喇叭，长得那熊样的，和歪瓜裂枣差不多。"

乐乐说："三奶奶，话俺可带到了，俺姑说，这事要是成了，她拿出一个月的工资来请你。"

说完，乐乐就走了。

三姑一晚上没睡好觉，老是琢磨这事。一开始，她觉得乐乐在撒谎，可又一想，乐乐对方莹这么好，能撒这样的谎吗？要说这是方莹的心思吧，又不太可能，方莹就是闭着眼找一个，也比谷子人强啊，难道谷子也有什么值得注意的优点？

三姑思来想去,后来只能多往谷子的方面想,把谷子的每个不足想成优点,比如他的年纪,谷子比方莹大十二三岁,但岁数大老成,知道疼人,至于模样,也好,这种男人让人心里踏实,别想着他有外遇,另外就是庄稼活。谷子从小就不喜欢种庄稼,不是个好把式。不过,三姑心想,这几年男人能赚钱就行,再好的庄稼把式,一外出打工地里的那套就用不上了,人家谷子好歹还会吹唢呐呢,这几十年不也没饿着吗?

想通了这些,三姑觉得方莹的眼光还是挺独到的,她觉得这事说不定就能成,于是一大早就去了谷子家。三姑没和谷子提方莹的名字,只是说:"谷子啊,三姑给你说个媳妇成不成?"

谷子说:"成,三姑有合适的,就给俺说一个吧。"

三姑就问:"那你想要啥样的?"

谷子苦笑:"三姑说笑了,俺哪有啥挑头啊,只要是个女的就行。"

三姑笑了:"老太婆也行?"

谷子也笑了:"三姑自己掂量吧。"

三姑说:"行,只要你没啥要求,俺就给你找一个。"

三姑觉得这事有谱了,就来到了苏爱国家。等她把话说完,再看方莹的脸色,马上意识到方莹根本就不知道这事。

"好啊,乐乐,你个小兔崽子耍弄三奶奶。"说着,三姑就出来了,到处找乐乐。

乐乐早就去找谷子了。他一路跑着,想起戏弄三姑的事,不住地笑,到了谷子家时,嘴巴还没合上呢。

谷子刚吃了饭,正自收拾桌子,就问:"有啥高兴事吗?"

乐乐说:"俺把三奶奶给耍了。"

谷子说:"三姑刚刚从这里走的呢,咋回事?"

乐乐说:"俺让三姑给你和俺姑牵线,三姑真去找俺姑说了。"

谷子吓了一跳,忙问:"你和三姑咋说的?"

乐乐把事情的经过讲完后,谷子非常紧张,他来回地踱着步,不住地搓着手,说:"这事闹的,八成会让方莹误会俺,乐乐,俺可没动过你姑的念头,你得把这事揽过去。"

乐乐说:"谷子伯,瞧你这点胆量,想又咋了?俺觉得你不但该想,还该追,把俺姑追到手。"

谷子忙说:"别瞎说啊,俺哪配得上你姑啊。"

正说着,院子里传来脚步声,接着,三姑骂骂咧咧的声音传了进来。乐乐嘘了一声,示意谷子别说他来过了。

三姑进来的时候,乐乐就躲在门后面,等她走进来,乐乐就趁机跑了。三姑不知道,还和谷子朝着面呢。

"谷子,乐乐那个兔崽子哪去了?"

谷子朝外一指:"瞧,那不是吗?"

三姑说:"别胡扯。"说着,她还是一回头,正巧看到一个小身影消失在门洞边。三姑骂骂咧咧地追了出去。

谷子苦笑一下,摇头自语:"这小子,越来越胡闹了。"

谷子刷完了锅碗,将唢呐一别,去了村南。他来到村南的河边,心里一阵复杂。他刚想吹奏,却觉得心里很乱。

看着手中的唢呐,谷子感慨万分。这些年,他一直把唢呐当成自己的生命,甚至觉得这一辈子,只要和它在一起就行了。但是自从乐乐的玩笑开起来之后,他的心湖也被搅动了,觉得自己也该成个家了。爹和娘活着时,都希望他能早点娶上媳妇,一晃自己都四十几了,婚姻还没有着落,爹娘在下面能瞑目吗?

他拿起唢呐,幽幽地吹了起来。

一曲过后,他听到身后有叹息声响起,转过头来,发现方莹来了。

谷子转头看看周围,说:"方老师,你啥时候来的?"

方莹说:"来了一会儿。"

谷子说:"你也喜欢到这里来?"

方莹说:"俺没那习惯,是来找乐乐的。"

谷子哦了一声:"乐乐许是去大胖家了,这会儿肯定在和三姑捉迷藏呢。"

谷子以为自己说完这句话后,方莹就去找乐乐了,没想到她还站在那里,而且直视着自己。谷子发现她清澈的眼睛里流露着一股怨意,忙问:"咋了,俺说得不对吗?"

方莹说:"谷子哥,俺以前觉得你这个人挺好的,没想到你也能做出这么卑鄙的事来。"

谷子愣了,忙问:"俺做什么了?"

方莹哼了一声:"乐乐那么尊重你,听你的话,你却挑唆一个孩子去做那种事,算什么男人。"

"不是俺,真的不是。"

"你不用说了,俺心里有数,反正乐乐这孩子听你的,你说什么,他都会去做的,以后他是好是歹,都在你身上了。"

说完,方莹扭头走了。

谷子被方莹劈头盖脸地来了一顿,呆愣了半晌,才想起什么,大声地说:"方老师,俺没挑唆乐乐……"

可是,方莹早就去远了,他这话扔到了空中,很快就被风吹散了。

谷子虽然来到了河边,但是这天他没有吹响优美的唢呐声。他在河边来回地踱着步,想着方莹刚刚生气的样子,后来,他鼓起勇气,决定去向方莹道歉。

然而,等谷子来到苏爱国家时,方莹并不在。听爱国媳妇说,方莹去了学校。

谷子在苏爱国家等着方莹的回来,想当面和她解释清楚。

爱国媳妇就问:"谷子,有啥事要找方莹吧?"

谷子不是撒谎的人,就点点头,把方莹误会自己的事说了出来。

爱国媳妇说:"这事俺一猜就知道是乐乐干的,方莹是个聪明人,咋想不到呢。"

苏爱国说:"咱闺女不是没想到啊,是狠不下心和乐乐生气。"

爱国媳妇一想,明白了,就叹口气:"俺说呢,咱闺女也是的,狠不下心对乐乐,就狠下心让谷子受委屈吗?"

苏爱国看出来了,老伴儿还是想把谷子和方莹撮合在一起。

到傍晚的时候,方莹回来了。在她之前,乐乐已经从大胖家回来了。乐乐一回来,就没少挨苏爱国的训。乐乐见姑姑不在,就说:"姑父在,姑咋不在呢。"

谷子说:"别瞎说。"

方莹回来后,谷子就站起来了,说:"方老师,有些事俺想跟你解释一下。"

方莹说:"不用了。"

她的表情很淡,瞥一眼乐乐,然后望向苏爱国夫妇。爱国媳妇看到方莹的神色有些不对,就问:"出啥事了?"

方莹嘴唇动了动,好半晌才说:"娘,俺向校长辞职了。"

苏爱国两口子都愣了,忙问:"咋回事?"

方莹说:"俺想去江南。"

这五个字,就像五块石头,堵在了苏爱国两口子的心里,乐乐一听,眼圈顿时红了,叫道:"姑,你怪俺是不是?"

方莹不傻,当然知道乐乐的鬼心眼,她非常明白,像谷子这样的人,绝不会做出那种事来的。她之所以去找谷子,一方面是把对乐乐的迁怒,转移到他身上,另一方面,也是她最大的心思,是想暗示谷子'让他以后好好教育乐乐。她知道,乐乐最听谷子的话。

尽管她没有直接说成,但觉得早晚有一天,谷子会想通的。

方莹决定要走了,苏爱国两口子挽留不住,只好说:"好,好,俺们不能耽误你的一生,去吧。"

第二天早上,方莹一早就醒来了,她提着准备好的行李箱来到门口,一开门,一阵风吹来,外面大雪封门。

雪还在下着。方莹迟疑了一下,还是走了出去。

她没有去向苏爱国两口子道别,因为这样的天气里,她不想再惊扰两位老人,只想悄悄地离开。

尽管她有些不舍,不但对乐乐,还有干爹干娘——这对身体有病的老人。走出大门,双脚踏在厚厚的雪上,她觉得自己的良心有些不安,就在这样的时候离开苏家,太对不起苏爱国夫妇了,虽然他们不是自己的亲生父母,可毕竟对待自己像亲生的女儿一样。而自己离开他们,只是为了去寻找自己的幸福,去找回过去的那段记忆。

公路上,停着一辆出租车,是方莹叫来的。司机在电话中询问她的住处,想把车开到门口,方莹却让他在路边等候。她知道,自己这一走不知道哪年再回来,所以,她要一步步走到村头,再最后多看几眼八里庄。

沙沙的声音,在雪地上响着。

突然,一阵幽幽的二胡声响了起来。一开始,她还以为是谷子拉的,但很快,她否认了自己的想法,因为她知道谷子的技艺。听起来,这响起的二胡声有些生涩,还非常稚嫩,但是它却隐隐传递着某种情感,那是一种真挚的情感。

不知不觉中,方莹的脚步停了下来。她抬起头,望着村头。村头的出租车旁站着一个男孩,如果不是顺着二胡声看去,一定会忽略他的存在,因为他小小的身子上早已裹满了白雪。他的胳膊在轻轻地抖动着,二胡声缓缓流动着,如泣如诉。

他就是乐乐。

方莹怎么也想不到乐乐会起这么早,而且在村头等着她。

方莹朝前走去，一直走到乐乐面前三五米处，才停了下来。她看到乐乐的眼睛里也流露着幽幽的光，就像二胡声一样，在诉说着什么。

乐乐没说话，只是用二胡声传递了自己的心声。方莹闭上眼睛，她用心地倾听着。

大雪纷飞，很快，方莹的身上也裹满了白雪，只是她已经沉浸在音乐的境界中。

尽管是在寒冷的雪天中站立，但方莹的心却渐渐暖了。她忽然意识到为什么乐乐这么崇拜谷子，因为谷子把乐乐带到了一个特殊的境界里，这里既有艺术的空灵，又有真挚的情感。

那一个个音符，传递着心声，就像诉说一个故事。

乐乐走向河边，望着对面的枣林。

他仿佛看到了小时候，一家五口每年在枣林中打枣的情景，看到父亲和爷爷举着杆子啪啪地敲打着树枝，看到妈妈和奶奶蹲在地上捡着落枣，看到自己在铺好的帆布上滚来滚去，就像那些跳动的小枣一样。

很快，他又看到那些小枣不断地堆积，逐渐堆积成一座大大的红房子。

他看到了红房子里围成一圈的爷爷、奶奶、爸爸、妈妈，还有他，耳边听到了红房子里传出的笑声……